황제 1권

황제 1

초판1쇄 인쇄 | 2021년 11월 5일
초판1쇄 발행 | 2021년 11월 10일

지은이 | 이원호
펴낸이 | 박연
펴낸곳 | 한결미디어

등록 | 2006년 7월 24일(제313-2006-000152호)
주소 | 서울시 마포구 모래내로 83 한올빌딩 6층
전화 | 02-704-3331
팩스 | 02-704-3360
이메일 | okpk@hanmail.net

ISBN 979-11-5916-154-4 979-11-5916-153-7(set) 04810

ⓒ한결미디어

황제 1권
대륙진출

이원호 지음

한결미디어
HANGYEOL MEDIA

저자의 말

무한(無限)한 것은 없다. 무생물(無生物)도 시간이 지나면 소멸된다. 무한한 것은 시간(時間)뿐이다.

중국, 중화민국, 대국(大國), 시간을 역주행해서, 청(清), 명(明), 원(元), 송(宋), 금(金), 오대 10국, 당(唐), 그리고 저 멀리 삼국시대까지, 이 대국(大國)들을 우리 한반도는 머리에 '이'고 5천년을 살았다.

그런데 보라, 우리는 무한한 시간 속에서 수명(壽命) 계산하는 여유를 갖는다. '머리 위'의 대국의 수명을 말이다.

청(清) 1644-1911, 267년,

명(明) 1368-1644, 276년,

원(元) 1271~1368, 97년,

송(宋) 960-1279, 319년,

당(唐) 618-907, 289년,

수(隋) 581-618, 37년,

자, 그런데 대국(大國)을 이고 살았던 우리 한민족은?

고구려 BC-668, 668년 이상

백제 BC-660, 660년 이상

신라 BC 57 - 935, 992년

고려 918-1392, 472년

조선 1392-1910, 518년

대국은 길어야 송(宋)의 319년, 짧으면 수(隋)의 37년이었지만 보라, 한반도의 한민족은 짧은 왕조가 고려의 472년, 신라는 1천년 가까운 992년을 존속했다.

자랑인가?
아니다, 그동안 한민족이 한번도 대국(大國)의 주인이 되지 못한 것이 조금 아쉬울 뿐 자랑삼을 생각은 없다.

그래서, 여기 한민족이 대륙을 석권하고 나아가서 아프리카까지 '식민지화'하는 소설로 여러분께 보답하고자 한다.

수(隋)가 3대 37년에 멸망한 경우도 있었으니 대륙의 진동은 예측할 수는 없는 법이다.
대한민국은 어쨌든 길게 나갈 테니까,

권불십년(權不十年), 화무십일홍(花無十日紅) 또는 새옹지마(塞翁之馬)를 기대하지 말자. 이 말을 자주 쓰면 기가 꺾인다.

쥐려고, 피우려고 노력하다가 스러지는 인생이 아름답지 아니한가?
새옹은 말 얻어온 것 만으로 행복하면 된다.
뒷일은 시간에 맡기고,

코로나로 침체된 나날, 여러분의 건강과 의욕 증진을 기대합니다.

이원호 드림

차례

1장 상하이 침투

중국의 진시황은 대륙을 통일하고 처음으로 황제가 되었다.

그리고 나서 산둥성에 기념비를 세웠는데 이렇게 썼다.

'보천지하 막비왕토(普天之下 莫非王土)'

하늘 아래에 황제의 땅이 아닌 곳이 없다는 뜻이다.

이것이 그때부터 내려오는 중국 왕조의 사상이다.

지금도 그렇다. 현재의 중국은 역대 최대의 영토를 보유한 한인(漢人)의 제국이다. 수십만밖에 되지 않은 여진족이 그 수천 배의 한인을 정복하고 대청(大淸)제국을 세웠지만, 그 영토를 고스란히 이어받은 한족(漢族) 중심의 중화민국이 일어났다.

중국은 개방 30년 만에 세계 제2의 강국으로 부상했고 곧 세계 최강의 대제국이 될 것이다.

보트에 낚시꾼 넷이 나란히 앉아 있다.

모두 낚싯대를 바다에 드리우고 있었는데 이광, 고대형, 이동욱, 안학태의 순서다.

바다는 잔잔하다.

이광의 50피트(15미터)짜리 전용 요트는 낚시용으로 주로 사용되고 있는데 리스타랜드에서 1킬로쯤 떨어진 해상에 떠 있다.

바다 쪽으로 랜드의 순시선 한 척이 흰 선체를 길게 뻗은 채 섬처럼 움직이지 않는다. 회장이 바다로 나오면 항상 3백 미터쯤 거리를 두고 경호하는 것이다.

지금 고대형과 이동욱은 '중국 국가의 원리'에 대해서 이광으로부터 들은 참이다. 둘은 긴장해서 낚싯대를 건성으로 들고 있다. 실제로 이동욱은 낚시에 미끼를 끼우지도 않았다.

그때 이광이 고개를 돌려 둘의 옆모습을 보았다.

"내가 중국에서 사업을 철수한 것이 그런 의미도 있다."

이광의 얼굴에 쓴웃음이 번졌다.

"중국은 용광로 같아서 모든 것을 녹여 하나로 만들어 버린다. 리스타가 중국화 되지 않으면 멸망하게 될 것 같았다."

"……."

"등 부주석 같은 분이 있었다면 또 모르지만."

낚시를 흔들어 보인 이광이 말을 이었다.

"그래서 이번에 다시 시작하는 거다. 알았느냐?"

"예, 회장님."

둘이 동시에 대답했을 때 이광이 고개를 끄덕였다.

"내가 삼합회에서 희망을 보았다. 우리는 새로운 조직으로 중국의 다른 세상으로 진출한다. 삼합회보다 더 크고 강한 조직을 만들어서 중국의 자본주의 체제를 통치하는 거다."

그때 이광이 안학태에게 말했다.

"설명해주게."

"예, 회장님."

고개를 숙여 보인 안학태가 둘을 보았다.

"중국의 겉은 공산당이 통치하는 공산주의 국가야. 하지만 실제는 자본주의 경쟁 체제로 무섭게 발전하고 있어."

안학태가 말을 이었다.

"중국은 그야말로 밤과 낮이 극명하게 갈라진 세계다. 우리는 중국의 밤을 지배할 예정이야."

숨을 죽인 둘을 향해 이번에는 이광이 결론을 내렸다.

"너희들 둘이 선봉이고 기반이다."

"갓댐."

돌아오는 비행기 안에서 고대형이 옆에 앉은 이동욱에게 불쑥 말했다.

"내가 암살자로 아프간에 투입될 때보다 10배는 더 긴장되는구나."

"저는 오죽하겠습니까?"

"어쨌든 난 중국 땅에서 죽을 것 같다."

"저도 그렇습니다."

"말 따라 하지 마."

"행복합니다."

"뭔 소리냐?"

"우리처럼 행복한 사람이 있겠습니까?"

고대형이 심호흡을 했다.

"과연 그렇다. 내가 회장님 말씀을 들으면서 가슴이 벅차서 하마터면……."

"저도 오바이트를 할 뻔했습니다."

"뭐?"

"가슴이 벅차서요."

"너하고는 소화기관이 다른 것 같다."

"예, 사장님."

"긴 작전이 될 거야."

"천 리 길도 한 걸음부터라는 말도 있지 않습니까?"

"돈 세는 것처럼 일해."

"무슨 말씀입니까?"

"돈은 많이 셀수록 기운이 나는 법이지."

"그렇군요. 제 돈일 때 말씀이지요?"

이동욱이 한숨을 쉬었다.

출장 후의 회의.

참석자는 진시몬, 최창민, 박국철, 그리고 이동욱이다.

오후 7시 반, 퇴근 후에 저택 2층 응접실에서 모였다.

저녁 식사 전이어서 1층 주방의 음식 냄새가 올라오고 있다.

고대형이 진시몬에게 물었다.

"상하이에 연락했나?"

"예, 기다리고 있습니다."

고개를 끄덕인 고대형이 이동욱을 보았다.

"지점 사원 넷한테는 내색하지 말도록. 조심하란 말이다."

"예, 사장님."

"출장 기간은 일단 한 달이다."

고대형이 말을 이었다.

"서둘지 말고."

고개를 든 고대형이 진시몬을 보았다.

"준비해줘."

"예, 사장님."

고대형이 응접실을 나갔을 때 진시몬이 서류를 이동욱에게 건네주었다.

"상하이의 CIA 담당자 정보하고 토요회 파일이니까 참고해요."

"고맙습니다."

"자금은 250만 불을 책정했으니까 먼저 사용하고 결재받아도 됩니다."

"휘유-."

최창민이 입으로 휘파람 소리를 냈다.

"그 소리를 들으니까 식욕이 뚝 떨어지는군."

"최 부장님은 한국에서 태어났습니까?"

불쑥 이동욱이 묻자 최창민이 박국철과 시선을 맞추고 나서 말했다.

"아니, 미국 태생인데. 하지만 서울에서도 살았지. 왜 묻는데요?"

"별거 아닙니다. 음식 이야기를 하다 보니까 청국장 생각이 나서요."

자리에서 일어선 이동욱이 셋을 둘러보았다.

"다녀와서 청국장 찐한 놈으로 한번 먹어 보십시다."

이동욱이 3층으로 올라갔을 때 최창민이 박국철에게 물었다.

"청국장이 뭐야? 당신 먹어 봤어?"

"아니, 들은 것 같긴 한데……."

박국철이 고개를 기울였다.

"국이 청색인가?"

진시몬이 가만있는 것이 모르는 눈치다.

"갓대밋."

최창민이 투덜거렸다.

"코리안 푸드는 냄새가 배어서 안 돼. 특히 우리 같은 정보원한테는."

3층으로 올라간 이동욱이 마침 응접실에서 TV를 보는 고대형에게 말했다.

"저것들은 미국 놈이지 한국인이 아닙니다."

"무슨 말이냐?"

"결정적인 단계에서 저놈들은 미국 입장으로 돌아설 놈들이란 말입니다."

"저놈들을 미국인으로 봐도 돼."

정색한 고대형이 말을 이었다.

"지금 우리는 미국과 합동 작전을 펴고 있는 거다. 다른 거 의식할 것 없다."

고대형이 똑바로 이동욱을 보았다.

"모두 동지고, 전우야. 명심해."

상하이, 중국 제1의 도시.

상업, 무역 도시로 엄청난 물동량과 인구, 세계 각국의 회사, 자본이 밀려와 전 중국 경제의 중심을 차지하는 대도시다.

오후 3시 반, 이동욱이 상하이 홍차오공항에 도착해서 내국선 입국장으로 나왔다.

그때 '이동욱' 팻말을 든 여자가 보였다. 지점에서 나온 여직원이다.

이동욱이 다가가자 여자가 눈을 크게 뜨고 중국어로 묻는다.

"이 차장님이세요?"

"그래요."

"전 센트럴무역 상하이 지점, 양진입니다."

"나와 줘서 고맙습니다."

양진의 안내로 건물 밖으로 나온 이동욱이 곧 주차장에서 대기하고 있는 승용차 앞으로 다가갔다.

차 앞에서 기다리고 있던 사내가 이동욱에게 고개를 숙였다.

"지점장 윤혁상입니다."

지점장이 차를 운전하고 온 것이다.

인사를 나눈 이동욱이 차에 올랐다.

지점 직원들은 긴장하고 있다. 사장 보좌관의 이번 방문 목적은 업무 감사인 것이다.

"사무실로 가실까요?"

윤혁상이 묻자 이동욱이 고개를 저었다.

"먼저 숙소로 갑시다."

예약한 호텔로 가자는 말이다.

오후 4시 반, 호텔방으로 손님 하나가 찾아왔다.

30대 중반쯤의 사내다.

방으로 들어선 사내가 자리에 앉더니 들고 온 가방을 탁자 위에 놓았다.

"여기 작전용으로 쓰실 현금 1백만 불하고 스미스 앤 웨슨 1정을 가져왔습니다."

사내가 말을 이었다.

"오늘 밤에 토요회 회장 황성과 측근들이 청야장에 나옵니다."

사내의 이름은 자형운, CIA 상해 주재 요원이다.

자형운의 얼굴에 쓴웃음이 떠올랐다.

"청야장은 토요회의 고향 같은 곳이지요."

황성은 상하이의 오랜 무협 조직 토요회의 6대 회장이다.

토요회는 회원이 5백여 명, 대를 이어서 회원이 이어지는 경우가 많다.

황성은 상하이에서 대학을 나와 빈둥거리다가 3년 전에 부친 황국이 교통사고로 죽자 34살에 회장직을 이었다.

현재 37세, 청야장은 황성이 직접 운영하는 클럽이다.

자형운이 각진 얼굴을 들고 이동욱을 보았다.

"오늘 황성은 고문 채소기하고 둘이 나올 겁니다. 채소기는 부친 황국의 친구로 황성의 대부를 맡은 인물이죠."

자형운이 말을 이었다.

"황성은 술꾼에 마약 중독입니다. 의심이 많고 난폭해서 회장 자질이 부족한 놈이지만 채소기가 겨우 이끌고 가는 상황이지요."

이동욱이 고개를 끄덕였다.

오늘 이동욱은 황성과 만나 투자 상담을 하려는 것이다.

청야장은 식당 겸 클럽으로 3층 건물 전체를 사용하고 있다.

2, 3층은 클럽, 1층은 식당인데 요즘은 극심한 경영난을 겪는 상황이다. 그래서 투자자를 찾았지만 반년이 지나도록 나타나지 않았다.

건평이 1,500평이 넘었지만 낡아서 대대적인 리모델링 공사를 해야 하는 데다 식당과 클럽의 수준도 낮았기 때문이다.

황성이 흐려진 눈으로 황연을 보았다.

"네가 뭐하러 나와?"

"식당은 내가 운영하고 있어. 내가 아버지한테서 받은 유산이라고."

황연이 똑바로 황성을 보았다.

"나도 투자자를 만날 권리가 있어."

"웃기는데, 이년이."

쓴웃음을 지은 황성이 잔에 술을 따르고는 한 모금에 삼켰다.

청야장의 2층 클럽 밀실에서 두 남매가 마주 앉아 있다.

황연은 27세, 황성의 배다른 동생이다.

죽은 황국이 유산으로 황연에게 청야장의 1층 식당 지분을 유산으로 준 것이다.

"내가 지분의 삼분의 이를 갖고 있어. 그리고 처분권이 나한테 있다는 유언장도 있단 말이다."

황성의 목소리가 격해졌고 치켜뜬 눈이 번들거렸다.

황성은 흰 피부에 여자처럼 섬세한 윤곽의 이목구비에 날씬한 체격이다.

"투자자를 만나는데 네가 나와서 어수선하게 만들지 말고, 처박혀 있어."

"식당은 건드리지 마. 투자를 받으려면 클럽에서나 받아."

"미친년. 건물 리모델링도 1층은 빼줄까?"

"식당 지분을 떼주려면 내 동의를 받아야 돼. 그러지 않으면 고발할 거야."

그때 황성이 들고 있던 술잔을 던졌지만 빗나가 황연의 뒤쪽 벽에 맞았다.

오후 5시 반이다.

오후 7시가 되었을 때 이동욱이 클럽으로 들어섰다.

지배인의 안내를 받은 이동욱이 밀실로 들어서자 기다리고 있던 채소기가 먼저 일어섰다.

반백의 머리에 얼굴이 붉었고 장신이다. 호인형 용모에 웃음을 띠고 있다.

"어서 오십시오. 채소기입니다."

이동욱이 채소기와 악수를 나눴을 때야 황성이 일어섰다.

술 냄새가 확 풍겼지만 눈의 흰자위만 붉을 뿐이다.

황성이 잠자코 손을 내밀었기 때문에 이동욱도 악수만 했다.

자리에 앉은 이동욱에게 채소기가 물었다. 손에 이동욱이 준 명함을 쥐고 있다.

"서울에서 유흥업을 하고 계신다고요?"

"예, 건물이 몇 동 있지요."

"아, 건물."

채소기가 고개를 끄덕였다.

이동욱의 명함에는 '대성개발 주식회사' 전무이사라고 박혀 있다.

주소와 전화번호는 리스타와 CIA가 공동으로 만든 위장 회사다.

그때 여종업원들이 술과 안주를 가져와 테이블에 놓았다. 모두 눈이 크게 떠질 만한 미인들이다.

여자들이 나갔을 때 채소기가 다시 물었다.

"우리 가게는 둘러보셨지요?"

"봤습니다."

"투자하시고, 공동 경영까지도 가능합니다. 물론 투자금에 비례해야지요."

"지분 가치는 얼마나 됩니까?"

"확인하면 아시겠지만, 청야장의 가치는 미화로 3천만 불입니다."

"토지, 건물은 우리가 소유할 수 없다니까 영업권은 1천만 불 정도 아닙니까?"

"잘 아시는군요."

채소기의 얼굴에 웃음이 떠올랐다.

"하지만 좀 더 높습니다. 1,500만 불 정도."

"경영권 지분 10퍼센트면 150만 불입니까?"

"50퍼센트까지 가능합니다."

채소기가 말했을 때 지금까지 듣기만 하던 황성이 말했다.

"식당은 70퍼센트까지 드리지."

채소기가 눈만 끔벅였고 황성이 말을 이었다.

"식당 영업권은 5백만 불로 해두시고."

고개를 든 이동욱이 둘을 번갈아 보았다.

"가격 조정은 안 됩니까? 우리 계산보다 많이 높은 것 같은데요."

"안 돼요."

황성이 대번에 고개를 저었지만 채소기가 나섰다.

"검토해 봅시다."

그래놓고 옆쪽의 벨을 눌렀다.

"분위기가 딱딱해서 술을 한잔 하셔야겠습니다. 시중들 아가씨들도 부르지요."

그것이 당연하다는 말투다.

이동욱이 호텔로 돌아왔을 때는 밤 10시 반이 되었을 무렵이다.

황성과 술을 마셨기 때문에 술기운이 조금 밴 상태다.

문에서 벨이 울렸다.

"누구요?"

물었지만 대답 소리가 들리지 않는다.

이동욱은 움직이지 않았고 다시 벨 소리와 함께 여자 목소리가 들렸다.

"청야장 문제로 왔습니다."

이동욱이 일어나 문을 열었다.

문 앞에 서 있던 여자가 고개를 숙여 보이더니 말했다.

"황성의 동생, 황연입니다. 청야장 식당을 운영하고 있는데요."

고개를 든 여자의 얼굴은 맑다. 화장기가 없어서 그런 것 같다.

갸름한 얼굴형, 섬세한 윤곽. 황성과 비슷한 형이지만 부드럽다.

이동욱이 비켜서며 말했다.

"들어오시죠."

"감사합니다."

여자가 안으로 들어섰다.

소파에 마주 보고 앉았을 때 황연이 먼저 입을 열었다.

"황성이 사업체가 여러 개 있는데도 청야장에 투자금을 유치하려는 의도는 저를 배제하려는 의도입니다."

이동욱은 시선만 주었고 황연이 말을 이었다.

"제가 부친 생전에 청야장의 1층 식당 지분을 유산으로 받았거든요. 제가 받은 유산이 그것뿐인데도 황성은 그것까지 빼앗으려는 것입니다."

이동욱이 고개를 끄덕였다.

황성이 식당 가치의 70퍼센트까지 투자해도 된다는 이유를 알았기 때문이다.

그렇게 되면 경영권은 이쪽으로 넘어오고 황연은 배제된다.

"내가 손을 떼는 것이 낫겠습니까?"

"아뇨, 그건 아닙니다."

정색한 황연이 이동욱을 보았다.

"제가 투자를 방해했다는 것을 알게 되면 제 어머니한테까지 찾아가 횡포를 부릴 테니까요."

황연의 눈 밑이 붉어졌다.

"짐작하실지 모르지만, 전 황성의 배다른 동생입니다."

"솔직히 가치도 높게 평가된 것 같고, 시장 조사를 해보니까 수익성도 떨어집니다. 그래서 별로 내키지 않습니다."

"식당에 투자가 필요하긴 해요."

"하지만 투자 비율이 많을수록 황연 씨는 배제되는 것 아닙니까?"

"네, 맞습니다."

"내가 이곳에 있다는 건 어떻게 알게 되셨지요?"

"이곳에 투숙하고 있다고 하셨지요?"

황연이 반짝이는 눈으로 이동욱을 보았다.

"클럽에서 시중들던 아가씨한테서 들었습니다."

"……."

"황성이 어떻게 하는가를 알아보고 싶었거든요."

"난 복잡한 사건에 휘말리기 싫은데요."

고개를 저은 이동욱이 황연을 보았다.

"물론 황연 씨가 여기 다녀가셨다는 건 비밀로 해드리겠습니다."

황연이 시선만 주었다.

그날 밤, 이동욱의 전화를 받은 자형운이 말했다.

"식당을 황연이 운영하고 있는 줄은 알았지만 그런 갈등이 있었군요."

자형운이 말을 이었다.

"황연에 대해서 더 자세히 알아보겠습니다."

본래 상하이에서 오랜 명문 조직이지만 망해가는 토요회를 잠식해서 세력을 키울 의도였다. 그래서 투자자를 원하는 청야장에 접근한 것인데 회장 남매간의 갈등에 부딪히게 되었다.

자형운은 빈틈을 찾는 도둑 같은 분위기를 풍겼다.

"바로 연락드리지요."

고대형에게는 여자 사귈 시간이 없었다고 했지만 이동욱은 적극적인 '사업가'다.

기회만 생기면 여자를 만난다. 지금까지 결혼하지 않은 이유는 첫 번째가 일 때문이고 두 번째는 한 여자에게 집착하지 않았던 성품 때문일 것이다.

다음 날 오전, 지점에 출근한 이동욱이 업무 현황을 체크했다.

지점의 작년 실적은 5백만 불 정도. 주로 상하이 외곽 지역에서 생산하는 전자제품 부속, 액세서리류를 수입했는데 그들에게는 바이어 입장이다. 주로 리스타 계열사가 오더를 준 것이다.

"수입 물량을 10배쯤 늘립시다."

이동욱이 서류를 덮으면서 말했다.

"내가 지시를 받았어요. 곧 주문량이 본사에서 올 겁니다."

"그, 그렇다면 얼마든지 처리할 수 있지요."

오더가 없어서 난리인 상황인 것이다.

생산 업체는 얼마든지 있다. 리스타에서 현재의 수입량 5백만 불에서 5천만 불 물량을 수입해 간다면 지점으로 생산 업체가 미어터지도록 밀려올 것이다. 신바람이 나는 일이다.

"내가 당분간 지점에 출근하겠지만 업무에는 상관 안 할 거요."

"예, 차장님."

"오더 관리는 윤 과장이 알아서 하고."

"예, 차장님."

지점장 윤혁상은 과장이다.

고개를 든 이동욱이 윤혁상을 보았다.

상하이 지점의 수입량이 5천만 불쯤 되면 리스타의 위상도 그만큼 늘어나게 될 것이다.

직원도 늘어나고 그 사이에 '요원'도 끼워 넣을 공간이 생긴다.

칭다오의 본사처럼 운용하려는 작전이다.

"아직 연락이 없습니다."

채소기가 외면한 채 말했다.

"가격만 떠보려는 놈은 아닌 것 같았는데요. 서울 본사에 확인해 보았더니 확실한 회사였습니다. 임대업을 하는 회산데, 건물을 4동이나 소유하고 있더군요."

"……."

"서울 강남의 건물값은 여기보다 훨씬 높거든요. 더구나 거긴 개인 소유가 되는 나라여서 말입니다."

그때 황성이 말했다.

"가격을 좀 내릴까요?"

"아니, 좀 더 기다려 보시지요."

"이거, 소문만 내놓고 움직이지 않아서."

황성이 짜증을 냈다.

"호텔 공사를 시작해야 된단 말요."

"회장님, 그것도 좀 기다립시다."

채소기가 정색하고 황성을 보았다.

"거기 앞쪽 호수를 메우든지 수로를 만들어서 물을 빼고 나서 공사를 시작해야 됩니다. 쓰레기 호수부터 처리해야지요."

"글쎄, 다음 달까지 건설회사와 공사를 시작하지 않으면 위약금을 내게 된다니까!"

"할 수 없지요."

"지금 무슨 말을 하는 거요!"

황성이 주먹으로 테이블을 내려쳤다.

청야장의 2층 클럽 안이다.

오전 11시 반.

황성은 오전부터 술을 마신 상태다.

1년 전에 황성은 상하이 서북쪽 지역의 대지를 임차하고 호텔 건설 허가까지 받은 것이다.

그런데 건설회사가 계약까지 하고 나서 건설을 하려다가 자금이 막혔다.

수입이 급감한 데다가 팔려고 내놓았던 5층 건물 1동이 정부의 규제에 걸려 5년간 매각 금지 통보를 받았기 때문이다.

그래서 청야장을 급매로 내놓았다가 조직 내부의 반발에 밀려 투자자를 찾고 있는 상황이 되었다.

방을 나온 채소기가 홀에서 기다리다가 따라 나온 비서 우경순에게 어깨를 부풀리며 말했다.

"큰일 났다."

"뭐가 말씀입니까?"

우경순은 48세, 채소기의 집사 겸 비서와 운전사 노릇까지 한 지 3년이다.

황성의 부친 황국이 회장이었을 때는 사업장 2개를 관리했지만 지금은 다 내놓고 채소기만 따라 다닌다. 일이 없기 때문이다.

건물 현관으로 나온 채소기가 길게 숨을 뱉었다.

"이러다 우리 토요회가 망하겠다."

"그럴 리가 있습니까?"

"다른 조직이 우리를 뭐라고 하는지 너도 들었지?"

"……"

"이러다가 토요회가 1, 2년 안에 망한다는 거다. 내가 하동회 천 회장한테서 들었어."

발을 뗀 채소기가 길게 숨을 뱉었다.

"최근 2년 동안 4개의 사업을 벌였다가 다 뒤집어엎었고 사업장의 20퍼센트가 날아갔다."

"……."

"영업 이익은 절반으로 줄어들었고 애들은 30퍼센트가 나갔어. 이건 다른 조직 같으면 진즉 회장을 바꾸고도 남을 일이야."

"……."

"토요회는 대를 이어서 내려오는 조직이기 때문에 이 지경이야."

그러고는 채소기가 고개를 저었다.

"내가 자살이라도 해야겠다. 돌아가신 회장님을 뵐 면목이 없다."

채소기가 나갔을 때 황성은 벨을 눌러 종업원을 불렀다.

"석표를 불러라."

석표는 황성의 심복이다.

행동대장, 참모도 겸하고 있어서 이번 호텔 사업도 석표의 머리에서 나왔다.

곧 방으로 장신의 사내가 들어섰다.

검은 얼굴, 그래서 눈의 흰자위가 두드러졌다.

석표가 자리에 앉았을 때 황성이 말했다.

"채 고문을 어떻게 생각하나?"

"무슨 말씀입니까?"

"방금 채 고문이 방에서 나갔는데."

숨을 들이켠 황성이 번들거리는 눈으로 석표를 보았다.

"말하는 걸 보니까 호텔 사업에 초를 치고 있어. 호텔 사업이 망하건 말건 놔두라는 거다."

"……."

"전에도 그랬어. 전혀 협조하지 않았어. 뒤에서 방해 공작을 했을지도 모른다."

"……."

"다음 달까지 건설회사가 일을 시작하지 않으면 위약금을 내야 한다는데도 놔두라니, 이건 날 죽이겠다는 거 아니냐?"

눈을 부릅뜬 황성의 얼굴이 벌겋게 달아올랐다.

그때 석표가 말했다.

"이번에 온 한국 놈한테 청야장에 투자를 시킨 다음에 고문에 대한 처리 방법을 연구하는 것이 낫겠습니다."

"원로 회의가 모르도록 해야 돼."

"누가 다음 고문이 되는 것까지 결정하고 일을 진행해야 합니다."

"목보정이 낫다."

"제 생각도 그렇습니다."

"그럼 그 한국 놈이 지금 뭘 하는지 알아봐. 조만간 다시 만나도록 말야."

황성이 결론을 내었다.

"어떠냐?"

고대형이 묻자 이동욱이 대답했다.

"잘 진행되고 있습니다."

"나도 들었다. 지금까지는 순조로운데 이제 네가 '대성개발'의 상하이 지부장이 되는 거다."

"헷갈립니다."

"알아. 하지만 지금은 그래야 돼."

이동욱이 전화기를 바꿔 쥐었다.

오후 2시 반.

이동욱은 호텔 건너편 공중전화 부스에서 고대형에게 전화 보고를 한다.

그때 고대형이 말을 이었다.

"서두르지 마라. 감나무의 감은 다 익었다."

암호는 아니다.

그러나 이동욱은 이해했다.

오후 4시.

상하이 구시가지 북단, 예원 근처의 허름한 식당 안.

구석 쪽 방에 세 사내가 둘러앉아 있다.

고문 채소기와 우경순, 그리고 주름진 얼굴의 사내다.

그때 채소기가 사내에게 말했다.

"다시 한 번 듣자."

그러자 사내가 테이블 위에 놓인 소형 녹음기의 버튼을 눌렀다.

그 순간 황성의 목소리가 울렸다.

"원로 회의가 모르도록 해야 돼."

이어서 석표의 목소리.

"누가 다음 고문이 되는 것까지 결정하고 일을 진행해야 합니다."

"목보정이 낫다."

"제 생각도 그렇습니다."

그때 채소기가 손을 뻗어 녹음기의 정지 버튼을 눌렀다.

방 안에 잠깐 정적이 덮였다.

주름진 사내는 클럽의 부지배인 한유.

클럽의 방에 장치된 녹음테이프를 갖고 채소기에게 온 것이다.

채소기는 황성이 석표를 불러 이야기할 것을 예상하고 있었기 때문이다.

이윽고 채소기가 길게 숨을 뱉었다.

수심이 가득 덮인 얼굴이다.

"아, 이 일을 어찌할꼬?"

채소기가 탄식했다.

오후 8시 반, 상하이호텔의 지하 나이트클럽 안.

이곳은 상하이 최고급 호텔이고 클럽이다.

철강업으로 재벌이 된 조형서 소유의 클럽인데 지하 1, 2층의 면적이 1,500평이 넘는다.

이동욱은 지하 2층의 특실에 앉아 있었는데 테이블에는 1병에 1천 불짜리 위스키에다 안주가 가득 놓여 있다.

옆에 앉은 아가씨는 양귀비나 초선보다 더 미인일 것이다. 미모로 치면 이동욱이 지금까지 만난 어떤 여자보다도 곱다. 다만 살아있는 여자 같지가 않을 뿐이다.

마치 황제의 침실처럼 장식된 방이어서 시간이 지나자 이것이 꿈속처럼 느껴지기도 한다.

여자의 이름은 제니. 이곳에서 서양식으로 지어준 이름이겠지만 어울렸다. 이 미모로는 '떡자'라고 지어도 감히 웃지 못할 것이었다.

제니가 이동욱의 잔에 술을 따르면서 물었다.

"요즘은 돈 많은 사람들이 많아요."

제니의 목소리는 경극에 나오는 여자처럼 높고 가늘다.

"돈 자랑하는 사람들은 역겨워요."

제니는 22살. 상하이의 전문대 의상학과를 나와 취직했다가 반년 만에 그만두고 이곳에 왔다고 했다. 2차 나가는 값은 달러로 5백 불. 하지만 5십 불짜리 아가씨도 있다는 것이다. 묻지 않아도 술술 이야기하는 것을 보면 입이 좀 가볍지만 순진한 구석이 보인다.

"사장님은 고향이 어디세요?"

이동욱의 어깨에 머리를 붙인 제니가 나긋한 목소리로 물었다.

"길림성 옌지."

"아, 거기 조선족이 많지요."

둘은 지금 중국어로 대화하는 중이다.

제니가 고개를 들고 이동욱을 보았다.

맑은 눈, 검은 눈동자에 이동욱의 얼굴이 들어가 있다. 반쯤 벌어진 입술도 꽃잎 같고 조금 드러난 치아가 꽃술처럼 보인다.

이동욱은 자신의 몸이 제니에게 빨려 들어가는 느낌을 받는다.

그때 문에서 노크 소리가 들리더니 문이 열렸다.

정장 차림의 사내가 들어섰는데 이동욱을 향해 고개를 숙이더니 입을 열었다.

"저는 황성 회장님의 보좌관 석표라고 합니다. 회장님의 전갈을 가져왔습니다만."

"급한 것 같습니다."

이동욱한테서 연락을 받은 자형운이 말했다.

밤 10시 반.

이동욱은 상하이 클럽을 나와 길가의 식당에서 전화를 하고 있다.

자형운이 말을 이었다.

"우리는 서둘 것 없습니다. 며칠 후에 가겠다고 하셨다니 잘하신 겁니다."

"그것들이 내 뒤를 미행하는 모양인데. 내가 술 마시는 방까지 찾아오는 걸 보면 말요."

"일류 클럽에는 다 정보원이 깔려 있습니다. 더구나 특실에서 마시는 손님 정보는 공안까지 바로 전달되지요."

"갓댐."

"잘하신 겁니다. 어차피 상하이에 이름이 알려져야 하니까요."

"오늘 술값으로 2천 불이나 날렸어."

"그래야 청야장 투자자답지요."

자형운의 목소리에 웃음기가 섞였다.

"여자는 없었습니까?"

"11시 반에 만나기로 했어요. 비싼 술 먹었는데 그냥 갈 수가 있나?"

"상하이 클럽이 최고급입니다. 청야장도 그렇게 만들어야 합니다."

자형운이 미리 김칫국부터 마셨다.

"기다렸어요?"

식당 안으로 들어선 제니의 미모는 눈이 부실 정도다.

이제는 사복으로 갈아입어서 바지에 재킷 차림이었는데 식당 손님들의 시선을 일제히 끌었다.

"배고파요."

앞쪽에 앉은 제니가 어리광을 피우는 표정으로 말했다.

종업원이 가져온 메뉴판을 본 제니가 국수와 삶은 돼지고기를 시켰다.

20평쯤 되는 허름한 식당인데 손님은 많다. 안쪽에서 술 취한 사내들이 고성을 지르고 있었지만 밝은 분위기다.

"이 식당도 소문난 맛집이에요."

제니가 주위를 둘러보며 말했다.

"이 골목 안에는 맛집이 많아요."

"자주 왔어?"

"네, 친구들하고 여러 번."

"너 클럽에 나간 지 얼마나 돼?"

"석 달요."

"한 달 수입은 얼마냐?"

"요즘은 미화로 3천 불쯤 돼요."

"그럼 2차 가는 데 5백 불씩이니까 6번 가야 되는군."

"아니, 가게에서 일주일에 한 번으로 제한하고 있으니까 2차는 4번이 되죠."

"그럼, 언놈이 5백 불 이상 주는군."

"네, 1천 불도 받았고 7백 불, 8백 불도 받았어요."

"가장 많이 준 바보는 얼만데?"

"1,500불요."

"집 한 채 값을 줬군."

"그렇죠. 상하이에서 차로 30분만 가도 그 돈으로 집을 사죠."

그때 국수와 삶은 돼지고기가 나왔다. 맛있는 냄새가 났다.

이동욱은 튀긴 닭고기 안주로 백주를 마시고 있었는데 중국의 풍성한 음식 문화를 실감할 수 있었다.

다양하고 정교하고 깊이가 있는 요리다. 갖가지 양념을 갖은 재료에 섞어서 맛을 창조해내는 것이다. 금방 만드는 것이 아니다. 수천 년간의 경험으로 만들어진 맛이다.

그때 제니가 종업원에게 빈 그릇을 달라고 하더니 국수를 덜어 주었다.

"맛있어요. 조금만 맛보세요."

"응, 고맙다."

이동욱이 얼른 그릇을 받았다.

"빨리 먹고 호텔방으로 가자."

제니를 데리고 투숙하고 있는 인터컨티넨탈호텔로 갈 작정이다.

"인터컨티넨탈호텔로 여자를 데려갔습니다."

석표가 황성에게 보고했다.

지금도 황성은 청야장 클럽에서 술을 마시고 있다.

헤로인을 흡입한 터라 정신은 명료하고 밤을 새워 술을 마셔도 문제없다. 다만 약 기운이 떨어지면 늘어지는데 그때 다시 헤로인을 먹어야 된다.

"상하이 클럽의 여잡니다."

"그 자식 돈을 물처럼 뿌리네."

황성이 잇새로 말했다.

"하룻밤에 수천 불을 썼겠다."

"그렇지요. 아마 3천 불쯤 쓴 것 같습니다."

전화기를 고쳐 쥔 황성이 호흡을 골랐다. 충혈된 눈이 번들거리고 있다.

청야장 클럽에서는 하룻밤에 1천 불을 쓰면 황제 대접을 받는다. 아가씨 화대까지 포함해서다. 그만큼 수준과 가격 차이가 나는 것이다.

황성이 전화기를 부술 것처럼 내려놓고는 술잔을 들었다.

만나자고 연락을 했으니 기다릴 수밖에 방법이 없다.

납치라도 하고 싶었지만 그건 진짜로 미쳤을 때 하는 짓이다.

전화기의 벨이 울렸을 때는 오전 7시다.

눈을 뜬 이동욱이 시계부터 보았다.

제니의 머리를 받치고 있는 팔을 뺀 이동욱이 전화기를 들었다.

"누구야?"

"드릴 말씀이 있습니다."

사내의 목소리다.

낮은 목소리로 사내가 말을 이었다.

"제가 문밖에서 기다리겠습니다. 5분 후에 잠깐 문 앞으로 나와 주시지요."

"누구냐고 물었어."

"청야장 일입니다. 기다리겠습니다."

전화가 끊겼기 때문에 이동욱이 침대에서 나왔다.

"누구예요?"

잠에서 깬 제니가 물었다.

헝클어진 머리가 이마에 흘러내렸어도 여전히 아름답다. 드러난 상반신이 대리석 조각처럼 매끈하다.

"손님이야. 넌 그대로 있어. 잠깐이면 돼."

바지와 셔츠를 걸친 이동욱이 문을 열었을 때 문 앞에 서 있던 사내가 허리를 꺾어 절을 했다.

"저는 채소기 고문의 비서, 우경순입니다."

이동욱의 시선을 받은 사내가 말을 이었다.

"고문께서 지금은 청야장 투자를 계약하실 때가 아니라고 말씀하셨습니다."

사내가 똑바로 이동욱을 보았다.

"내부 조정이 끝난 후에 상담하시라고 합니다. 그리고."

숨을 고른 사내가 목소리를 낮췄다.

"이 내용은 황성 회장 측에는 비밀로 해주시기 바랍니다, 회장에 관한 일이니까요."

그러더니 사내가 다시 허리를 꺾어 절을 하더니 몸을 돌렸다.

"아창현의 창고로 유폐시킵시다."

원로 안중선이 말하자 탁평이 고개를 끄덕였다.

"창고에 경비조를 보내 가둬놓고 당분간 비밀로 하는 것이 낫겠습니다."

"그럼 우리 넷이 결의를 하고 수인을 찍지요."

고한경이 채소기를 향해 말했다.

"그런데 아가씨가 회장 대행을 받아 드릴까요?"

"나한테 맡겨 주시오."

채소기가 정색하고 말했다.

"내가 선대 회장님 시절부터 두 남매를 겪은 사람이오. 배는 다르지만, 아가씨가 선대 회장님을 더 닮았소."

"휴우."

안중선이 커다랗게 한숨을 쉬었다.

"우리가 이런 일까지 벌이다니. 죽어서 선대 회장님 앞에 나가 자결이라도 해야 되겠소."

"저 사람은 목숨이 두 개인 모양이군."

탁평의 말에 모두의 얼굴에 겨우 화색이 돌아왔다.

오후 12시 반, 이곳은 시내의 허름한 식당 안.

방에는 원로 넷이 둘러앉았는데 채소기와 탁평, 고한경, 안중선이다.

고문 채소기가 원로 회의 의장으로 토요회에는 원로가 5명이다.

그 5명 중 4명이 의견을 모았고 나머지 한 명, 목보정은 제외시켰다.

목보정은 황성의 측근이다. 황성으로부터 마약 거래 허가를 받았기 때문에 가장 부자로 산다.

그때 채소기가 말했다.

"그럼 오늘 중에 작업하겠소. 모두 입을 다물고 기다려주시오."

결행이 빠를수록 좋다는 의견이어서 오늘 중에 거사가 이루어진다.

오후 4시.

청야장 식당 주방에 있던 황연이 안으로 들어오는 채소기를 보았다.

황연은 주방장과 이야기를 하던 중이었다.

"웬일이세요?"

"잠깐만 이야기하십시다."

채소기가 눈으로 주방 앞쪽 탈의실을 가리키며 몸을 돌렸기 때문에 황연은 뒤를 따랐다.

"아가씨가 토요회를 맡아 주셔야겠습니다. 이건 원로들의 결정입니다."

탈의실로 들어선 채소기가 앉지도 않고 말했다. 하긴, 이곳은 의자도 없다.

눈만 크게 뜬 황연에게 채소기가 말을 이었다.

"지금의 황 회장 체제로는 토요회가 망한다는 여론입니다. 밖에서뿐만 아니라 내부에서도 불만이 폭증하고 있습니다."

길게 숨을 뱉은 채소기가 황연을 보았다.

"토요회는 회장 상속제를 채택하고 있기 때문에 황성 씨를 파문시키면 아가씨밖에 없습니다."

"……."

"아가씨가 회장 대리를 맡아 주시지요."

그때 황연이 물었다.

"오빠는 어떻게 되죠?"

"연금 상태로 됩니다."

"죽이는 건 아니죠?"

"그럴 리가 있습니까?"

황연이 입을 다물더니 한동안 둘은 마주 본 채 서 있었다.

토요회의 회칙이 있다.

일본이 중국을 침략했을 때 만들어진 회칙이다. 제1대 회장 황만이 만든 회칙으로 '회장 자질이 부족한 경우 원로의 다수결로 회장을 교체할 수 있다.'라는 조항인 것이다.

그때 황연이 말했다.

"알겠습니다. 원로 회의 결정에 따르지요."

"뭐라고? 원로들이?"

깜짝 놀란 석표가 눈을 치켜떴다.

이곳은 청야장의 2층 클럽 안.

부하 둘과 함께 밀담을 나누던 중이었다.

"예, 채 고문이 소집했다는데요."

다가선 복강이 목소리를 낮췄다.

밀실 안이 조용해졌다.

복강은 클럽 지배인으로 행동대의 부대장이다.

"보좌관님께만 드릴 말씀이 있습니다."

"그래."

고개를 끄덕인 석표가 앞에 앉은 부하들에게 말했다.

"잠깐 나가 있어."

부하들이 자리에서 일어나 방을 나갔을 때 복강이 석표에게 다가가 고개를 숙였다. 몸이 바짝 밀착되었다.

"회장님의 파문 결의를 한다는 겁니다."

"뭐?"

석표가 숨을 죽인 순간이다.

가슴에 격심한 통증이 왔기 때문에 석표가 입을 쩍 벌렸다.

통증이 온 가슴을 본 석표가 아연했다.

단검이 칼자루까지 깊숙하게 박혀 있는 것이다.

그때 복강이 말했다.

"그리고 석표를 죽인다는 결정도 했답니다."

밖으로 나온 석표의 두 부하는 양관과 추영.

석표의 손발과 같은 인물로 지부장 급이다.

지금까지 황성의 모든 사업은 양관과 추영의 손으로 이루어졌다고 봐도 될 것이다.

클럽 홀의 테이블에 앉은 양관이 종업원에게 말했다.

"맥주 두 병만 가져와라."

"예, 형님."

종업원이 서둘러 사라졌을 때 둘에게 사내 하나가 다가왔다.

클럽은 아직 손님을 받지 않았다. 영업 준비 중이다. 그래서 종업원들이 서둘러 오가고 있다.

그때 다가선 사내가 가슴 주머니에서 권총을 꺼냈다. 소음기가 끼워진 권총이다.

놀란 둘이 입만 딱 벌린 순간이다.

"퍽! 퍽!"

딱 두 발의 발사음.

거리가 3미터밖에 되지 않아서 둘 다 이마 한복판에 구멍이 뚫렸다.

의자와 함께 둘이 넘어졌을 때 사내가 소리쳤다.

"야! 비닐 가져와! 이삿짐 테이프도!"

그때 밀실 문이 열리면서 복강이 그 소리를 듣더니 소리쳤다.

"여기도 가져와라!"

황성은 마약 기운이 떨어진 상태에서 잠이 들어있었다.

거의 이틀 동안을 마약 기운으로 마시고 쾌락을 탐닉하다가 지친 상태다.

클럽 3층에 황성의 특실이 있다.

여자와 함께 침대에 널브러져 있던 황성은 우경순이 문을 부수고 들어 왔어도 깨어나지 않았다.

놀란 여자를 회장실에 가둔 우경순이 따라온 부하들에게 말했다.

"카펫으로 둘둘 말아서 들고 가자."

부하들이 재빨리 카펫 위에 황성을 들어 내려놓았어도 깨어나지 않고 늘어져 있다.

그것을 본 우경순이 이삿짐 테이프를 황성의 입에 붙였다. 그러더니 잠깐 망설이다가 테이프로 황성의 얼굴을 감기 시작했다.

황성이 사지를 버둥거리기 시작했지만 우경순은 그치지 않았다. 황성이 세 차례 버둥거렸고 부하들 넷이 달려들어 팔다리를 눌렀다.

이윽고 테이프가 황성의 머리통을 감아서 미라처럼 만들어 놓았고 황성은 움직이지 않았다.

"말아."

몸을 일으킨 우경순이 말하지 부하들이 카펫을 말았다.

사흘 후, 오전 10시.

이동욱의 호텔 방으로 채소기가 찾아왔다.

채소기가 동행한 황연을 이동욱에게 소개하는 동안 둘은 시선을 마주치지 않았다. 채소기는 황연이 이동욱을 찾아온 것을 모르는 것이다.

셋이 자리 잡고 앉았을 때 채소기가 말했다.

"이제부터 청야장 투자는 여기 계신 황 회장하고 상담하시게 되었습니다."

채소기가 길게 숨을 뱉었다.

"전 회장 황성 씨가 심장마비로 사망했기 때문인데요. 동생인 황연 씨가 회칙에 의해서 회장직을 이어받았습니다."

이동욱이 고개를 끄덕였다.

뉴스에도 나왔고 자형운한테서도 내막을 들은 것이다.

"삼가 애도를 표합니다."

이동욱과 황연의 시선이 마주쳤다.

"감사합니다."

황연이 차분하게 대답했다.

1시간쯤 지났을 때 이동욱이 황연과 가계약을 체결했다.

청야장 클럽과 식당의 영업에 대한 지분 50퍼센트를 투자하기로 한 것이다.

영업권은 청야장 클럽, 식당 전체가 1천만 불. 이동욱의 대성개발㈜는 5백만 불을 투자하게 된 것이다.

따라서 청야장의 종업원 구성과 관리 체제까지 절반씩 동등하게 배분하기로 결정했다.

청야장의 사장은 황연이지만, 운영은 투자사와 공동으로 하는 것이다.

황연에게는 5년쯤 전부터 사귀고 있는 남자가 있다.

상하이 이공대 교수, 차천위 박사.

32세, 영국 런던대에서 박사 학위를 받은 명문가의 차남.

아버지 황국이 차천위의 부친 차종과 어릴 적 친구였던 사이여서 사귀게 된 것이다. 부친끼리 합의한 후에 데리고 나와서 만나게 한 사이라고 해야 맞다. 하지만 둘의 사이는 좋았다. 결혼까지 생각하는 사이가 되었는데 3년 전 부친 황국이 세상을 떠났을 때 차천위와 함께 영국으로 떠날 생각까지 한 적이 있다, 그때 차천위는 런던에서 대학 강사로 있었다.

오늘, 황연은 시내 커피숍에서 차천위를 만나고 있다.

오후 3시 반.

황연이 할 이야기가 있다고 차천위를 불러낸 것이다.

차천위는 긴장해서 얼굴이 굳어 있다. 닷새 전에 황성의 장례식을 치렀을 때 차천위는 출장 중이어서 조화만 보냈다.

그때 황연이 말했다.

"우리 헤어져."

차천위는 해사한 용모에 날씬한 체격이다. 금방 흰 피부가 누렇게 굳어지더니 눈동자가 흔들렸다.

"왜 그래, 갑자기?"

"5년을 끌고 온 것도 신기할 정도야. 내가 진즉 끝내야 했어."

"왜 그러는데?"

차천위가 기를 쓰고 묻는다.

그때 황연이 길게 숨을 뱉었다.

"나한테 할 이야기 없어?"

"무슨 이야기?"

"헤어지는 마당에 해봐. 솔직하게."

"뭘?"

"내가 무서웠어?"

"아니. 도대체……."

"자윤이 말야. 노자윤."

그 순간 차천위의 얼굴이 시멘트벽처럼 굳어졌다. 눈동자도 흐려져서 생선 눈 같다.

그것을 본 황연이 쓴웃음을 지었다.

"내가 1년 전부터 알고 있었어. 하지만 내가 부족한 점이 있나 보다 하고 고치려고 노력했지."

"……."

"그러고 나서 언젠가는 나한테 말해주리라고 생각했어. 헤어지든지, 아니면 자윤이 이야기를 해주고 상의할 것이라고."

황연의 얼굴에 쓴웃음이 번졌다.

"그런데 아니었어. 넌 철저하게 이중생활을 즐기고 있었던 거야."

"……."

"아버지 장례식 때 넌 출장이라고 했지만 그 여자하고 홍콩으로 놀러갔다 온 거야. 내 전화를 받고 그랬지? '이거 어쩌냐. 홍콩에서 내가 회의를 주재하게 되었는데'라고."

"그, 그것이……."

막 입을 열던 차천위의 얼굴에 물벼락이 쏟아졌다.

황연이 물 잔을 쏟았기 때문이다.

주위의 시선이 모였고 차천위가 엉겁결에 벌떡 일어섰다.

그때 옆으로 두 사내가 바람처럼 다가오더니 차천위의 어깨 한쪽씩을 눌러 앉히고는 사라졌다.

기가 질린 차천위가 손바닥으로 얼굴만 씻었다.

그때 황연이 말했다.

"넌 개새끼야."

"……."

"그리고 참 둔한 놈이다. 내가 너하고 1년 동안 손도 잡지 않은 이유를 지금 알겠구나."

황연의 얼굴에 웃음이 떠올랐다.

"너하고 그 여자, 노자윤의 섹스 테이프를 네 학교 총장과 학장, 학과장 등 10여 곳에 보냈어. 교수와 조교의 불륜이니까 넌 파면되겠지."

차천위가 숨만 쉬었고 황연의 말이 이어졌다.

"내가 누구냐? 토요회 황가의 후손이야. 네놈이 놀아나는 동안, 네 부친의 식품 회사가 태국에서 식품과 함께 헤로인을 밀수해 온다는 증거를 잡았어. 그것도 이제 공안에 신고했으니까 아마 오늘 중으로 네 부친도 체포될 거다. 십중팔구 총살당하거나 종신형을 살게 되겠지."

황연이 더 밝게 웃었다.

"회사는 순식간에 공중분해될 것이고."

자리에서 일어선 황연이 번들거리는 눈으로 차천위를 보았다.

"네놈이 죽을 때까지 내 손 안에 있는 거야, 병신아."

"이 차장이 상하이의 토요회에 파고 들어갔어."

고대형이 셋을 둘러보고 말했다.

"청야장을 공동 경영하게 되었으니까 일 단계 작전은 성공이야."

그러나 아직 시작일 뿐이다.

거대한 산의 모퉁이에 삽질 한 번 한 것이나 같다.

그때 진시몬이 말했다.

"사장님, 내일 왕창주가 옵니다. 황비자오가 식사 제의를 했는데 아직 회답이 없다는데요."

왕창주는 부동산 재벌로 대양 그룹 회장이다.

본사는 베이징에 있지만 산둥성을 포함한 동북 3성에 사업장이 많아서 내일 칭다오에 방문 예정인 것이다.

"공안부장이 인사를 드리겠다고 만나자고 한 것이니까 대답이 올 거야. 신경 쓸 것 없어."

고대형이 가볍게 대답했다.

"만일 핑계를 대고 안 만나면 다른 방법을 쓰면 돼."

그때 최창민이 말했다.

"중국인은 체면과 예절을 대단히 중요하게 따집니다. 왕창주가 신임 칭다오 공안부장의 인사차 저녁 초대를 거절할 이유가 없습니다."

정보책임자 최창민의 말이 맞았다.

다음 날 칭다오에 도착한 왕창주는 황비자오의 초대에 응하겠다는 연락을 해왔고, 저녁 8시가 되었을 때 칭다오의 중식당 '태화관'의 특실로 들어섰다.

왕창주는 비서실장 공국진을 대동했는데 장신에 육중한 체격이다.

49세, 10년쯤 전만 해도 베이징 교외에서 철거 작업 전문으로 건설 하청 업체를 운영했던 왕창주다.

왕창주가 이렇게 거대 재벌이 된 이유는 권력자에게 줄을 잘 섰기 때문이다. 따라서 왕창주가 가진 재산만큼 권력자들에게도 자금이 뿌려졌다고 봐도 될 것이다.

특실로 들어선 왕창주가 웃음 띤 얼굴로 황비자오에게 다가왔다.

둘은 안면이 있다.

"오, 황 부장님, 축하합니다."

"반갑습니다."

악수를 나눈 황비자오가 옆에 있는 고대형을 소개했다.

"센트럴무역의 고대형 사장입니다. 고 사장이 왕 회장님을 존경하고 있다고 해서 말동무라도 하시라고 같이 왔습니다."

"아, 반갑습니다."

왕창주가 고대형에게 손을 내밀었고 둘도 인사를 나누었다.

비서실장 공국진은 45세, 왕창주가 직원 8명을 데리고 철거 사업을 했을 때부터 측근으로 베이징의 동양대학을 나왔다. 고등학교만 졸업한 왕창주에게 공국진은 얼굴 같은 존재다.

"자, 식사부터 하시지요."

주문을 받으러 종업원이 들어서자 황비자오가 말했다.

"오늘은 제가 사겠습니다."

말이 안 되는 소리지만 왕창주의 격이 그만큼 높은 것이다.

식사가 끝나갈 무렵, 1시간쯤이 지난 후다.

술도 곁들인 데다 고대형이 웃음거리 이야기를 몇 개 늘어놓아서 분위기가 밝다.

그때 고대형이 식탁 위에 소형 녹음기를 내려놓고 손가락을 입술에 세로로 붙였다.

입을 다물라는 만국 공통의 표시다.

그래 놓고 녹음기 버튼을 눌렀다.

그러자 곧 비서실장 공국진의 목소리가 울렸다. 물론 중국어.

"그러니까 달러로 바꾸면 770만 불이 조금 넘는군."

"예, 778만 4천 불입니다."

사내의 목소리가 이어졌다.

"합계 4천2백만 불 정도가 됩니다."

"저쪽 시티 은행에는 2천4백만 불이지?"

"예, 실장님."

"관리 잘해."

"염려하지 마십시오."

그때 처음부터 얼굴을 굳히고 있던 공국진이 일어서다가 고대형이 발을 거는 바람에 바닥에 엎어졌다.

왕창주는 눈만 부릅뜨고 있다.

다시 녹음기의 말이 이어졌다.

"회장한테는 서류를 위조해서 보냈으니까 몇 년 동안은 문제가 없을 거야. 내 선에서 끝나니까 말만 새나가지 않으면 돼."

"이건 제가 직접 제 손으로 합니다."

그때 공국진이 벌떡 일어났기 때문에 이번에는 고대형의 발길이 턱을 올려 찼다.

"턱석!"

턱뼈가 부서진 공국진이 뒤로 통나무처럼 넘어졌다.

뒤통수를 바닥에 부딪친 공국진이 두 다리를 쭉 뻗더니 물장구를 치는 것처럼 흔들었다. 기절한 것이다.

다시 자리에 앉은 고대형이 꺼진 녹음기를 집어 왕창주에게 건네주었다.

"공국진이 횡령해서 미국 은행에 차명으로 숨겨둔 돈이 7천만 불 정도 됩니다."

왕창주는 숨만 쉬었고 고대형이 말을 이었다.

"그리고 부동산이 3채 있습니다. LA 바닷가의 대저택이 1천만 불 정도이고, 뉴욕의 아파트가 5백만 불, 플로리다의 저택이 3백만 불, 그리고 증권이 2천만 불 정도, 모두 합해서 1억 2천만 불 정도입니다."

"……."

고대형이 이제 반듯이 누워 숨을 쉬는 공국진을 눈으로 가리켰다.

"이놈은 공안에 데려가면 문제가 될 겁니다, 다 불 테니까요."

고대형이 웃음 띤 얼굴로 왕창주를 보았다.

"이놈이 회장님에게 자금 세탁, 자금 은닉 방법을 알려주면서 저도 빼돌렸으니까요. 회장님의 은닉 재산이 아마 65억 불이 좀 넘지요?"

"……."

"그걸 폭로하면 회장님도 무사하지 못하실 테니까요."

"당신, 누구요?"

마침내 왕창주가 갈라진 목소리로 물었을 때 고대형이 바로 대답했다.

"CIA죠."

고대형이 눈으로 황비자오를 가리켰다.

"이 친구도."

돌아오는 차 안에서 고대형이 황비자오에게 말했다.

"중국의 역대 왕조는 모두 부패로 멸망했어. 황 형은 알고 있어?"

"글쎄, 난 중국에서 안 자라서."

쓴웃음을 지은 황비자오가 고대형을 쏘아보았다.

"거기에 나도 포함되는 거야?"

"아니. 당신은 혁명가야, 황 형."

고대형의 얼굴에도 웃음이 떠올랐다.

이제 둘은 말을 놓는다.

조상규가 운전하는 차의 뒷좌석에 둘이 앉아 있다.

왕창주는 숙소로 돌아갔지만 비서실장 공국진은 짐차에 실려 미리 고대형이 준비해놓은 안가로 옮겨졌다.

그곳에서 먹은 것을 다 토해내고 실종될 것이다.

"내일부터 나하고 왕창주의 작업이 시작될 거야."

고대형이 말하자 어느덧 황비자오가 끌려들었다.

"나도 가끔 진행 상황을 보러 가도 되겠지?"

"물론이지."

지그시 황비자오를 쳐다보던 고대형이 물었다.

"왜? 욕심나는 거야?"

그때 황비자오가 입 안에 고인 침을 삼켰다.

대답 대신이다.

"새 건물을 짓는 것이 낫겠는데요."

고개를 든 이동욱이 채소기와 황연을 보았다.

클럽 3층의 사무실 안.

황성이 차지했던 사무실에 셋이 둘러앉아 있다.

지금은 황연의 방이다.

오후 4시, 방금 건축사가 리모델링에 대한 상담을 마치고 돌아간 참이다.

"리모델링 비용이 3백만 불 가깝게 든다면 이 건물을 부수고 25층쯤의 새 건물을 짓는 것이 어때요?"

황연과 채소기는 눈만 껌벅였고 이동욱의 말이 이어졌다.

"지하 5층, 지상 25층. 지하 1, 2, 3층은 클럽으로 4, 5층은 주차장, 지상 1, 2층은 식당가, 그리고 3, 4, 5, 6층은 백화점, 그 위쪽은 호텔. 이렇게."

"어이구!"

채소기가 고개를 절레절레 흔들었다.

이동욱을 보는 시선이 꼭 귀신을 보는 것 같다.

황성이 난리를 치던 호텔 공사는 유야무야되었다. 건설회사는 계약 당사자인 황성이 급사했기 때문에 소송도 하지 못하고 포기한 상태다.

채소기가 어깨를 늘어뜨리며 말했다.

"몇천만 불이 드는 공사비용을 누가 댄단 말입니까? 우리 토요회는 그런 여력이 없어요."

"대성개발이 투자하지요."

이동욱이 말을 이었다.

"우리가 전액 투자할 테니까 지분을 딱 절반씩 나눕시다."

채소기가 숨을 들이켰다. 믿기지 않았기 때문이다.

그래서 와락 의심이 들었을 때 이동욱이 말을 이었다.

"그래요. 토요회 이름으로 사업을 합시다, 우리가 토요회에 들어갈 테니까."

"무슨 말씀입니까?"

채소기가 조심스럽게 물었다.

"토요회에 대성개발이 들어오다니요?"

"합작을 하되 토요회 이름으로 하자는 말이지요. 어렵게 생각하지 마시고."

"이유는 뭡니까?"

"상하이 시장을 먹으려고."

"당신⋯⋯."

"그래요. 우리가 토요회와 거래를 하려는 이유가 그겁니다. 사업만 하려면 이렇게 망해가는 곳과 동업하자고 접근할 리가 없죠."

"당신 누구요?"

"대성개발 주식회사."

"한국의 조폭 단체가 뒤에 있는 건가?"

"무슨 조폭."

쓴웃음을 지은 이동욱이 정색하고 채소기와 황연을 보았다.

"두 분한테만 말씀드리지요. 만일 두 분이 거부한다면 난 이 자리에서 손을 떼겠습니다."

둘의 시선을 받은 이동욱이 심호흡을 했다.

이 시점에서 터뜨리려고 계획은 했다. 본부에서 채소기의 '성분'에 대해서도 충분히 검토한 후에 이동욱에게 지시했기 때문이다.

하지만 터뜨리는 그 '집행자' 입장에서는 '총구' 앞에 선 느낌이다.

이윽고 이동욱이 입을 열었다.

"난 리스타 소속입니다. 등소평 부주석님과 부자지간 같았던 이 회장님이 중국에서 철수하시고 나서 이제 중국의 자본주의 세상을 정립시키시려고 다시 오시려는 겁니다."

그러고는 덧붙였다.

"등 부주석님도 받아들이셨을 겁니다."

"합시다."

입을 연 것은 채소기다.

그러더니 채소기가 고개를 돌려 황연을 보았다.

"아가씨, 우리 토요회는 중국 대륙에서 공산당의 모 주석과 국민당의 장 총통이 대립하기 전에 설립되었어요."

채소기가 말을 이었다.

"초대 회장께서는 모 주석하고도 친하셨고 장 총통과는 호형호제하는 사이셨습니다. 우리가 낮에는 중화민국의 얼굴로 살고 밤에는 자본주의 세상으로 살아가는 것이 조상님의 뜻에도 맞습니다."

"좋아요."

황연이 고개를 끄덕였다.

"우리는 삼합회처럼 나라에 빚진 것 없어요. 열심히 일하고 세금 내면 돼요."

정답이다.

삼합회는 정부의 앞잡이 노릇을 하면서 세력을 급격하게 팽창시켰지만 토요회는 덕 본 일이 없는 것이다. 하긴 토요회 세력이 삼합회에 비하면 코끼리와 여우 정도밖에 안 된다.

"황연이 겉으로는 순진하게 보여도 독종입니다."

그날 밤, 자형운이 말했다.

황푸강 근처의 식당 안.

자형운이 말을 이었다.

"5년 동안 사귀던 애인을 파면시켜 버렸어요. 그리고 애인의 아버지는 구속되었는데 아마 사형이나 종신형을 당할 겁니다."

술잔을 든 이동욱에게 자형운이 차천위의 사건을 말해주었다.

차천위 사건은 언론에도 보도된 것이다.

자형운이 웃음 띤 얼굴로 이동욱을 보았다.

"이제 토요회와는 한 배를 타게 되었으니까 황연과도 친해 보시는 게 어떻습니까?"

"천만에."

이동욱이 고개를 절레절레 흔들었다.

"그게 미인계요? 아니면 미남계인가? 어쨌든 나한테는 해당되지 않는 거요."

"분위기가 괜찮은데, 상황도 좋아졌고."

"나, 참. 이 양반이 영화 찍고 있나?"

술잔을 내려놓은 이동욱이 자형운을 노려보았다.

"이보쇼, 그런 건 딴사람한테 하라고 해. 나한테는 해당 사항이 없으니까."

"할 수 없지."

쓴웃음을 지은 자형운이 술잔을 들었다.

"자, 어쨌든 다음 작전이 벌써 시작되고 있어요, 이 형."

상하이에는 '협회' '형제회' '사업단' 등으로 불리는 폭력조직이 1백 개도 넘는다. 조직 폭력, 즉 조폭이라고 아주 솔직하게 불리는 한국과는 달리 중국에서는 '회(會)'를 붙여서 점잔을 뺀다.

토요회가 한국의 대성개발과 합작 작업으로 지하 5층, 지상 25층짜리 사업장을 짓는다는 소문은 하루도 안 되어서 상하이 전역에 퍼졌다.

토요회는 상하이에서 밥을 먹고 사는 1백여 개 '사업단' 중에서 등수를 매기면 50등쯤 될까?

전통과 연수로 따지면 1위일지 몰라도 요즘 누가 전통 따지는가?

상하이의 서열 1위는 당연히 삼합회 상하이 지부다. 2위는 오복회, 3위는 혈우회.

자, 그런데 3위 혈우회에 비상이 걸렸다.

상하이 중심부에 위치한 대산빌딩 안.

17층짜리 대산빌딩은 대산건설, 대산유통의 본사가 입주해 있다. 물론 대산빌딩은 혈우회 소유다.

17층의 대산건설 회장실에는 회장 추경산과 고문 방진, 건설의 영업담당 전무 하종, 셋이 앉아 있다. 추경산이 소집한 것이다.

"토요회와 합자한 대성개발은 자금력이 탄탄한 '유흥사업체'야. 증시에도 상장되었고 의심할 만한 부분은 없다."

추경산이 둘을 번갈아 보았다.

50세. 부친 추공목이 일으킨 혈우회를 15년 전에 추경산이 이어받아 상하이 3대 조직으로 키웠다. 조직원 8,300명.

중국은 과연 인해전술이다.

상하이에서만 해도 이렇다. 상하이에서 1위인 삼합회는 1만 6천 명, 2위인 오복회는 1만 1천 명이다.

추경산이 말을 이었다.

"그 개자식들이 25층 빌딩을 지으면 그쪽의 우리 상권은 다 망한다."

"……"

"큰 나무 밑의 잡초가 시드는 것처럼 망한단 말야."

"회장님."

고문 방진이 추경산을 보았다.

"아직 공사를 시작하지 않았습니다. 시간 여유가 있습니다."

"황성이 돌연사를 한 것도 미심쩍어. 그 병신이 다 망쳐놓으면 토요회는 우리가 집어먹는 건데."

"황성의 측근 석표가 홍콩 출장에서 돌아오지 않은 것도 수상합니다."

하종이 말했을 때 추경산이 짜증을 냈다.

"그런 건 신경 쓰지 말고, 그 개새끼들 사업을 막아. 민원을 넣든지 공권력을 동원해서라도 말이다."

"대성개발의 책임자로 나와 있는 놈을 사고사로 없애는 것이 어떻겠습니까?"

하종이 조심스럽게 묻자 방진이 반대했다.

"그놈을 없애면 또 다른 놈이 올 거야. 대성개발의 사주를 없애면 모를까. 후유증이 커지면 안 한 것보다 못해."

그때 추경산이 물었다.

"그놈이 지금 어디에 있나?"

"인터컨티넨탈에 투숙했는데 어제 한국으로 들어갔습니다."

하종이 바로 대답했다.

이동욱에게 감시를 붙여놓은 것이다.

"황연이 토요회 회장이 될 줄이야."

의자에 등을 붙인 추경산의 얼굴에 웃음이 떠올랐다.

"채소기가 없으면 황연이는 아무 일도 못 하겠지?"

"힘들겠지요."

방진이 고개를 끄덕였다.

"황 씨 가문이 이번에 끝나게 될지 모릅니다. 황성이 결혼도 안 하고 죽은 데다 황연도 미혼 아닙니까?"

그때 추경산이 눈을 가늘게 떴다.

"황연이 교통사고라도 나서 죽는다면 다 끝나겠지?"

방 안에 잠깐 정적이 덮였다.

추경산은 시치미를 딱 뗀 얼굴이고 방진과 하종은 몸을 굳힌 채 앞쪽만 본다.

둘 다 눈동자가 흐려져 있다.

서울, 계약을 마친 이동욱이 칭다오로 가지 않고 서울로 온 것은 한숨 돌리려는 의도였다. 긴장으로 신경이 터질 것 같은 상황에서 시간을 보내다 보면 갑자기 몸이 무너지는 법이다. 신경이 마비되는 것이다.

이곳은 시청 앞 지하상가다.

오후 2시 반.

커피숍에 앉아 있던 이동욱이 안으로 들어서는 정희은을 보았다.

짧게 자른 머리에 화장기가 없는 얼굴이 청초한 꽃 같다.

고대형에게 만났다가 헤어지기를 반복한다고 했지만 정희은은 아니다. 3년째 만나고 있다.

27세, 상계 중학교 국어 교사. 지금은 1학년 3반 담임.

그때 앞쪽에 앉은 정희은이 웃지도 않고 묻는다.

"이번은 며칠 있다가 가?"

"이틀."

"일박 이일?"

"이박 삼일."

"오늘 밤, 내일 밤이야?"

"토요일, 일요일이지."

"날 맞춰서 왔네."

"그럴 줄 알고 가방 가져온 거냐?"

"이쯤 되면 손발이 맞지?"

정희은이 옆에 놓인 가방을 눈으로 가리켰다.

여전히 차분한 얼굴. 차가운 표정이라고 해야 잘 어울린다. 갸름한 얼굴형에 눈꼬리가 조금 솟아서 만화에 나오는 요정 같다. 이런 표정으로 있다가 웃으면 심장 박동이 두 배쯤 빨라지는 것이다.

"차, 가져왔어?"

정희은이 묻자 이동욱이 고개를 끄덕였다.

"옆쪽 주차장에."

그때 종업원이 다가와 정희은의 주문을 받고 갔다.

정희은이 다시 묻는다.

"지금까지 뭘 했어?"

"중동에 있었어, 사우디에."

"거기서 옷 팔았어?"

"응. 실적이 좋았어."

지금 이동욱은 7개월 만에 정희은을 만나는 셈이다.

7개월 동안 전화는 서너 번쯤 했다. 세 번인지, 네 번인지 기억이 나지 않는다.

종업원이 가져온 커피를 세 모금쯤 마신 정희은이 가방을 들고 자리에서 일어섰다.

"가자."

"어디로?"

따라 일어선 이동욱이 묻자 정희은이 발을 떼며 말했다.

"아무 데나."

동해안 쪽으로 가기로 하고 서울 톨게이트를 빠져나왔을 때다.

옆자리에 앉아 있던 정희은이 앞쪽을 향한 채로 말했다.

"내가 헤어질 때 말하려고 했는데 지금 할게."

"말해."

차는 벤츠다. 리스타 서울 지사에 연락했더니 공항으로 차를 가져다주었다.

귀빈용 벤츠.

지난번에도 서울 왔을 때 빌렸는데, 그때는 한국산 최고급 모델인 '자나타' 였다.

그때도 정희은을 모시고 다닌 터라 이번에는 '감동' 받은 눈치가 아니다. 자나타나 벤츠나 같은 급인 줄 아는 갑다.

그때 잠깐 망설이던 정희은이 말했다.

"우리 헤어져."

"……."

"앞으로는 전화도 하지 말고 찾아오지도 말아줘."

"뒤로는 되고?"

"나, 남자 생겼어."

"……."

"6개월쯤 되었는데, 좀 깊은 관계야."

"……."

"세 번쯤 잤어. 아니, 네 번인가?"

"……."

"그 사람이 엄마 만나자고 해서, 다음 주에 어머니한테 보여주려고 해."

"……."

"무슨 말인지 알지?"

"모르겠는데?"

토요일 오후여서 고속도로는 차가 밀리고 있다.

이동욱이 고개를 돌려 정희은을 보았다.

"만나서 고스톱 치게?"

"엄마한테 말했더니 왜 이제야 보여주냐고 하면서 난리야."

"……."

"그 사람을 자기로 아는 거야. 자기하고 외박한 것을 그 사람인 줄 알아."

"……."

"그래서 만난 지 6개월이라는 말은 안 했어."

"너, 그 친구하고 그거 하면서 내 이름 부르지 마."

이번에는 정희은이 입을 다물었고 이동욱이 말을 이었다.

"그랬다가 산통 다 깨진 사람들이 많아. 절대 조심해야 돼."

"개새끼."

이것으로 둘의 대화가 끝났다.

그 시간에 고대형은 리스타랜드에서 비서실장 안학태를 만나고 있다.

이곳은 리스타빌딩의 비서실 안.

안학태가 입을 열었다.

"청야장 건물의 신축 공사 기간에 중국 파견 인원의 교육 훈련이 실시될 거야."

안학태가 말을 이었다.

"인원은 모두 리스타자원에서 충원하기로 했는데 훈련은 달라스에 있는 CIA 훈련기지에서 받기로 했어."

고대형이 잠자코 고개만 끄덕였다.

CIA와의 합동 작전인 것이다. 그리고 CIA의 훈련이 더 완벽하다.

고대형 자신도 여러 번 CIA 훈련 과정을 거친 것이다.

안학태의 얼굴에 웃음이 떠올랐다.

"어쨌든 중국에서 기반을 굳히는 것은 우리니까. 미국이 아냐."

"그렇습니다."

"왕창주를 끌어들인 건 대단한 성과야."

"그놈은 애국심도 없는 놈입니다. 머릿속에는 돈 생각밖에 없습니다."

"하지만 왕창주의 대양그룹은 정부 고위층과 연결되어 있어."

안학태의 얼굴에 웃음이 떠올랐다.

"왕창주에 이어서 상하이의 철강 재벌 조형서를 잡아야 돼."

그래서 지금 CIA는 조형서의 뒤를 캐고 있는 것이다.

그때 손목시계를 본 안학태가 말했다.

"자, 이제 고주몽 만나러 가야지."

"나, 여기서도 김치공장 시작했어."

고대형을 본 나타샤가 소리치듯 말했다.

두 손을 벌리고 다가온 나타샤가 고대형의 양쪽 볼에 소리 나게 입을 맞췄다. 그때 집 안에서 소녀가 고주몽을 안고 달려 나왔다. 얼굴을 활짝 펴고 웃는다.

뒤를 유리가 따라 나오더니 달려와 고대형의 한쪽 팔을 잡고 매달렸다.

"어, 그래."

유리를 번쩍 들어 올렸다가 내려놓고 나서 고대형은 고주몽을 받아 안았다.

아이는 깨어서 눈을 말똥거리고 있다.

"예쁘죠?"

소녀가 바짝 다가가서 물었다.

"아빠다, 아빠야."

소녀가 소리치자 아이는 놀랐는지 입을 비죽거렸다.

"어, 아이 놀랐잖아?"

아이를 안고 몸을 돌리면서 고대형이 나무랐다.

"우리 김치 공장 구경 좀 해. 여기서는 장사가 더 잘될 것 같아. 우리가 돈 걱정은 없지만 이 많은 식구가 놀면 뭘 해?"

나타샤가 뒤에서 커다랗게 소리쳤다.

이제 주위로 동생 미카엘, 타냐가 몰려왔고 친척들까지 보인다.

이곳은 리스타랜드 바닷가의 '리틀 타슈켄트'다. 그렇게 동네 이름까지 지었다.

동해안 경포대의 호텔방 안.

오전 4시 반.

이곳에서 이틀째 밤을 지나고 새 아침이 밝아 온다.

이동욱이 정희은의 어깨를 안고 부옇게 밝아오는 창밖의 하늘을 본다.

방금 폭풍 같은 시간이 지났기 때문에 방은 습한 열기로 덮여 있다.

이곳에 올 때 정희은은 헤어지자고 말한 후에 두 번 다시 꺼내지는 않았다.

평소처럼 먹고 마시고, 침대에서는 '동욱 씨'를 외쳐대면서 몸부림을 쳤다.

그렇게 이틀이 지나고 있다.

정희은은 이동욱의 가슴에 볼을 붙인 채 더운 숨을 뱉고 있다.

눈을 깜박이면 속눈썹이 가슴을 간지럽힌다.

그때 이동욱이 정희은의 엉덩이를 움켜쥐고 당겨 안았다.

"나도 헤어지기 전에 미리 말하겠는데."

정희은이 숨을 죽였고 이동욱의 말이 이어졌다.

"내가 가족 없는 거 알지? 그래서 이번에 내 수당, 너 주려고 갖고 왔어. 30만 불쯤 되는데 네 결혼 비용으로 보태 써."

술잔을 든 하상옥이 추경산을 보았다.

상하이 구시가지에 위치한 대해(大海)식당 안.

둘은 밀실에서 이곳의 이름난 명주인 팔복주를 마시고 있다.

70도짜리, 금가루가 포함되어 있어서 한 병을 다 마시면 금 2돈을 마신 것과 같다는 것이다. 술 1병 안에 한 돈짜리 금반지 2개가 들어있다는 말이나 같다.

"이봐, 추 회장."

"예, 형님."

추경산이 고분고분 대답했다.

하상옥은 상하이 공안부장이다.

중국 제1의 대도시 상하이 공안부장은 능력과 경력이 제아무리 출중해도 될 수 없는 자리 중의 하나다. 가장 중요한 인맥이 있어야 한다.

인맥이 무엇이냐? 배경이다. 그 배경은 바로 혈통이다.

이른바 '태자당'이 그것이다.

하상옥의 할아버지는 역사 교과서에도 나온다. 바로 모택동 주석의 경호원이었던 하중산이다.

하상옥의 아버지는 일찍 죽었지만 하상옥은 태자당으로 인정되어 순풍에 돛을 올린 것처럼 출세했다.

태자당은 서로 밀고 당겨 주는 것이 특징이다. 등소평 시절에는 조금 위축되었지만 지금은 대놓고 지배 계급이 되었다.

하상옥의 말이 이어졌다.

"거기, 토요회하고 동업한 한국 놈 말야, 그 한국 놈들이 어떤 놈들인지 아나?"

"모릅니다, 형님."

추경산은 하상옥과 동갑인 50세였지만, 하상옥을 형님으로 모시고 있다.

"잘 들어, 추 회장."

"예, 형님. 듣겠습니다."

"역사 공부야."

"예, 형님."

"한국이 지금은 우리보다 잘산다고 으스대고 관광객들이 돈 자랑하면서 우리를 무시하지만, 그놈들은 수천 년 전부터 우리 속국이었어."

"그렇습니까?"

"내가 한국 역사는 두르르 꿰고 있어."

60

"존경합니다, 형님."

"그놈들은 수천 년 동안 우리 중국의 지방이었다구. 좋게 말해서 조공국이었고, 바로 말하면 속국이었지."

"아, 그렇습니까?"

한 모금에 팔복주를 삼킨 하상옥이 말을 이었다.

"고구려라는 나라, 아나?"

"모릅니다, 형님."

"한반도의 지금 북한 땅부터 동북 3성의 면적까지 다 차지한 나라가 고구려야. 그 고구려가 우리 중국 역사에 포함되는 지역이야. 그것이 밝혀졌어."

"아하!"

"지금 한국령이 옛날에는 세로로 절반이 딱 갈라져서 왼쪽이 백제, 오른쪽이 신라라는 나라로 나뉘었는데 한 6백 년 동안 둘이 치고 박고 싸웠지."

"지금 남북한처럼 말입니까?"

"그 이상이야. 그러다가 오른쪽의 신라라는 나라가 우리 중국의 당나라 원조를 받아서 백제를 멸망시켰어."

"아, 당나라."

"그 후에 신라, 고려, 조선 모두 우리 중국의 식민지나 같았다가 우리가 한국을 일본한테 빼앗긴 적이 있지."

"언제 말입니까?"

"청나라 때. 청일 전쟁에서 패했을 때."

"아, 그렇구나."

"그때 일본이 한국을 36년간 식민지로 삼았어. 그러다가 2차 세계대전이 끝나고 남북한이 갈라진 채 독립한 거야."

"그렇군요."

"한반도가 제대로 나라 구실을 한 것이 수천 년 역사에서 몇십 년밖에 안 돼."

"이제야 알았습니다, 형님."

그때 하상옥이 다시 팔복주를 삼키더니 붉어진 눈으로 추경산을 보았다.

"그놈들이 그냥 투자하게 둬. 다 투자한 후에 우리가 먹어버릴 테니까."

"형님만 믿습니다."

추경산이 의자 밑에 놓인 가방을 들어 하상옥의 옆쪽에 놓았다.

"외국 출장 때 쓰시라고 10만 불 넣었습니다, 형님."

2장 여왕의 그림자

"어떻습니까?"

녹음기의 정지 버튼을 누른 자형운이 이동욱에게 물었다.

오후 3시 반.

이곳은 상하이 구시가지의 주택가 안, 둘은 응접실에 앉아 있다.

이동욱은 서울 출장에서 돌아온 지 3시간밖에 되지 않다. 공항에서 바로 이곳으로 온 것이다.

이동욱이 되물었다.

"뭐가 어떻다는 거요?"

"나도 중국인이지만 하상옥의 역사 공부에 놀랐어요. 굉장한 반한(反韓)파 아닙니까?"

자형운은 추경산과 하상옥의 약속 장소를 안 후에 미리 도청 장치를 설치해 놓은 것이다.

토요회에 가장 신경을 쓸 조직이 혈우회였기 때문이다.

이동욱이 쓴웃음을 지었다.

"제멋대로 역사지. 저희들끼리 믿으라고 하면 돼요, 한국 사람은 따로 역사 공부를 하니까."

"나라마다 주변 역사가 다르군요."

"형제간에도 가족사가 다른데, 뭘. 내가 어떤 형제를 아는데 형은 아버지가 독재자라고 하던데, 동생 놈은 인자했다고 합디다."

"실제로 그렇게 대한 모양이죠?"

"근데 어떤 한 놈한테만 가족사를 쓰라고 한다면 문제가 되지."

"어쨌든 하상옥은 대비를 해야 되겠습니다, 이 형."

"그 개자식 정보 좀 수집해줘요."

마침내 이동욱이 적의를 드러내었다.

"식민지에서만 살아 온 민족이 얼마나 독해졌는가를 보여줄 테니까."

투자금이 입금되면서 공사는 급진전되었다.

중국 정부는 해외 투자를 필사적으로 받아들이는 상황이어서 행정 당국은 적극적으로 협조적이다. 공사 허가가 하루 만에 나왔고, 건물 설계도가 나오기 전에 3층 건물의 철거 작업부터 시작되었다.

투자자인 대성개발이 청야장 직원 220명에 대해서 공사 기간 중에도 월급의 70퍼센트를 지급한다는 발표를 하자 언론이 대서특필했고, 청야장이 대번에 유명해졌다.

"덩달아서 토요회도 체면을 세웠습니다."

손에 쥔 신문을 흔들면서 채소기가 웃었다.

"아가씨는 어떻습니까?"

둘이 있을 때는 채소기가 여전히 황연을 아가씨라고 부른다.

이곳은 청야장이 대각선으로 보이는 길 건너편의 2층 건물이다.

아래층이 식당인 이 건물도 토요회 소유인데, 이곳이 임시 토요회 회장실이다. 청야장 건물이 헐리고 있기 때문이다.

황연이 쓴웃음을 짓고 물었다.

"연합건설 문제를 어떻게 처리하죠? 우리가 돈 많은 줄 알고 저러는데요."

"글쎄. 돈은 우리가 쥐고 있는 게 아니라고 하는데도 그러는군요."

금방 이맛살을 찌푸린 채소기가 투덜거렸다.

연합건설은 죽은 황성이 호텔 공사 계약을 한 업체다.

이번에 토요회의 청야장 신축 공사가 알려지자 죽은 황성이 계약한 호텔 공사 위약금을 내든지, 청야장 신축 공사를 맡게 해달라고 달려든 것이다.

이들은 또 뒤에 배경이 있다. 서열 12위인 '우정협회'다.

회원 4,400명. 회장은 문종. 주로 건설 현장의 노동자들을 장악한 양아치 조직인데 무지막지해서 똥을 피하는 것처럼 한 수 접어주는 바람에 세를 키웠다.

문종의 본래 이름은 해갈이었지만 이름도 더럽다고 해서 바꾼 것이다.

"그렇다고 그놈들한테 이 공사를 맡길 수도 없고."

채소기가 자리에서 일어섰다.

"그놈들이 우정협회를 끌고 들어온 걸 보면 쉽게 물러날 것 같지가 않아요."

채소기가 방을 나갔을 때 식당 지배인 윤창이 들어섰다.

윤창은 황연의 심복이다. 부친 황국이 황연이 대학에 입학했을 때부터 윤창에게 맡긴 터라 사부나 같다.

황연이 입을 열었다.

"이 전무가 지금 어디 있죠?"

"아직 호텔에 들어오지 않았습니다."

윤창은 40대 중반이다. 마른 몸매에 얼굴도 깔끔하고 단정한 차림이어서 상사맨 같다.

윤창이 말을 이었다.

"고문은 뭐라고 하십니까?"

"특별한 방법은 없는 것 같아요."

"그놈들이 우정협회를 끌고 들어온 걸 보면 그냥 물러날 리는 없습니다."

고개를 든 윤창이 황연을 보았다.

"이제는 아가씨가 적극적으로 나서야 할 때가 되었습니다."

황연이 숨을 들이켰다.

차천위를 처리한 것은 윤창이다. 윤창이 차천위와 가족에 대한 정보를 다 수집했고 녹화까지 해놓았기 때문이다.

윤창이 말을 이었다.

"아가씨, 이 전무를 만나보시죠. 지난번처럼 찾아가 털어놓고 협조를 구하세요."

지난번에도 윤창이 가라고 했다.

"산 넘어 산이군."

이동욱의 보고를 받은 고대형이 탄식하듯 말했다.

"하지만 어쩌냐? 네가 처리해야지. 나도 여기 일이 태산이다."

"압니다."

이동욱이 한숨을 쉬었다.

둘은 지금 각각 식당과 커피숍에서 통화를 하고 있다. 위치는 칭다오와 상하이다.

이동욱이 말을 이었다.

"우정협회부터 처리하는 것이 낫겠습니다."

"여기서 누구 보내줘?"

"아직 혼자가 낫습니다."

"그건 네가 결정하고."

"필요하면 연락드리지요."

"일단은 연락관과 상의하고."

연락관은 자형운이다.

"예, 사장님."

"어때? 서울에서 좀 쉬었어?"

"예, 긴장이 좀 풀렸습니다."

"나도 이번에 랜드에서 실장님 만났는데, 너 칭찬을 하시더라."

"그러다가 골로 가는 거죠."

"무슨 말이냐?"

"그 칭찬이 계속되면 정신이 없어지는 겁니다. 그러고 나서 기록에서 지워지는 거죠."

"부장이나 진급하고 나서 가라."

고대형의 목소리에 웃음기가 띠어졌다.

"곧 리스타 부장이 될 거다."

대성개발은 전무여서 별 감동이 없다.

숙소는 인터컨티넨탈로 정했지만, 안 들어올 때가 많아서 호텔에서는 수지맞았다고 생각할 것이다, 서울에 이박 삼일 휴가를 갔을 때도 호텔에 숙박한 상태였으니까.

밤, 10시 반.

노크 소리에 기다리고 있던 이동욱이 3초 만에 문을 열었다.

황연이다.

황연은 한 시간 전에 방문하겠다는 연락을 했고, 5분 전에 로비에서 올라가겠다는 인터폰을 했던 것이다.

눈인사만 한 황연이 방으로 들어섰을 때 이동욱이 낮게 말했다.

"바에서 술 한잔 합시다."

그러고는 몸을 돌렸기 때문에 황연이 방에 들어왔다가 앉지도 못하고 이동욱을 따라 나왔다.

바는 바로 위층이었기 때문에 이동욱이 계단을 향해 다가가면서 말했다.

"호텔은 며칠 비워놔서요."

금방 눈치를 챈 황연이 고개를 끄덕였다.

계단을 오른 이동욱이 바로 들어가지 않고 옆쪽 테라스로 다가갔다.

22층 테라스에는 밤바람이 찼기 때문인지 사람이 없다. 조명도 양쪽만 비추고 있어서 정면은 어둡다.

난간으로 다가간 이동욱이 시내를 내려다보았다.

황연이 옆에 서면서 입을 열었다.

"오빠가 건설회사하고 호텔 공사 계약을 한 것이 있어요."

이동욱은 앞쪽을 응시한 채 고개만 끄덕였고 황연이 말을 이었다.

"그런데 그 건설회사가 오빠가 죽고 나서 가만있다가 이번에 청야장 공사를 한다는 말을 듣고, 그 공사를 맡게 해달라고 협박을 해요."

"……."

"그 건설회사 뒤에 우정협회가 있어요. 건설 공사에 인력을 대는 것이 주업인 단체인데, 아주 독해요."

"……."

"혈우회가 노리고 있다는 소문도 있고. 우리가 불구덩이를 건드린 것 같아요."

고개를 돌린 이동욱이 황연을 보았다.

시선이 마주쳤다가 곧 떼어졌다.

"그것이 가장 급하군요."

이동욱이 다시 시내를 내려다보면서 말했다.

"알았습니다. 내가 처리하지요."

"어떻게요?"

"연구를 해봐야지요."

"미안해요."

"아니, 천만에."

"제가 도와 드릴 일이 있으면 언제든지 불러주세요."

"알았습니다."

황연이 주춤거렸을 때 상체를 편 이동욱이 물었다.

"이제는 바에 가서 술이나 마실까요?"

바는 비어 있었기 때문에 둘은 창가의 자리에 앉았다.

종업원에게 맥주를 시키고 난 이동욱이 황연에게 물었다.

"한국, 가봤습니까?"

"아뇨."

고개를 저은 황연이 쓴웃음을 지었다.

"제 주변에 한국 가본 사람이 드물어요. 조금 후에는 쏟아져 가겠죠."

지금은 한국인들이 중국으로 밀려들기 시작하고 있다.

중국 정부가 한국의 투자를 적극 유치하면서 관광객들까지 받아들이기 때문이다.

황연이 이동욱을 보았다.

"그런데 전무님은 중국어에 유창하세요. 말만 들으면 중국인인 줄 알겠어요."

"얼굴은 다릅니까?"

"얼굴도요."

"본래 중국과 한국인은 같은 DNA죠. 조상들이 중국에서 한국으로 건너왔거든요."

"그런가요?"

"한국에서 일본으로 건너갔고."

"조상들이 같네요."

"수천 년 전 나하고 황 회장님, 조상이 부부였을 가능성이 많습니다."

"참, 나."

"남자친구 있습니까?"

"없어요."

"하나 만드시는 게 나아요."

"왜요?"

"스트레스 해소에 도움이 됩니다."

"더 쌓이는 게 아니구요?"

"아예 스트레스 해소용으로 만드는 겁니다."

이야기가 술술 이어진다.

연합건설 사장 원강은 상가 건설 전문이었는데 요령이 부족해서 하위권 건설업체였다. 회사가 창립된 지 20년 가깝게 되었지만 20층 이상 대형 건물의 공사를 맡은 경력도 없는 것이다.

이번에 청야장 공사에 덤벼든 것은 황성과의 호텔 계약 때문이 아니다. 우정협회가 뒤에서 바람을 넣은 것이 이유다.

원강은 48세, 연합건설의 창립자다. 그래서 수전산전 다 겪은 여우라고 봐도 된다.

우정협회가 바람을 넣자 이것도 기회라는 생각이 들었다.

누이 좋고 매부 좋다는 것 아닌가? 손해 볼 것 없는 일이다.

오후 7시, 상하이 시내 오송강 근처의 해산물 식당 안.

원강과 우정협회의 회장 문종이 마주 앉아 있다.

오늘은 두 조직의 수뇌가 마지막 타협을 하는 날이다.

문종은 53세. 본명이 해갈이었을 때부터 건설 현장을 돌아다닌 터라 원강보다 경력이 오히려 많다. 다만 건설회사 운영 경력이 딸릴 뿐이지.

비대한 체격의 문종이 체구부터 분위기를 압도하고 있다.

"이봐요, 원 사장."

"예, 회장님."

이런 식으로 대화가 이어진다.

"공사비가 얼마나 나올 것 같소?"

"지하 5층에 지상 25층에다가 고급 자재를 쓰면 미화로 2천만 불 가깝게 됩니다."

"내가 보기엔 3천만 불이 넘을 것 같던데."

"그거야 자재를 쓰기에 따라서……."

"어쨌든 공사 설계와 견적이 나와야겠지, 건설사가 정하는 것도 아니니까."

"그렇지요."

"공사비의 20퍼센트를 내시오."

"예?"

"공사비가 얼마가 나오든지 20퍼센트."

문종이 손가락 두 개를 펴 보았다.

"내가 공사를 받아드릴 테니까."

"하지만……."

"견적 낼 때, 내가 최대한 연합건설의 가격을 받아드릴 테니까."

"너무 많습니다, 회장님."

"난 깎을 수가 없는데."

"20퍼센트면 그런 전례가 없습니다."

"전례는 만들면 돼."

"어떤 가격을 받아도 20퍼센트를 떼어 가면 적자가 납니다."

"우리가 가격을 좋게 받아준다는데도 그러네."

문종의 목소리가 높아졌다.

"토요회 오더를 받아주고, 가격까지 좋게 받아준다는데도 이러는 거요?"

"아직 설계도도 나오지 않은 데다……"

"설계도는 다음 주에 나올 거요."

어깨를 편 문종이 입술 끝을 올리며 웃었다.

"태평 설계 사무소가 설계를 하고 있어. 그 사무소도 내가 쥐고 있어."

"……"

"지금까지 연합건설은 나하고 인연이 없었지만, 이번 기회부터 같이 일해 봅시다."

"……"

"1년 안에 상하이의 건설 업체 468개 중에서 최소한 50위 안에는 들게 해드리지. 작년 실적이 424위였던가?"

문종이 심호흡을 했다.

"나하고 관계가 있는 건설회사가 172개야. 그중에서 100위 안이 58개, 50위 안이 14개가 있어."

사실인지 확인할 길도 없다.

눈만 껌벅이는 원강에게 문종이 말했다.

"지금부터 새 세상을 사는 거야, 원 사장, 나하고 같이."

그때 문에서 노크 소리가 들리더니 음식 그릇을 수레에 담은 종업원이 들어섰다. 수레에 담긴 요리에서 맛있는 냄새가 풍겨왔다.

얼큰한 해물 잡탕과 장어구이 요리. 모두 문종이 좋아하는 요리다.

침을 삼킨 문종이 차례로 내려놓은 요리를 보면서 감탄했다.

"냄새 죽여주는구만."

종업원이 아래쪽 포장을 들치고 소음기를 낀 권총을 꺼내더니 문종의 눈에 대고 방아쇠를 당겼다. 총구가 눈에 붙여졌기 때문에 발사음이 더 낮게 울린다.

"퍽!"

이어서 총구가 원강에게 돌려졌다.

원강은 얼떨떨한 표정으로 1미터쯤 떨어진 총구를 보았다.

입을 반쯤 벌린 것이 실감하지 못하는 것 같다.

"퍽!"

이번 총알은 원강의 눈썹 사이를 뚫고 지나갔다.

홀에 앉아 있던 문종의 경호원 셋은 수레를 밀고 들어간 종업원이 빈손으로 나오는 것을 보았다.

그러나 이상하게 생각하지 않았다. 수레는 방에 두었겠지, 하는 표정들이다.

연합건설 사장 원강을 따라온 비서 둘은 국수를 먹느라고 그쪽은 보지도 않았다.

"뭐? 문종과 연합건설 사장이?"

하상옥이 그렇게 되물었다.

오후 8시, 하상옥은 시장이 주재한 시 간부들과의 저녁 식사를 하다가 보좌관에게서 보고를 듣고 있다. 둘은 연회장 밖 복도에 서 있다.

하상옥이 이맛살을 찌푸렸다.

"사살당했단 말야?"

"예, 총으로 쐈습니다. 종업원으로 위장한 놈이 들어가 쏘고 도주했다고 합니다."

"방 안에 두 놈뿐이었어?"

"예, 수행원들은 밖에 있었습니다."

"이런 빌어먹을."

"어떻게 할까요? 일단 현장은 봉쇄했습니다만."

"언론 보도는 안 돼. 잘했어."

"수사는 해야겠지요?"

"우정협회장 문종은 적이 많아. 그놈이 죽기를 바라는 놈이 1백 명도 넘을 거야."

"그럼요. 건설회사는 다 당했으니까요."

"그런데 연합건설 사장 놈은 누구야?"

"상하이의 건설 업체 도급 순위로 468개 업체 중 424위인 전문 업체입니다."

"같이 있다가 당한 건가?"

"조사해 봐야지요."

"어쨌든 양아치 새끼가 죗값을 받고 지옥불로 떨어졌군."

입맛을 다신 하상옥이 몸을 돌리면서 말했다.

"언론 통제, 확실하게 해."

그래서 일단 언론 보도는 되지 않았다.

그런데 혈우회의 입장은 다르다.

거의 같은 시간에 문종과 원강의 피살 사건을 보고 받은 추경산은 바로 간부

회의를 소집했다.

오후 9시에 간부들이 모였으니 탁월한 기동력이다.

"누구냐?"

추경산이 대뜸 물었다.

"어느 놈이 그랬을 것 같으냐?"

"토요회에서는 그럴 놈이 없습니다."

고문 방진이 대답했다.

"합작사인 대성개발이 의심스럽습니다."

"그 전무 놈이 지금 인터컨티넨탈에 투숙하고 있지?"

"예. 하루 방값이 1,500불짜리 특실에서 두 달째입니다."

"개 같은 놈."

1,500불이면 상하이 교외의 집 1채 값이다. 하루에 한 채씩, 벌써 60채 값을 허공에 날린 셈이다.

한국 놈이 돈 자랑을 하고 있다. 하상옥 말마따나 중국의 5천 년 속국이었던 한국에서 살던 속국 놈이.

그때 방진이 말을 이었다.

"공안에 연락해봤더니 지역 담당도 사건을 모르고 있었습니다. 수뇌부에서 언론 통제를 하는 것 같습니다."

하상옥의 지시일 것이다.

우정협회가 나서서 토요회와 대성개발의 공사에 간섭하고 있는 것을 알고 있던 추경산이다.

그것은 추경산에게 바람직한 일이었다.

어차피 해외 투자는 정부의 방침 상 적극 받아들이는 입장이니 우선 돈을 끌어들이자, 그래놓고 이권을 나눠먹자는 식이다.

청야장 공사는 시켜놓고 이권을 챙기자는 것이었는데 시작하기도 전에 달려들었던 우정협회와 건설사의 수뇌가 사살당했다. 왠지 섬뜩한 느낌이 든다.

추경산이 심호흡을 하고 나서 말했다.

"내가 토요회장을 만나겠어. 연락을 해라, 내가 만나잔다고."

상견례도 아직 하지 않았다.

오후 10시, 이곳은 토요회 소유의 중식당 안.

길가의 허름한 식당이지만 음식 맛이 좋아서 명소로 꼽히는 곳이다.

식당 옆의 밀실에 세 남녀가 둘러앉아 있는데 황연과 채소기, 그리고 이동욱이다.

채소기가 먼저 입을 열었다.

"우정협회 회장 문종과 연합건설 사장 원강이 동시에 피살되었단 말입니다. 이건 우리한테 아프던 이 두 개가 쏙 빠진 것 같은 형편이 되었는데, 너무 확실하게 표시가 났습니다."

채소기가 이동욱을 쳐다보면서 말하고 있다.

"공안이 우리 주변을 조사할 것 같습니다. 그런데."

숨을 들이켰던 채소기가 물었다.

"누가 그랬을까요?"

"내가 한 겁니다."

물 잔을 들어서 한 모금을 마신 이동욱이 둘을 번갈아 보았다.

"누구를 시키고 자시고 할 필요 없이 내가 했습니다. 두 놈이 오송강 근처 해산물 식당에서 만난다는 정보를 받고 내가 간 겁니다."

"……"

"식당에서 음식을 나르는 종업원으로 변장하고 방으로 들어가 쏴 죽인 거죠."

“……”

“물론 보조원 셋을 데리고 갔습니다.”

이동욱의 얼굴에 웃음이 떠올랐다.

“다음에는 혈우회 회장 추경산을 사고로 죽일 겁니다. 정신없는 사이에 한 놈을 더 끼워 넣어야죠.”

“어이구!”

채소기가 한숨부터 쉬고 나서 말했다.

“우리가 너무 태평세월을 보내고 있었던 것 같습니다. 나는 나이가 들어서 그런지 오금이 저리는군요.”

“하지만 놈들도 병신들이 아닌 이상, 나를 의심할 겁니다. 그래서 며칠 종적을 감추려고 해요.”

“그, 그것이 낫겠지요.”

그때 이동욱의 시선이 황연에게 옮겨졌다.

“황 회장도 공안이 가만두지 않을 텐데, 어디 잠깐 피신할 데 있습니까?”

“없어요.”

“아니, 잠깐만.”

채소기가 둘을 번갈아 보다가 이동욱에게 물었다.

“이 전무께서 우리 회장님하고 같이 가실 수 없습니까?”

“무슨 말입니까?”

“같이 피신하시라는 겁니다.”

“난 길림성에 다녀올 생각이었는데.”

이동욱이 고개를 돌려 황연을 보았다.

“같이 갈까요?”

황연이 심호흡을 하고 나서 대답했다.

"그러지요."

그날 밤, 자형운이 말했다.

"잘되었네요."

"그게 어떤 의미요?"

이동욱이 따지듯이 물었을 때 자형운의 얼굴에 쓴웃음이 번졌다.

"아시면서."

"황연이 눈썹 한 번 까딱하지 않고 같이 가자고 합디다."

"5년 동안 사귄 애인도 눈썹 하나 까딱하지 않고 폐인을 만들고 집안도 망하게 한 여자란 말입니다."

"그 애인이란 놈이 너무 했더만."

"맺고 끊는 것이 분명한 여자요. 이 형 파트너로서 손색이 없어요."

"이거, 왜 이러시나? 난 그 여자를 여자로 이용할 생각은 추호도 없어요."

"억지로 하라는 건 아닙니다. 그냥 분위기에 맡겨요. 자연스럽게 흘러가도록 놔두란 말입니다."

자형운의 표정과 말에 열의가 느껴졌다.

"선입견을 버리란 말입니다. 그럼 마음이 편해질 겁니다."

자형운도 처음부터 황연과의 사이를 강조해왔다.

그것을 이제는 흘러가는 대로 맡겨두라니.

둘은 주택가 입구의 길가 식당에서 맥주를 마시고 있다.

이제는 이곳, 황포강가 연립 주택가로 숙소를 옮겼다.

지금부터 전쟁이기 때문이다.

"양아치 새끼들이라 다르구만."

추경산이 투덜거렸다.

"듣기에도 거북하다."

"우정협회는 풍비박산이 될 것 같습니다."

대산건설의 전무 하종이 말했다.

대산빌딩 17층의 회장실 안.

하종이 이틀 사이에 산산조각이 난 우정협회 상황을 보고하고 있다.

회장 문종이 식당에서 요리도 못 먹고 죽은 후에 우정협회는 장례식도 치르기 전에 내분이 일어났다.

처음에는 3조각으로 나뉘어서 사상자가 14명이나 발생하는 주도권 전쟁이 일어났다. 그런데 지금은 무려 18개 조직으로 나뉘었다. 사상자는 셀 수도 없다.

공안도 놀랍고 지겨웠는지 언론 통제를 하고 발표도 않는다.

하종이 쓴웃음을 짓고 말을 잇는다.

"문종의 장례식장에는 우정협회 놈들이 한 놈도 없습니다."

고개를 든 추경산이 물었다.

"그놈은?"

"어제 호텔에서 체크아웃을 하고 종적을 감췄습니다."

"공안은?"

"수사를 하고 있는데 비공개여서요. 그놈을 용의자로 보는지도 알 수 없습니다."

그놈이란 바로 이동욱이다.

그때 하종이 말을 이었다.

"청야장 건설은 급진전되고 있습니다. 설계와 허가가 다 끝났고 건설회사는 '상하이건설'로 확정되었습니다."

추경산이 어긋니만 물었다.

상하이건설은 상하이 특별경제시 당서기 강수전이 배경에 있는 회사인 것이다.

그쪽에 시비 한 마디라도 걸었다가는 즉시 패가망신한다.

강수전은 중앙당 후보위원이기도 한 거물이다. 당 서열 지위, 상하이 공안부장 하상옥이 거물 행세를 하지만 당 전국 서열로 계산하면 1백 위쯤 될까? 강수전의 앞에 앉을 수도 없는 신분이다.

"젠장."

욕설 한마디로 추경산의 불평은 끝났다.

상하이건설이 청야장 공사를 맡았다면 일사천리로 공사가 진행될 것이다.

공사 업체가 선정되기 전에 공작이 끝났어야 했다.

특쾌는 특급 열차다. 특쾌의 특실은 비행기의 1등석 수준은 된다.

침대 2개, 테이블까지 놓인 데다 화장실에 샤워장도 설치되어 있다.

이동욱과 황연은 특실에 들어와 있다.

상하이발 베이징행.

침대가 통로를 사이에 두고 배치되어서 다행히 '살'이 부딪칠 불상사는 없다.

밤, 특쾌가 쏜살같이 달리고 있다. 아니, 총알인가?

잠에서 깨었는데도 특쾌는 여전히 달리고 있다.

베이징까지 특쾌로 17시간 30분이 걸리는 것이다.

오전 2시 반, 오후 8시에 탑승했으니 아직도 10시간을 넘게 달려야 한다.

머리를 돌려 반대쪽 침대를 보았더니 반듯이 누운 황연의 옆얼굴이 보였다.

방 안의 불을 껐지만 창밖의 달빛이 밝다. 방 안의 사물 윤곽이 선명하게 드러나 있다.

덜커덕, 덜커덕. 열차 바퀴가 철로 이음선을 지나는 소리다.

상큼한 향내가 맡아졌다.

심호흡을 두 번 하고 나서 이동욱이 눈을 감았을 때다.

"길림에서 누구 만날 사람 있어요?"

불쑥 황연이 물었기 때문에 이동욱이 깜짝 놀랐다.

방심하면 이렇게 된다.

"아, 거기, 조선인 사업가."

거기까지는 저절로 말이 나와 버렸다.

고개를 돌린 이동욱과 황연의 시선이 마주쳤다.

둘 사이에는 둥근 테이블이 놓인 통로가 있다.

거리는 1.5미터 정도. 서로 팔을 뻗으면 닿는다.

"무슨 사업요?"

다시 황연이 물었다.

이제 둘은 모로 누워서 마주 보고 있다.

"이것저것."

"잘 아는 사람인가요?"

"처음 만납니다."

"전 옌지에 여러 번 갔어요, 거기에 대학 친구가 있어서."

"그래요?"

"이 전무님, 옌지 처음 가요?"

"그렇습니다."

"이 전무님, 사람 처음 죽였어요?"

말이 또 튄다. 이런 유형은 정서불안이다. 아니면 제멋대로의 성격. 독선적인 경우가 많다, 건방지기도 하고.

이동욱이 똑바로 황연을 보았다.

"아니, 처음 아니오."

"이 전무님, 대성개발이 유흥, 건설 업종으로 상장회사 맞아요?"

"확인하셨을 텐데."

"거기 전무님 맞아요?"

"그것도 확인하셨을 것이고."

"우리 토요회 같은 업종인가요?"

"비슷하지만 커요."

"그러니까 3천만 불이나 투자하셨겠죠."

"잠 안 와요?"

"채 고문은 내가 이 전무님 여자가 되었으면 하는 눈치예요."

"황 회장이 무슨 물건입니까? 채소기 씨, 고문 지위를 박탈하고 내보내세요."

이동욱의 목소리가 격해졌다.

"좋아서 그런다면 모를까, 지금이 어떤 시대라고 그런 방법을 쓴단 말입니까?"

"요즘도 잘 통해요."

"어디서요?"

"고위 공직자 매수할 때, 오빠가 회장일 때 자주 써먹었어요."

"……."

"내가 좋아서 그러는데 그쪽 침대로 가도 돼요?"

"황연 씨, 알고 보니 대담한 성격이시네."

"나, 매력 없어요? 여자로서의 매력."

"젠장."

그때 황연이 침대에서 일어섰다.

잠옷 차림이다. 이동욱이 먼저 자서 황연이 옷을 갈아입은 것을 못 보았다.

발 한 발자국을 때서 이동욱의 침대로 황연이 올라왔기 때문에 이동욱은 벽 쪽으로 붙어야 했다.

그때 황연이 잠자코 이동욱의 팬티를 끌어내렸다.

당황한 이동욱이 말리려다가 놔두고는 황연의 파자마 단추를 풀었다.

그 순간, 이동욱이 숨을 들이켰다.

황연은 안에 아무것도 안 입었다.

이동욱이 다시 눈을 떴을 때는 오후 1시가 되어갈 무렵이다.

눈을 뜬 이동욱이 바로 옆쪽 의자에 앉아 있는 황연을 보았다.

황연은 옷을 차려입고 창밖을 내다보는 중이었다.

시선이 마주치자 황연이 웃었지만 얼굴이 붉어졌다.

"밥 먹으러 가요."

황연이 외면한 채 말했다.

"식당차에 가 있을게요."

그러고는 황연이 자리에서 일어섰다.

식당차에서 기다리던 황연의 앞자리에 앉으면서 이동욱이 말했다.

"베이징에서 옌지까지 열차를 타보려고 했더니 비행기를 타야겠군."

"옌지까지 24시간이 더 걸려요."

황연이 웃음 띤 얼굴로 고개를 저었다.

"저도 비행기로 가자고 말하려고 했어요."

"탑승객 신분이 밝혀질 거요. 그래서 경비행기를 타고 가는 것이 낫겠어."

"그 생각은 못 했네요. 요즘 중국에도 재벌이나 고위 관리가 타고 다닌다는 말만 들었는데."

"황연도 그 축에 끼는 사람이지."

"농담하지 마요."

황연이 눈을 흘겼다.

종업원이 주문을 받고 나갔을 때 이동욱이 정색하고 황연을 보았다.

"이렇게 자고 나면 금방 가까워지는 것이 자연스럽지?"

그때 황연의 얼굴이 다시 붉어졌다.

"아유, 그만해요."

"황연 씨는 지금 몇 살이죠?"

"스물일곱. 이 전무님은요?"

"서른셋."

"그럼 둘이 있을 때는 오빠라고 할게요."

"그러지."

"오빠, 여자 있어요?"

"있어. 한국에."

"결혼할 건가요?"

"아니, 그냥 친구야."

"그럼, 마음이 놓이네."

"부담 갖지 않아도 돼."

이동욱이 정색하고 황연을 보았다.

"그렇게 여러 명을 떠나보냈으니까."

"무슨 말이죠?"

"내가 싫으면 언제든지 떠나도 된다는 말이야."

"오빠도 그런단 말인가요?"

"난 아냐."

이동욱이 고개를 저었다.

"내가 먼저 떠난 적은 없어. 하지만 내가 뜨내기 생활을 오래 했거든."

"……."

"그랬더니 여자들이 자연스럽게 정리가 되더군. 연이도 그것만 참고로 해."

이렇게 먼저 예고를 했다.

옌지에 도착했을 때는 오후 5시가 되어갈 무렵이다.

공항에는 사내 하나가 기다리고 있었는데, 이동욱을 보더니 곧장 다가왔다.

서준, 중국인으로 옌지 주재 CIA 정보원이다.

미리 연락했기 때문에 황연과 함께 오는 것도 안다.

한국 지사의 지미 우들턴의 지시를 받는 라인이다.

"어서 오십시오."

정색한 서준이 이동욱에게 고개를 숙여 보이면서 말했다.

40대 초반쯤, 말쑥한 용모에 고급 패딩 차림이다. 머리에 털모자를 썼는데 잘 어울렸다.

12월 초여서 이곳은 춥다.

이동욱이 손을 내밀었다.

"서준 씨?"

"예, 제가 서준입니다."

"반갑습니다. 이쪽은 황연 씨."

황연과도 인사를 마친 그들은 공항 주차장에 주차한 서준의 차에 탑승했다.

"단독 주택을 사용하시지요."

차가 공항을 벗어났을 때 서준이 말했다.

"주택가 한복판입니다. 두 분이 지내시기에 적당할 것 같습니다."

"고맙습니다."

"아닙니다. 잘 모시라는 지시를 받았습니다. 언제든지 대기하고 있겠습니다."

이동욱도 서준에 대한 정보를 받았다.

44세, 옌지 대학 졸업 후 중학교에서 국사 교사로 있다가 휴직. 그 후에 홍콩을 통해 한국으로 밀입국, CIA에 자원해서 1년 반 동안 교육을 받은 후에 다시 옌지로 돌아온 것이다.

철저한 반중(反中) 주의자, 그리고 친한(親韓)파다.

서준이 백미러로 이동욱을 보았다.

"오늘 밤 8시에 약속을 했습니다."

이동욱이 고개를 끄덕였다.

저택은 단층 기와집이었는데, 기역자 구조로 방이 4개, 앞마당은 1백 평도 넘었다. 집 안은 깨끗하게 정리되었고, 중국인 하녀 두 명까지 대기하고 있다.

집 안을 둘러본 황연이 만족한 표정으로 말했다.

"호텔보다 낫네요."

서준은 오늘 저녁에 다시 만나기로 하고 돌아갔고 집 안에는 하녀와 둘뿐이다.

침실로 들어온 황연이 웃음 띤 얼굴로 이동욱을 보았다.

"침실도 아늑하고 좋아요, 오빠."

황연의 두 눈이 반짝이고 있다.

이동욱이 잠자코 머리만 끄덕였다.

황연은 8시에 누구를, 왜 만나는지 묻지 않는다.

관심이 없는 것이 아니라 믿고 있다는 증거일 것이다.

황연을 집에 두고 이동욱은 서준과 함께 옌지시 중심부에 위치한 '해동식당'으로 들어섰다.

조선족이 경영하는 식당이다. 그래서 손님 대부분이 조선족이다.

방으로 들어선 둘을 보더니 사내 하나가 일어섰다.

30대 중후반쯤, 웃음 띤 얼굴로 맞는다.

"강영수라고 합니다."

사내가 이동욱의 손을 잡고 말했다.

"옌지에 잘 오셨습니다."

인사를 마친 이동욱이 자리에 앉았을 때 곧 종업원이 들어와 주문을 받고 나갔다.

이동욱이 물 잔을 들고 강영수를 보았다.

이곳에 온 목적이 북한 당국자를 만나려는 것이다.

"얼음 사업 해보셨습니까?"

강영수가 대뜸 물었기 때문에 이동욱이 웃음 띤 얼굴로 대답했다.

얼음 사업은 마약 사업이다.

"아니, 처음이지만 많이 들었지요."

"북한과의 거래도 들으셨습니까?"

그때 이동욱이 눈을 가늘게 떴다.

"왜 자꾸 그런 걸 묻는 거요?"

말문이 막힌 강영수가 숨을 들이켜더니 얼굴이 굳어졌다.

"참고삼아 말씀드리려는 겁니다."

"쓸데없는 말 그만두고 본론으로 들어갑시다. 당신 혼자 온 거요?"

"성격이 급하시군요. 그래요. 나 혼자 왔습니다."

그때 이동욱이 주머니에서 권총을 꺼내더니 강영수의 얼굴을 겨눴다.

1미터쯤의 거리여서 총구가 얼굴 앞 20센티쯤에 떠 있다.

강영수가 눈을 크게 떴을 때 이동욱이 권총을 다시 주머니에 넣고 말했다.

"당신쯤은 쏴 죽여도 이 사업에 지장이 없을 것이라고 알고 있는 사람이야."

강영수가 눈도 깜박이지 않았고, 이동욱의 말이 이어졌다.

"오늘은 이만 지껄이고, 내일 네 상관, 박철 중좌를 데려와. 난 네 상대가 아냐."

그러고는 이동욱이 자리에서 일어섰기 때문에 서준도 따라 일어섰다.

이동욱이 강영수를 내려다보면서 말했다.

"오늘 박철이 나올 줄 알았는데 내가 기분 상했다고 전해. 박철이 이런 식으로 거만을 떤다면 조한태 중장에게 직접 연락하겠다고 말야. 알았어?"

그때 강영수가 입을 열었다.

"예, 알겠습니다."

돌아오는 차 안에서 이동욱이 말했다.

"강영수는 상사로 박철의 심부름꾼 아니오? 박철이 강영수를 보내 기선을 제압하려는 것 같은데, 난 받아들일 수 없어."

"저도 박철과 강영수가 함께 나올 줄 알았습니다."

서준이 말을 이었다.

"잘하셨습니다. 우리가 구매자인데, 끌려갈 수는 없지요."

"거래 안 해도 그만이오, 생산자는 얼마든지 있으니까."

"그렇지요."

"박철도 신통치 않으면 조한태하고 직거래를 할 예정이오."

"알겠습니다."

"얼마 전에는 서울에서 중국을 통해 마약을 받았어요, 물론 내가 받은 건 아니지만."

고대형이 작전했던 거래다.

이동욱이 말을 이었다.

"그때는 동남아산 헤로인을 중국 삼합회를 통해 받았지만, 지금은 다르지."

그렇다. 북한산 헤로인을 받아 중국에 뿌리려는 것이다, 영국이 인도산 아편을 중국에 뿌렸던 것처럼.

그때 아편 전쟁이 일어나 중국이 분해되었다.

"권총을 제 머리에 대고 중좌 동무를 데려오라고 했습니다."

강영수가 분하다는 표정을 짓고 박철에게 말했다.

"제가 총을 빼앗고 죽여 버릴 수도 있었습니다만, 참았습니다."

"네가 그놈을 죽여?"

박철이 쓴웃음을 지었다.

"꿈 깨, 병신아."

강영수가 어깨를 부풀렸다가 박철의 시선을 받더니 내렸다.

박철은 42세, 북한군 제14특공여단 소속 중좌.

14특공여단은 편제에도 없는 부대로 여단장이 중장 조한태다.

박철이 말을 이었다.

"서준한테 연락해."

"예, 중좌 동지."

"이번에는 내가 나간다고. 내가 출장 중이어서 못 나갔다고 말해."

"예, 중좌 동지."

"내일 같은 시간에 해동식당에서."

그러고는 박철이 눈을 치켜떴다.

"간나새끼야, 하루 까먹었잖아!"

제가 강영수더러 혼자 나가라고 해놓고 저런다.

"오빠, 어디 갔다 벌써 와요?"

황연이 묻자 이동욱이 점퍼를 벗어 던지고는 소파에 앉았다.

"연이, 이리 와 앉아."

황연이 옆에 붙어 앉았을 때 이동욱이 지그시 시선을 주었다.

벽시계가 9시를 가리키고 있다.

"내가 북한 사람을 만나고 왔는데, 앞으로 헤로인 사업을 해보려고."

"헤로인?"

놀란 황연이 이동욱을 보았다.

"삼합회가 독점해서 위험하지 않아요?"

"그놈들이 마약 독점으로 엄청난 돈을 끌어모으더군."

"부패한 관리들하고 나눠 먹는 거죠."

"우리도 해서 식구들 잘 먹이고, 관리들 배도 채워준다는 거야."

"원로들이 받아들일까요?"

"나한테 맡겨."

이동욱이 팔을 뻗어 황연의 어깨를 당겨 안았다.

"우리는 그 이익금을 좋은 곳에 투자할 테니까."

"어떤 곳에?"

이동욱은 웃기만 하고 대답하지 않았다, 말해도 아직은 공감하지 못할 테니까.

서울, 그 시간에 고대형과 지미 우들턴이 인사동의 한식당에서 막걸리를 마시고 있다.

고대형이 칭다오에서 한국으로 날아간 것이다.

지미가 막걸리 잔을 들면서 말했다.

"처음에는 이것이 말 젖에다 백포도주를 섞은 맛이 났는데, 지금은 내가 중독되었어. 이게 한국의 명품 1번이야."

"갓댐."

고대형이 눈을 치켜떴다.

"여자는 두 번째냐?"

주춤했던 지미가 눈치를 보면서 대답했다.

"그런 비유는 심하잖나? 여자를 음식과 비교하다니."

지금 지미는 한국 여자와 동거 중인 것이다.

고대형이 소주잔을 들어 한 모금에 삼켰다. 고대형은 소주를 마신다.

"이동욱이 지금 북한의 생산자 군기를 잡고 있는 건, 시작이 중요하기 때문이야."

"글쎄, 이동욱이 잘하고 있다니까."

지미가 고개를 끄덕였다.

"네 선봉대장으로 적격이야."

"황연하고 가까워졌어."

"나도 들었어."

지미의 얼굴에 웃음이 떠올랐다.

"이동욱이가 네 판박이냐?"

"아니, 그놈은 나보다 뛰어나."

정색한 고대형이 말을 이었다.

"난 여자한테 맺고 끊지를 못하는데, 이동욱은 달라."

"여자한테 원한을 품게 하는 건 최하수야. 차라리 여자 때문에 실패하는 게 낫지."

"천만에. 이놈은 달라, 현실적이야."

고대형이 한숨을 쉬었다.

"이동욱은 공사의 구분이 엄격해. 가족을 만들지 않는 것을 보면, 나보다 낫다."

"랜드에 있는 네 가족은 안전하겠지."

"내가 부탁했으니까. 더 이상 희생자가 없어야지."

"그건 그렇고."

막걸리 잔을 내려놓은 지미가 고대형을 보았다.

"중국 사업은 이제 북한까지 끌어들이게 되었어. 이건 엄청난 사업이야."

"역사에 남을 사업이지."

"그것을 너하고 이동욱이 시작하고 있단 말이다."

"너도 그중 하나지."

"갓대밋. 나도 역사에 남으려나?"

"역사에 남기 위해서 일하나? 일이 마음에 닿으니까 의욕이 솟는 거지."

"하긴 넌 코리안이니까. 그리고 당분간 북한 측에는 내막을 말해주지 않는 것이 낫겠어, 정보가 샐 염려가 있으니까."

"한국 측은 경찰 간부들뿐인가?"

"당분간은."

지미가 목소리를 낮추고는 주위를 둘러보았다.

"북한 마약까지 끌어들이면 작전은 궤도에 오르는 거다."

이렇게 기반이 만들어지고 있다.

CIA의 전폭적인 지원으로 중국 내부의 자본주의 체제에 대한 '장악 작전'이 시작되었다.

주력(主力)은 이동욱, 고대형, 지미 우들턴이다.

고대형과 이동욱이 각각 칭다오와 상하이에서 기반을 잡고, '조폭' 시장에 파고들어 세포를 번식해나가는 것이다. 거기에다 북한산 헤로인을 수입하여 시장에 유통시켜 자금을 확보한다.

아울러 북한과의 '유대'를 강화하는 것이다.

"아, 잠깐. 내일 우리 이 선생 스케줄이 갑자기 변경되어서요."

서준이 전화기에 대고 말을 이었다.

"내가 다시 연락을 드리지요."

"아니, 내일 만나기로 했지 않습니까? 그래서 우리도 준비하고 있었는데……."

"글쎄, 우리가 그쪽만 약속이 있는 것도 아니어서 말입니다."

서준이 운영하는 자동차 부품 가게 안이다.

1백 평 정도 넘는 매장에는 온갖 자동차 부품이 쌓였고 종업원 넷이 손님들을 맞아 바쁘게 움직이고 있다.

서준의 '옌지 부품'은 길림성에서 가장 큰 부품 회사다.

특히 오래된 자동차 부품을 잘 갖추고 있어서 북한과의 교역이 많다.

그래서 북한산 마약을 수리용 엔진이 든 박스에서 찾아내었을 때는 1년쯤 전이었다.

그것을 발견한 서준은 결국 북한 측과 일정량의 사례금을 받고 묵인해 주기로 하면서 거래를 튼 것이다.

북한 측은 서준을 끌어들이는 것을 '성과'로 자축했겠지만, 이것도 CIA의 작전이다.

'옌지 부품'의 전(前) 사장 왕규가 2년 전에 서준에게 가게를 팔고 사라진 것이 작전의 시작이었다.

그리고 나서 서준이 우연히 마약을 발견한 척했고, 마지못해 합의한 척한 것이다.

그리고 지금 서준은 자연스럽게 상하이에서 사업체를 벌이는 한국의 대성개발을 소개시키려고 하고 있다.

북한의 마약 사업이 동북 삼성에만 머물고 있는 것을 내륙, 특히 '거대 시장'인 상하이로 진출시킬 절호의 기회인 것이다.

그런데, 뭐? 배달 심부름이나 하는 하급자를 보내?

서준이 말을 맺는다.

"나도 이젠 기다리는 수밖에 없습니다. 저쪽이 무시당했다고 생각하고 있어서요. 그럼, 이만."

전화기를 내려놓은 서준이 심호흡을 했다.

이동욱을 처음 만났지만 마음에 든다.

"백두산 관광이나 가지."

아침을 먹던 이동욱이 불쑥 말했을 때 황연이 고개를 들었다.

오전 8시 반.

둘은 숙소의 주방 식탁에서 마주 보고 앉아 있다.

"좋아요."

황연의 얼굴이 금세 밝아졌다.

"차를 빌려야죠."

"오늘 돌아오기는 힘들 테니까, 근처에서 일박을 하지. 서 사장한테 같이 가자고 할 거야."

"당연히 그래야죠."

밥을 먹다 만 황연이 자리에서 일어섰다.

여행 준비를 하려는 것이다.

그날 오후에 서준이 운전하는 승합차를 타고 백두산에 오른 이동욱이 천지까지 구경하고 내려왔다.

중국에서는 백두산이 장백산이다.

황연도 장백산이 처음이라면서 서준한테 빌린 카메라로 수십 장의 사진을 찍었다. 이동욱과 함께 찍은 사진이 8장이다. 이동욱이 다 세었다.

장백산 밑자락의 '온천장 여관'에 투숙했을 때는 오후 6시 반.

황연을 방에 두고 이동욱이 서준과 함께 여관 마당으로 나왔다.

어느덧 장백산 아래쪽 골짜기는 어둠이 덮였고 매서운 바람이 몰려오고 있다.

눈이 내릴 것 같다. 눈이 내리면 장백산 관광이 바로 중지된다.

그때 마당 구석에 선 서준이 말했다.

"우리가 옌지를 떠날 때부터 미행하던 승용차가 2대 있었어요. 아시지요?"

"압니다."

이동욱이 주위를 둘러보면서 웃었다.

"우리가 미끼 노릇을 했으니 당연하지요. 여관에 넷이 투숙했어요."

"보셨군요."

"차는 넷을 내려놓고 돌아갔고."

"어쩌지요? 북한 놈들입니다."

"모르셨어요?"

이동욱이 묻자 서준이 바짝 다가섰다.

"뭘 말입니까? 저놈들 넷이 여관에 투숙한 것은 압니다."

여관에는 손님이 많다. 관광버스가 7, 8대 주차되어 있고 손님 대부분은 한국인이다.

그때 이동욱이 말했다.

"내 호위역 넷이 역시 따라오고 있었어요. 그들도 이곳에 투숙하고 있습니다."

놀란 서준의 입이 딱 벌어졌다.

"그렇습니까? 몰랐습니다. 어디서 온 호위역인가요?"

"상하이."

그렇게 말했지만 거짓말이다.

칭다오의 고대형이 보낸 행동책 박국철의 행동대다.

같은 CIA 요원이지만, 서준은 모르는 게 낫다.

서준은 서울지부장 지미 우들턴의 지시를 받았지만 칭다오 작전 본부는 모르는 게 나은 것이다.

서준의 시선을 받은 이동욱이 어둠 속에서 이를 드러내며 웃었다.

"내 생각에는 박철이 이곳을 회담 장소로 만들려는 것 같아요."

"제 생각도 그렇습니다. 갑자기 연락을 해서 우리를 놀라게 하고, 기선을 잡았다고 생각하겠지요."

따라 웃은 서준이 주위를 둘러보았다.

"가소로운 놈들입니다."

"그놈이 우리한테 기세 싸움을 시작한 것입니다. 이른바 기선을 잡겠다는 것이지요."

박철이 말을 이었다.

"강 상사를 내보냈더니 갑자기 권총을 꺼내 얼굴을 겨누면서 내가 너 같은 놈하고 상담할 수는 없다고 하면서 내일 보자고 한 겁니다. 그러더니 오늘 약속을 미루고, 백두산 관광을 갔습니다."

상대는 제14특공여단장 조한태 중장이다.

지금 박철은 의주에 있는 조한태에게 전화 보고를 하는 중이다.

그때 조한태가 물었다.

"지금 그놈이 백두산 밑 여관에 있다구?"

"예, 각하. 셋입니다."

"네 부하 넷이 그곳에 있어?"

"예, 각하."

"어쩌려고 그래?"

"예. 이번에는 제가 기선을 잡겠습니다. 일단 그놈들 셋을 인질로 몇 시간 감금한 후에 제가 나타나 풀어주고 협상을 시작하겠습니다."

"그놈들이 반항하면? 그놈, 이 사장이란 놈이 총까지 갖고 있었다고 했잖아?"

"급습하면 제압할 수 있습니다, 각하."

"좋다. 너한테 맡기겠다."

마침내 조한태가 말했다.

"협상에 지장이 없도록 할 것."

"예, 각하."

전화기를 내려놓은 박철이 자리에서 일어섰다.

오후 9시 반.

이곳은 연놈들이 투숙한 온천장 여관의 건너편 여관이다.

박철은 이곳에 경호원 둘과 함께 투숙하고 있다.

작전 인원은 아홉 명, 차 세 대가 출동했다.

오승태가 손목시계를 보고 나서 일어섰다.

밤 10시 정각이다.

"자, 가자."

앞장선 오승태가 방을 나왔다.

207호실이다. 복도에는 손님들이 오가고 있지만 신경 쓰지 않는다.

오승태의 뒤를 따르는 사내는 셋.

모두 14특공여단 소속으로 옌지에서 근무하는 편의공작대 역할이다. 중국에 파견된 요원으로 잘 먹었기 때문에 피부가 부옇고 살이 피둥피둥 쪘다.

오승태가 계단을 오르면서 뒤를 따르는 대원들에게 말했다.

"조심해. 총에 안전장치 해 놓았지?"

모두 대답하지 않는 것은 '거, 한 말 또 하지 말라우.' 하는 몸짓이다.

옌지에 파견된 요원은 모두 성분이 좋고, 10년 이상의 군 경력자다. 그래서 중사 이상이다.

오늘 작전은 상사 중 선임인 강영수가 빠졌다. 작전 대상에게 얼굴이 알려졌기 때문이다.

그래서 하사관 차석인 오승태가 지휘하고 있다. 실제 작전도 노련한 하사관이 집행해왔기 때문이다.

3층으로 올라 온 오승태가 주위를 둘러보면서 걸음을 늦췄다.

'온천장 여관'은 5층 건물로 '작전 대상'은 305호실에 투숙하고 있다. '옌지 부품' 사장은 403호실이다.

먼저 305호의 두 연놈을 잡아 묶어 놓고 나서 서준을 잡을 계획이다.

겁을 주고 끝낼 일이기 때문에 넷은 권총을 주머니에 넣고 안전핀까지 걸어 놓았다.

305호실 앞에 선 오승태가 문에 노크를 했다.

셋은 그 뒤에 나란히 서 있었는데 관광객이 남의 방에 놀러 가는 것 같다. 느

슨한 태도여서 지나던 사람들이 눈여겨보지도 않았다.

노크를 다시 한번 했을 때 문이 열리더니 '작전 주인공'이 나타났다.

그 순간, 오승태가 사내를 밀고 들어갔다. 그 뒤를 셋이 일제히 문 안으로 쏟아져 들어간다.

순식간에 일어난 일이다.

그때, 맨 뒤로 밀고 들어가던 안기호 상사는 누가 뒤에서 등을 미는 바람에 깜짝 놀라 고개를 돌렸다.

그 순간, 머리에 쇠뭉치 같은 것이 찍혔기 때문에 눈에서 수천 개의 불똥이 튀더니 곧 머리가 하얗게 된 느낌을 받으면서 엎어졌다.

같은 순간, 이동욱의 목을 밀면서 방 안으로 들어왔던 오승태는 사타구니에 격렬한 충격을 받고 신음했다.

"헉!"

다음 순간, 사지에 맥이 풀린 오승태가 허리부터 굽혔을 때 이동욱의 주먹이 뒤통수를 내리쳤다.

"퍽!"

바가지 부서지는 소리와 함께 오승태가 뒤로 반듯이 넘어졌다.

그때다.

"퍽! 퍽!"

소음기를 낀 권총의 발사음이 방 안에 울렸다.

오승태의 일행 나머지 2명이 제각기 어깨와 머리에 총탄을 맞고 주저앉았다.

오승태 일행의 뒤를 따라 셋이 밀고 들어온 것이다.

30분 후.

초조하게 기다리던 박철이 문에서 노크 소리가 들리자 긴장했다.

같이 있던 부하가 서둘러 문으로 다가가 문을 열더니 놀라 비켜섰다.

그 순간, 박철은 숨을 들이켰다.

오승태가 비틀거리며 들어오고 있다.

오승태는 뒷머리를 손으로 감싸 안았는데 눈동자에 초점이 없다.

머리를 감은 헝겊에서 피가 배어 나왔다.

"어떻게 된 거야?"

놀란 박철이 소리치듯 묻자 오승태가 털썩 방바닥에 주저앉았다.

"당했습니다."

오승태가 말을 이었다.

"방에 들어갔다가 역습을 당했습니다!"

밤. 옌지로 달리는 승합차 안.

고개를 돌려 뒤를 돌아본 황연이 이동욱에게 물었다.

"오빠, 저 사람들도 옌지로 가요?"

"응. 당분간 같이 있을 거야."

이동욱도 고개를 돌려 뒤를 보았다.

승용차 한 대가 따라오고 있다. 작전팀 넷이 탄 승용차다.

그때 백미러로 이동욱을 본 서준이 말했다.

"제가 숙소를 준비할까요?"

"아마 준비했을 텐데, 이따 상의해보지요."

이동욱이 백미러의 서준과 시선을 맞췄다.

"내일 박철한테 모른 척하고 전화를 해요, 괴한의 습격을 받았다고."

"알겠습니다."

"기 싸움에서 지지 않겠다고 발악을 하는데, 다음번에는 아예 박철을 죽여놓을 겁니다."

"옌지에 나와 있는 최상급자가 박철이니까, 그렇게 되면 당황하겠지요."

서준이 얼굴을 펴고 웃었다.

"통쾌합니다."

이제는 대충 내막을 알게 된 황연이 잠자코 이동욱의 어깨에 몸을 붙였다.

오전 10시 반.

사무실에서 회의 중이던 박철에게 비서가 다가왔다.

"서 사장입니다."

방 안이 조용해졌고, 박철이 잠자코 비서가 건네주는 전화기를 받는다.

"예, 박철입니다."

"제가 어제 백두산 관광을 다녀왔는데 말입니다."

서준이 인사도 않고 바로 이야기를 시작했다.

"여관에서 강도를 만났어요."

박철은 가만있었고 서준의 말이 이어졌다.

"내가 당한 것이 아니라 내 손님, 이 전무 일행이 말입니다."

"……."

"다행히 이 전무 수행원들이 강도들을 퇴치했기 때문에 무사했지요. 그래서 어젯밤에 돌아왔습니다."

"아, 다행입니다."

마침내 박철이 우울한 표정으로 대답했다.

둘러앉은 강영수와 머리를 싸맨 오승태는 굳어 있다.

그때 서준이 말했다.

"오늘 오후에 어떻습니까? 내 가게에서 이 전무하고 만나시지요."

"알겠습니다."

박철이 숨을 고르고 나서 말을 이었다.

"제가 가지요."

오후 3시.

박철이 '옌지부속'의 사장실로 들어서자 자리에 앉아 있던 서준과 이동욱이 일어섰다.

"어서 오십시오."

서준이 먼저 말했고 박철이 고개를 끄덕이며 웃었다.

그러나 시선은 이동욱에게 향해 있다.

"반갑습니다. 이동욱입니다."

이동욱이 고개를 숙이며 인사를 했다.

"어이구, 이 전무님. 지난번에 실례했습니다. 이해해주십시오."

박철이 손을 내밀면서 사과했다.

"제가 대표해서 사과드립니다."

"아닙니다. 저도 절제하지 못하고 추태를 부렸습니다. 사과합니다."

그때 서준이 웃으면서 말했다.

"자, 이젠 앉으셔서 상담을 하시지요."

이동욱과 박철은 쓴웃음을 지은 채 자리에 앉는다.

기 싸움보다 서로의 일부터 시작해야 하는 것이다.

이동욱이 보기에 박철은 건장한 체격에 각진 얼굴의 전형적인 군인이다. 그리고 지휘관의 습성이 몸에 배어 있다. 이동욱도 군 출신이어서 짐작이 가는 것이다.

나이는 40대 초반. 북한군 장교의 자료가 없었기 때문에 경력은 알 수가 없다.

현재의 직책이 마약 업무만 취급하도록 편성된 제14특수여단 중좌로 중국 파견대장이다.

박철이 들여오는 헤로인 분량은 월간 20킬로 정도.

북한에서 생산, 가공된 헤로인을 여러 경로를 통해서 옌지로 보낸 다음 주로 동북 3성에서 소화시켰다.

구매자는 50퍼센트 정도가 삼합회, 나머지는 삼합회 모르게 3개 도매상에게 배분해주고 있었는데 4, 5킬로 정도씩이 고작이다. 삼합회와 독점 계약을 맺고 있어서 발각이 되면 거래는 끊기게 된다.

이것이 지금까지 이쪽에서 파악해둔 '북한산 마약 사업' 현황이다.

이동욱이 먼저 입을 열었다.

"삼합회에 얼마 정도나 넘깁니까?"

"한 달에 10킬로 정도."

박철이 바로 대답했다.

"도매로 넘기고 끝냅니다."

"그것뿐입니까?"

"3개 조직에 각각 2킬로에서 4킬로까지 나눠줬는데 10킬로 정도가 됩니다."

"한 달에 20킬로를 중국에서 소화시키셨군요."

"이 선생이 상하이에서 20킬로를 가져가실 수 있다고 들었습니다만."

박철이 힐끗 서준에게 시선을 주고 나서 물었다.

"우리로서는 가능한 일이지요. 그런데 상하이까지 배달해야 됩니까?"

"당연히."

"그럼 가격이 좀 올라가는데요."

"헤로인이 북한산뿐입니까?"

"무슨 말씀입니까?"

"태국산, 베트남산 헤로인도 있단 말이죠."

이동욱이 말을 이었다.

"오히려 상하이에선 그쪽 헤로인이 더 쌉니다."

"그럼, 그쪽 물건을 사시든지."

"그렇죠. 그건 우리가 결정할 일이오."

이동욱이 의자에 등을 붙이고는 박철을 보았다.

"이것 보시죠, 박 중좌."

"뭐요?"

둘의 분위기가 굳어지자 서준이 숨을 죽였다. 그러나 나서지는 않았다.

그때 이동욱이 말을 이었다.

"내가 지시를 받지 않았다면 너 같은 놈하고 이렇게 마주 앉아서 이야기 안 해."

"뭐라고? 이 간나 새끼 봐라?"

박철이 웃음 띤 얼굴로 그렇게 말을 받는다.

"그건 내가 할 말이다. 나도 그렇지 않았다면 널 쏴 죽였어."

"지금 누가 먼저 죽이는가 여기서 시작해볼까?"

"그래. 해보자."

박철이 어깨를 부풀렸다가 내렸다.

"내가 널 죽여도 이 사업은 그대로 계속될 테니까."

"셋까지 세고 나서 시작하자. 이 간나 새끼."

이동욱이 고개를 끄덕였다.

"어떻게든 죽여도 상관하지 않기다."

"좋아. 이 쌍놈의 남조선 새끼."

"이 병신 같은 놈. 자, 숫자 센다. 하나."

"둘이다."

"셋!"

외치면서 박철이 가슴에 손을 집어넣으면서 몸을 일으켰다.

그 순간 이동욱이 몸을 던져 박철을 덮쳤다.

탁자가 밀려났고 이동욱과 박철은 의자와 함께 넘어졌다. 요란한 소리가 났다.

넘어지면서 이동욱의 밑에 깔린 박철이 손을 뻗어 멱살을 쥐었다.

그 순간, 이동욱이 주먹으로 박철의 얼굴을 내리쳤다.

정통으로 코와 입을 맞은 박철이 몸을 비틀었지만 다시 주먹이 날아와 얼굴을 쳤다.

그때 멱살을 쥔 손에 힘이 풀렸다.

이제 박철의 몸 위에 올라탄 이동욱이 주먹으로 좌우 연타를 내리쳤다.

상대가 안 되는 싸움이다. 완전 개싸움이지만 격렬하다.

연타를 세 번쯤 맞았을 때 박철이 늘어졌다.

"자, 그만."

뒤에서 서준이 이동욱의 팔을 끌어안으면서 말했다.

"TKO요."

20분쯤 후.

셋이 다시 탁자를 중심으로 둘러앉았다.

물론 20분 전과는 달라졌다.

이동욱은 별로 변하지 않았고 머리가 조금 헝클어졌고 스웨터 목 부분이 약간 늘어졌을 뿐이다.

그러나 박철은 눈 한쪽이 부어서 눈동자가 잘 안 보였고, 코와 입술이 터졌고 부었다. 임시로 일회용 밴드 세 개를 코 위나 입술 옆에 붙였지만 피가 배어 나왔다. 자꾸 턱을 움찔거리는 것이 이가 몇 개 흔들리는 것 같다.

하지만 분위기는 가라앉았다. 하나 남은 눈동자도 적의가 보이지 않는다.

그때 이동욱이 말했다.

"시간 없으니까 계속 합시다."

박철이 고개를 끄덕였다.

"가격은 옌지에서 내놓는 가격하고 같도록 합시다."

"좋아요. 그럼 다음 달 말에 30킬로를 주시지요."

그러자 놀란 박철이 부어오른 눈까지 크게 떴다.

"30킬로 말입니까?"

"그다음 달에는 더 늘릴 겁니다."

"해보지요."

어깨를 부풀렸다가 내린 박철이 말을 이었다.

"삼합회를 조심해야 됩니다. 그들하고는 옌지 지역 외에 헤로인을 거래하지 않기로 했거든요."

"알고 있습니다."

"그때는 전쟁이 일어납니다. 삼합회 배후에 중국 정부가 있기 때문에 우리가 당해요."

"우리가 뭉치면 그렇게 안 될 겁니다."

그때 박철이 손바닥으로 입을 누르면서 말했다.

"아무래도 이빨이 빠질 것 같은데."

"임플란트 하면 돼요."

이동욱이 바로 말했을 때 서준이 자리에서 일어섰다.

"그럼 오늘은 이만 하시죠."

그날 밤.

서준이 이동욱을 대신해서 박철을 찾아갔다.

가격과 품질, 포장 방법, 납기일, 등 세부 내역까지 결정하고 돌아온 서준이 웃음 띤 얼굴로 이동욱을 보았다.

"박 중좌가 이 세 개를 뺐던데요."

"이가 부실했던 모양인데."

이동욱의 책임 회피성 발언에 서준이 싱글벙글 웃었다.

"지금 말하지만 신나게 패셨습니다."

"그렇습니까?"

"역시 육박전은 한국이 나아요."

"역시라니요?"

"아, 영화 같은 데서도……."

입맛을 다신 이동욱이 서준을 보았다.

"여기서 며칠 더 있다가 갈 겁니다."

"뭐 하실 일이 있습니까?"

"상하이 상황은 더 봐야겠고."

이동욱이 말을 이었다.

"박 중좌도 한 번 더 만나야겠어요."

그리고, 그날 저녁.

이동욱이 고대형의 전화를 받는다. 고대형이 숙소로 전화를 걸어온 것이다.

"너, 거기 책임자하고 치고받고 싸웠다면서?"

대뜸 고대형이 물었기 때문에 이동욱이 주춤했다가 대답했다.

"예. 들으셨어요?"

"그래. 서 사장한테서."

"서 사장이 직접 사장님한테 한 건가요?"

"그럴 리가 있나? 서울 통해서 내가 들은 거지."

서울 지부장 지미 우들턴한테서 들었다는 말이다.

고대형이 말을 이었다.

"그놈이 쭉 뻗었다면서?"

"그냥 싸우다 말았어요."

"잘했다."

"……."

"언제부터인가 걔들이 떼를 쓰면 받아들이는 버릇이 서로 들었는데, 그거 고쳐야 되는 건데 잘했어."

"……."

"그리고 그, 박 중좌라는 놈. 그놈도 가만 생각하니까 사내다."

"네?"

"맞고 나서 상담을 시작했다면서?"

"예, 사장님."

"상담 마무리도 했고."

"예. 대충."

"그놈도 남자야."

"그래서 다시 만나려고 합니다."

"왜?"

"아예 구체적인 사업 이야기까지 하려고요."

"으음."

신음을 뱉었던 고대형이 3초쯤 후에 말을 이었다.

"너한테 맡긴다."

이미 주사위는 던져졌으니까.

그날 밤, 이동욱의 가슴에 얼굴을 붙이고 있던 황연이 물었다.

"우리 언제 돌아가요?"

우정협회 회장 문종과 연합건설 사장 원강의 피살은 우정협회의 파벌 중 하나가 문종을 살해한 것으로 결론이 난 것이다. 원강은 문종과 함께 있다가 당한 셈이다. 지금 우정협회가 산산조각으로 분해되어 아직도 전쟁 중인 것이 그 증거가 되고도 남았다.

이동욱이 황연의 머리에 턱을 받치고 말했다.

"며칠 있다가."

"그럼 다시 관광 다녀요."

"그러지."

"신혼여행 다니는 것처럼."

"좋아."

"어차피 난 결혼 안 할 테니까 지금 가는 거지 뭐."

숨을 들이켠 이동욱의 가슴에 대고 황연이 말을 이었다.

"돌아가면 언제 당할지도 모르니까."

"……"

"여기서 북한산 마약을 들여와서 상하이에 풀어놓을 계획이죠?"

"그래."

"상하이의 삼합회가 가만있지 않을 텐데요. 지금 우리 세력으로서는 턱도 없어요."

"……"

"그놈들은 배경이 단단해서 잡혀가지도 않아요."

"……"

"오빠가 여기서 북한 사람들을 만나는 걸 보고 바로 짐작했어요."

"나도 배경이 있어."

마침내 이동욱이 입을 열었다.

"쉽게 당하지는 않아. 그리고……"

이동욱이 말을 이었다.

"널 위험하게는 하지 않을 거야."

황연은 입을 다물었지만 할 말이 있는 분위기를 풍겼다.

그것이 무엇인지 이동욱도 어렴풋이 짐작이 간다.

다음 날, 오후.

이동욱과 박철이 시장 근처의 개장국 식당에서 마주 앉아 있다.

이동욱이 술 한잔 마시자고 박철을 초대한 것이다.

허름한 식당이었지만 손님이 많다.

둘은 하나밖에 없는 방에 들어와 있었는데 박철의 부하들이 미리 손을 썼기 때문이다.

문을 닫아도 문틈으로 바깥 소음이 다 들어왔다. 말만 밀실이다.

수육과 탕까지 앞에 놓였고 술은 70도짜리 백주다.

잔에 술을 채운 이동욱이 정색하고 박철을 보았다.

"괜찮아요?"

"아, 물론."

박철이 쓴웃음을 지었는데 빠졌다는 이는 보이지 않았다. 얼굴의 부기는 다 가셨지만 눈 밑에 조금 푸른 기운이 남아 있다. 자세히 보면 콧등도 약간 부은 것 같다.

그때 이동욱이 물었다.

"박 중좌님은 나이가 어떻게 되죠?"

"나, 마흔둘이오."

박철이 정색하고 이동욱을 보았다.

"이 선생은?"

그때 한 모금에 술을 삼킨 이동욱이 박철에게 말했다.

"앞으로 형님으로 모시지요."

놀란 박철이 숨을 삼켰을 때 이동욱이 자리에서 일어서더니 고개를 숙였다.

"형님, 잘 부탁합니다."

"아니, 이런."

박철이 자리에서 일어섰다.

얼굴이 붉어져 있다.

"아니, 이 선생, 이러지 마시오."

당황한 박철이 이동욱의 팔을 잡았다.

"우리가 잘못한 겁니다. 이러시면 내가 부끄럽습니다."

"아닙니다, 형님."

이동욱이 박철의 손을 두 손으로 쥐었다.

"제가 부족했습니다, 형님."

"자, 우선 앉읍시다."

"형님이 제 부탁을 들어주셔야죠."

"하, 이런."

얼굴이 상기된 박철이 이동욱의 어깨를 움켜쥐었다가 놓았다.

"그럽시다. 그럼."

"형님, 말을 낮추셔야지요."

"그러지."

마침내 이동욱이 박철의 손을 풀고 자리에 앉았다.

"하, 이런."

아직도 흥분이 덜 가신 박철이 이동욱을 보았다.

"이 선생, 아니, 동생. 갑자기 왜 이래?"

"제가 앞으로 형님으로 모시지요."

"아이구, 됐네, 이 동무야."

"그 동무란 말은 빼시구요, 형님. 동생한테 동무가 뭡니까?"

"그냥 동생이라고 해?"

"그것도 어색해요. 그냥 동욱아, 해야죠."

"그럼 넌 나를 뭐라고 부를 텐데?"

"형, 하면 되지 뭐."

"옳지. 그렇게 너도 말 내리면 되겠다."

"형, 술 한잔 합시다."

이동욱이 술잔을 들고 말했다.

"여기서 1차 하고 2차는 룸살롱 갑시다."

2차로 옌지에서 가장 잘 나간다는 룸살롱 '천지'에 갔다.

조선족이 운영하는 룸살롱으로 박철의 단골 가게다.

천지의 특실에 자리 잡았을 때 이동욱이 말했다.

"오늘은 내가 낼게. 형은 지갑 꺼내지 마."

그때 박철이 목소리를 낮췄다.

"야. 여기가 삼합회 가게다. 내가 대준 얼음으로 돈 벌어서 이런 가게를 차렸어."

"재주는 곰이 부리고, 돈은 중국 놈이 먹었구만."

"조금 전에 먹은 개장국 식당이 우리 가게고."

"정말 부끄러워서 얼굴을 못 들겠군."

그때 방문이 열리더니 술과 안주를 든 종업원과 함께 아가씨들이 들어섰다.

뒤를 마담이 따라온다.

조선족이 경영하는 룸살롱이지만, 아가씨 대부분이 한족이다. 마담도 한족이다.

모두가 조선말에 유창해서 대화는 조선말로 통용되었다.

"앞으로 우리도 이런 가게를 운영할 거야."

박철이 번들거리는 눈으로 이동욱을 바라보면서 말했다.

"우리가 지금까지 남 좋은 일만 시켰다구, 안 그러냐?"

이곳이 삼합회 가게 중의 하나였기 때문에 더 이상 다른 말은 하지 않았다.

천지 클럽은 룸이 55개, 아가씨 250명을 보유한 최고급 클럽으로 길림성에서 가장 잘나간다고 소문이 났다.

시내 중심가의 7층 빌딩 전체가 천지 클럽 소유로 지하 2, 3층은 주차장, 지하 1층부터 1층까지가 클럽, 2층이 식당가, 3층에서 7층까지가 호텔이다.

이 건물의 소유주는 장환, 삼합회 길림성 지부장이다. 클럽과 호텔의 경영자는 최영진, 조선족으로 삼합회 간부다.

두 시간 동안 위스키 3병에 안주 대여섯 개를 시켰는데 계산은 이동욱이 했다.

아가씨 팁이 50불. 술값까지 포함해서 3천 불 가깝게 나왔다.

상하이의 최고급 클럽 수준이다. 박철이 단골인데도 바가지를 씌운 것이다.

이동욱은 아무 말 않고, 3천 불을 현금으로 계산했고 마담에게 팁으로 1백 불까지 주었다.

박철은 잠자코 놔두었다.

3차로 다시 개장국 집에 돌아왔을 때는 오후 10시 반이다.

밀실로 들어와 다시 수육과 백주를 시켜 놓고 마주 앉았을 때 박철이 창백해 진 얼굴로 웃었다.

"너 술 좀 하는구나."

"앞으로 백주를 맥주잔으로 3개는 더 먹을 수 있어, 형."

"난 이빨 빠져서 두 잔만 먹을게. 내일 치과에 가기로 했어."

"임플란트 하는 거야?"

"금방은 안 되고, 일단 틀니 맞추면 씹는 데는 지장이 없다더라."

"형, 내가 치료비 줄게."

"야, 내가 모은 돈 있어."

"얼마나 든데?"

"대충 몇천 불."

"최고급으로 해, 다롄이나 창춘에 가서."

이동욱이 점퍼 주머니에서 1만 불 뭉치 3개를 꺼내 박철 앞에 놓았다.

"그걸로 써, 형."

"이 간나 새끼야."

"나 돈 좀 있으니까 형한테 나눠주면 안 돼?"

"너, 날 매수하는 거냐?"

박철이 눈을 부릅떴지만 목소리가 약했고 눈동자가 흔들렸다.

이동욱이 어깨를 치켰다가 내렸다.

"매수는 형이 해야지. 내가 할 일이 있어? 말해봐."

숨만 쉬는 박철에게 이동욱이 이맛살을 찌푸리며 말했다.

"그놈의 의심 좀 버려. 통일이 안 되는 것도 그 의심 때문이야. 형, 어서 그거 집어넣어."

그때 눈동자의 초점을 잡은 박철이 돈뭉치를 집어 이쪽저쪽의 주머니에 쑤셔 넣었다.

"오빠, 술 많이 마셨어?"

비틀거리는 이동욱의 허리를 껴안은 황연이 소파까지 부축해 가더니 내려놓듯이 앉혔다.

밤 12시 반.

이동욱은 칭다오에서 온 경호원 둘의 부축을 받고 숙소 방 앞까지 온 것이다.

"응, 많이."

소파에 쓰러지듯 누운 이동욱에게 다가간 황연이 옷을 벗었다.

"오빠, 모레 시공식을 한다는데 어떻게 하지?"

"네가 먼저 가야겠다."

몸을 일으킨 이동욱이 충혈된 눈으로 황연을 보았다.

상하이건설에서 공사를 예정보다 빨리 시작하려는 것이다.

발주처로서는 환영할 일이다.

"발주처 사장이 참석해서 계약금도 지급해야지."

"채 고문이 나라도 먼저 오라고 했어요."

"내일 아침에 가, 내가 경호원 딸려줄 테니까."

"내가 무슨 경호원 필요하다고?"

115

"그래도 안 돼. 비행기로 곧장 상하이로 가도록 해. 그것도 비행기 전세 내어서."

"내가 무슨 돈이 있다고."

"내가 알아서 할 테니까."

어느덧 술이 깬 이동욱이 말을 이었다.

"연이, 네가 우리 사업의 중심이야. 네가 여왕이란 말이다."

"오빠는 왕이고?"

황연이 장난으로 말을 뱉었지만 이동욱은 정색했다.

"아니, 나는 여왕의 그림자."

술김에 진심이 나왔다.

황연의 토요회에서부터 모든 사업이 뻗어 나갈 테니까.

3장 남북연합

"어제, 그놈 만났나?"

조한태가 묻자 박철이 심호흡을 하고 나서 대답했다.

"예, 화해하고 술 마셨습니다."

"잘했다."

"내일 만나서 계약하기로 했습니다."

"그래야지."

전화상이어서 둘은 도청을 조심하고 있다.

조한태에게는 계약이 중요한 것이다.

지금까지 20킬로 정도만 중국에 도매로 넘겨왔는데 단숨에 그만한 물량이 늘어나는 것이다.

그때 박철이 말을 이었다.

"물량이 조금 더 늘어날 것 같습니다."

"어, 그래?"

"내일 다시 연락을 드리지요."

"수고가 많다."

"아닙니다. 모두 사령관 각하께서 신경을 써주신 덕분입니다."

"이번 일이 잘되면 넌 진급하게 될 거다. 내가 상부에 보고를 했어."

"감사합니다, 각하."

아마 조한태가 직접 개발한 것으로 이미 보고가 되었을 것이다. 그래서 진급이 된다면 조한태가 먼저 되겠지.

전화기를 내려놓은 박철이 앞에 서 있는 강영수에게 말했다.

"나 오늘은 무좀 치료를 받고 쉴 테니까, 네가 사무실 지켜."

"예, 알겠습니다."

요즘은 군기가 잡힌 강영수가 부동자세로 대답했다.

무좀 치료는 무슨, 치과에 가려는 것이다.

이빨 빠진 것은 강영수도 모른다.

"어제 박철하고 같이 온 놈이 다 계산했는데, 처음 보는 놈이었습니다."

천지 클럽 지배인 한수남이 최영진에게 보고했다.

"3천 불을 현금으로 계산했습니다."

"북조선 놈이야?"

"그런 것 같습니다. 박철한테 형님이라고 불렀습니다."

한수남이 말을 이었다.

"아마 군 소속의 사업단 요원 같았습니다. 지갑에 100불짜리가 가득 차 있었다고 합니다."

"박철 감시 잘해. 그놈이 딴 데다 마약을 돌린다는 소문이 있어."

"예, 대형."

한수남이 고개를 숙였다.

한 달에 한 번 헤로인을 인수하는 것은 한수남, 최영진 라인이다.

최영진은 41세. 삼합회원이 된 지 20년. 회장 강방원의 감찰대 소속이었다가 길림성 옌지의 책임자가 되었다. 길림성 지부장 장환에 이어서 서열 2위다.

오전 9시.

숙소 앞에서 차에 오르면서 황연이 이동욱에게 말했다.

"전무님, 제가 연락드릴게요."

"아, 기다릴게요."

이동욱이 정색하고 대답했다.

황연이 차에 오르자 이동욱이 문을 열었다.

주위에 서준과 경호원 둘이 서 있다. 황연의 차에도 운전사와 경호원 둘이 탔다. 칭다오에서 온 행동대들이다.

자리에 앉은 황연과 시선이 마주쳤을 때 이동욱이 고개를 약간 끄덕였다. 황연은 쳐다보기만 한다.

곧 차가 떠났고 이동욱은 몸을 돌렸다.

그때 서준이 다가왔다.

"곽청 씨가 기다리고 있습니다."

곽청이 상하이에서 이곳까지 온 것이다.

곽청은 그동안 상하이에서 착실하게 기반을 굳혀 왔다.

사업가로 변신한 것이다. 물론 자금은 칭다오에 있는 고대형이 다 대었다.

현지 농수산물을 도매상이나 가게에 납품하는 사업이었는데 인력이 많이 필요한 사업이다.

전에 데리고 있던 부하들을 다 끌어모았고 그 부하들이 새끼를 쳐서 직원이 2백 명 가깝게 되었다.

전혀 삼합회와는 상관없는 일이었고 교류도 없었기 때문에 어느덧 감시도 허술해졌다.

그러나 이것은 모두 재기를 위한 기반 굳히기였다.

지금 칭다오 지부장으로 옮겨가 있는 오훈삼까지 고대형이 공을 들여서 닦아놓은 인재들이다.

숙소의 응접실에서 이동욱과 곽청, 서준이 마주 앉았다.

이동욱은 고대형한테서 곽청 이야기를 들었기 때문에 초면이지만 소개도 생략했다.

악수를 나누고 나서 바로 본론을 꺼내었다.

"형님이 박 중좌한테서 헤로인을 받아서 관리하세요."

이동욱이 대뜸 곽청을 형님으로 불렀다.

주춤했던 곽청의 얼굴에 웃음이 떠올랐다.

이동욱이 말을 이었다.

"고 사장님 친구분 되시니까, 저한테는 형님입니다."

"이런."

곽청이 마침내 소리 내어 웃었다.

"고 사장한테서도 들었지만 과연 성격이 대범하군."

"속이 좁습니다, 형님."

그때 서준이 웃음 띤 얼굴로 말했다.

"자, 오셨으니까 일단 박 중좌를 만나보시지요. 박 중좌도 기다리고 있습니다."

이렇게 조직이 갖춰졌다.

박철은 옌지부속의 서준을 통해 북한산 마약을 공급하며 곽청이 인수, 판매한다.

이동욱은 관리자다.

그날 밤에 이동욱과 박철이 또 만났다.

오후에 박철은 서준과 함께 곽청을 만나 마약 전달과 연락 방법에 대해서 합의를 한 것이다.

"야, 갈수록 넌 나를 놀라게 하는군. 곽청이 삼합회 간부 출신이었다면서?"

이곳은 개장국 식당의 밀실이다.

박철이 말을 이었다.

"서 사장이 말해줬는데 그 정도면 일을 맡길 수 있지. 믿음직해 보이고 말야."

"형님하고 잘 맞을 겁니다. 곽청 씨 능력에 따라 물량이 결정될 테니까요."

"상하이 시장에 대해서 훤하더군. 상하이가 옌지보다 1백 배도 더 큰 시장이니까."

그 이상이다.

고개를 끄덕인 이동욱이 박철을 보았다.

"형님, 중국 공략은 남북을 초월해서 해 보십시다."

"당연하지."

박철이 정색하고 이동욱을 보았다.

"나도 이제 적대감은 물론 경쟁심도 버렸다. 정말이야."

박철의 두 눈이 번들거렸다.

"그건, 열등의식 때문이었는지도 몰라."

"당연하지요. 그렇게 60년이 지났는데."

"나도 생각해 보았어. 도대체 왜 이렇게 되었는가 하고 말야."

"……"

"적대감을 품게 해야 인민들의 불만이 외부로 뿜어지게 될 테니까."

"형님, 그건 우리도 마찬가지였어요."

"이제는 서로 중국을 향해 뻗어 나가는 거다."

"그렇죠."

"목표가 중국이니, 그런 감정이 씻은 것처럼 없어졌어."

"저도 그렇습니다."

그때 박철이 웃었는데 안쪽의 이가 빠진 부분이 보였다.

이동욱은 입을 다물었다.

이번 옌지 출장은 기대 이상의 성과를 내었다.

그것은 북한 쪽 핵심 담당자 박철의 포섭이다.

아니, 박철의 진면목을 보게 된 것이라고 해야 맞다.

이 정도면 함께 나갈 수 있을 것 같다.

"토요회의 투자사 대성개발은 한국의 상장 회사로 부동산 임대업이 주 업종입니다."

고문 방진이 추경산에게 말했다.

"상하이에 와 있는 전무이사 놈도 임원으로 등재되어 있습니다."

대산건설의 회장실 안.

회장 추경산에게 고문 방진이 청야장 신축 공사에 대한 보고를 하고 있다.

공사비 3천만 불짜리 대형 공사.

더구나 몰락해가던 토요회가 갑자기 마약 중독자 회장 황성이 죽고 나서 여동생 황연이 뒤를 잇더니 액땜을 한 듯이 분위기가 바뀌었다.

물론 투자자를 만나 조직의 상징과 같았던 청야장의 재건축이 시작되었기 때문이다.

위치가 상하이 중심가지만 1백 년도 넘는 낡은 3층 건물이었던 청야장이다.

그것이 25층의 대형 빌딩으로 변모하게 되었다. 처음에는 15층 빌딩으로 계획되었다가 마지막에 25층으로 변경된 것이다.

추경산이 방진을 보았다.

122

"그놈이 조직 세계를 잘 아는 놈이야."

지금 이동욱을 말하는 것이다.

"그리고 우리 중국의 권력 구도도 꿰고 있어. 상하이건설에 공사를 맡긴 것만 봐도 그래."

방진이 고개를 끄덕였다.

상하이건설은 공사 단가가 높기로 소문이 나서 어지간한 건축주는 공사를 맡기려고 하지 않는 것이다.

그런데 중국에 처음 진출했으면서도 토요회를 통해 상하이건설에 발주했다.

추경산이 말을 이었다.

"우정협회 양아치 놈하고 공사 달라고 했던 건설회사 사장 놈이 졸지에 피살당한 것 봐라. 그리고 그 잘난 체하던 공안 부장 하상옥이 꿀 처먹은 벙어리처럼 입 딱 다물고 사건을 덮은 것 좀 봐라. 상하이건설이 배후에 있는 것만도 아냐. 로비를 한 것 같아."

이제는 방진이 숨을 죽였다.

추경산의 안목이 방진보다는 높은 것이다.

돌아오는 비행기 안에서 이동욱이 앞에 앉은 곽청에게 말했다.

"토요회가 일어나면 구역이 겹치거나 붙어 있는 혈우회하고 충돌이 일어나게 된다고 하더군요. 그래서 혈우회가 신경을 곤두세우고 있다는데요."

"알고 있어."

곽청이 웃음 띤 얼굴로 이동욱을 보았다.

"이제부터 시작이야."

"하나둘 암살하라면 해보겠는데, 이런 전쟁은 처음이라서요."

"차라리 전쟁이 더 쉽지. 이건 네이비실 특수전 교관 출신이라고 되는 게 아냐."

이동욱의 얼굴에 쓴웃음이 떠올랐다.

"제 경력을 들으셨습니까?"

"고 사장한테서 다 들었어."

"이제는 형님이 도와주셔야 합니다."

곽청이 고개를 끄덕였다.

"서둘러 우군을 만들어야 해. 상하이에 4백 개가 넘는 조직이 있다구."

중국 최대의 경제도시 상하이가 이제는 전장이 될 것이다.

상하이를 장악하면 중국에 교두보가 설치되는 것이나 같다.

"황 형, 상하이 공안부 수사국장은 어때?"

고대형이 묻자 황비자오가 술잔을 내려놓았다.

칭다오의 '마운틴 클럽' 안이다.

이곳은 오훈삼이 운영하는 클럽이니 삼합회의 영역에 들어와 있는 셈이다.

칭다오에서는 공안과 고대형, 그리고 삼합회까지 연합한 상태다.

그때 황비자오가 흐린 눈으로 고대형을 보았다.

"이제 큰물에서 놀겠단 말인가?"

"때가 되었어."

"상하이 공안부장 하상옥은 거물이야. 호락호락 하지가 않아."

"그동안 잘 지냈지. 이제 끝날 때도 되었어."

"나처럼 약점을 잡았단 말인가?"

"황 형은 이놈에 비하면 피라미 수준이야."

고대형이 황비자오의 잔에 술을 채우며 웃었다.

"황 형이 플라이급이면, 하상옥은 헤비급이지."

"어떻게 할 건데?"

"하상옥이 아무리 상하이 공안부장이라지만, 서열이 공안부 2위인 수사국장 인사를 제 마음대로 할 수는 없지."

"그래. 베이징 공안총부장과 당 상임위원회의 추천, 그리고 총서기의 허가가 있어야 돼."

황비자오가 이제는 똑바로 고대형을 보았다.

칭다오 공안부장에서 상하이의 공안부 수사국장으로 옮겨가는 것은 영전이다. 같은 계급이지만, 1계급 특진하는 것이나 같은 것이다.

그때 고대형이 입을 열었다.

"내가 최선을 다할 테니까 황 형은 준비나 해."

"그럼 이곳 칭다오 공안부장은 누구를 생각하고 있어?"

"오학진."

"오학진?"

놀란 황비자오가 숨을 들이켰다.

오학진은 산둥성 위쪽 웨이하이의 공안부장이다.

황비자오보다 경력이 많지만 존재감이 없는 인물로 웨이하이에서 정년을 맡게 되리라고 예상하고 있었다.

고개를 끄덕인 고대형이 말을 이었다.

"잘할 거야, 오학진도."

이미 손을 써 놓았다는 뜻이다.

당 중앙위 상임위원 후진명이 테라스에 나와 야경을 내려다보았다.

오후 9시 반.

뉴욕 브루클린의 아담스호텔 17층 라운지다. 뒤쪽에서 희미하게 소음이 울릴 뿐 주위는 조용하다.

테라스에 나온 사람은 후진명뿐이다.

심호흡을 하자 매캐한 도시의 냄새와 함께 서늘한 공기가 마셔졌다.

오늘은 미국 방문 3일째.

총리 목정대와 함께 유엔 총회에 참석하고 내일은 귀국이다.

그래서 오늘 밤은 미국 내 고위층 인사들과 함께 만찬을 하는 중이다.

그때 옆쪽에서 인기척이 났기 때문에 후진명이 고개를 돌렸다.

제임스 우가 웃음 띤 얼굴로 다가왔다.

중국계 사업자, 철강그룹을 이끌고 있는 재벌로 중국 정부의 후원자이기도 하다.

"오, 제임스, 고마워."

옆에 선 제임스에게 후진명이 말했다.

"언제 베이징에 올 거야?"

"다음 달쯤, 생각해보지."

제임스가 지그시 후진명을 보았다.

제임스는 62세. 후진명보다 2살 아래지만, 둘은 친구처럼 지낸다. 서로 안 지가 10년이 넘었기 때문에 집안 대소사까지 다 챙겨주는 관계다. 물론 제임스가 해주는 것이지만.

"목 총리도 나한테 방문을 하라는군."

제임스가 목소리를 낮췄다.

"그런데 후 형, 부탁할 일이 있어."

"말 해, 제임스."

그때 제임스가 주머니에서 접힌 쪽지를 꺼내 후진명의 주머니에 찔러 넣었다.

"이 친구를 상하이로 발령내주게. 좀 키워주란 말야."

"오, 그래?"

후진명의 얼굴에 웃음이 떠올랐다.

"자네가 부탁을 다 하고. 내가 최선을 다하겠네."

제임스가 부탁한 이유는 묻지도 않는다.

상하이 당서기 강수전이 방으로 들어서는 공안부장 하상옥을 보았다.

오전 10시 반.

강수전이 하상옥을 부른 것이다.

"부르셨습니까?"

고개를 숙여 인사를 한 하상옥에게 강수전은 시선만 주었다.

방 안에는 강수전의 보좌관 유원까지 셋뿐이다.

강수전이 눈으로 앞쪽 자리를 가리키고는 입을 열었다.

"하 부장, 상하이에 조폭 단체가 몇 개나 있나? 삼합회를 포함해서 말이야."

그 순간, 하상옥이 숨을 들이켰다.

강수전이 조폭 단체에 삼합회를 포함시킨 것이다.

지금까지 삼합회를 '조폭 단체'로 표현한 고위공직자는 드물다. 더구나 이렇게 공식적인 자리에서는 더 그렇다. 삼합회가 고위층 구석구석에 인연을 맺고 있기 때문이다.

하상옥이 정색하고 대답했다.

"예. 1백 명 이상의 단체는 472개입니다, 서기 동지."

"토요회는 회원이 몇 명인가?"

"550명입니다, 서기 동지."

하상옥이 바로 대답하자 강수전의 눈빛이 조금 부드러워졌다.

강수전은 거대도시 상하이시 당서기로 당 서열 21위의 거물이다. 당 중앙회 후보위원이며 당 인사위원회 의원이기도 한 것이다.

하상옥이 태자당이라고 으스대지만 강수전은 성골 태자당이다. 모 주석의 전우인 강국영이 부친인 것이다.

64세, 하상옥보다 10여 년 연상이기도 하다.

"좋아."

고개를 끄덕인 강수전이 다시 물었다.

"토요회가 이번에 한국 회사의 투자를 받아서 빌딩 공사를 하고 있는 거 알고 있지?"

"예. 서기 동지."

"3천만 불의 투자금이 유치되었어. 알고 있지?"

"예, 서기 동지."

"아직 우리는 개발도상국이라 어떻게든 투자를 유치해야 돼."

"알고 있습니다, 서기 동지."

"그런데 그 공사를 방해하려는 세력이 있다는 정보가 들어왔어."

하상옥의 시선을 잡은 강수전의 두 눈이 유리알 같다. 깜박이지도 않는다.

"그것도 내 직속의 공안부도 아닌 국가보안국에서 보고를 받은 거야."

하상옥이 이제는 숨을 끊었다.

'국가보안국'이 어디인가?

중국의 FBI와 CIA 역할을 동시에 하는 거대 조직.

국가보안국장은 당연히 주석이 겸하고 있다. 그리고 강수전이 보안국의 상임위원 10명 중 하나다.

강수전이 말을 이었다.

"그 방해 세력이 혈우회라고 하던데, 들어봤나?"

하상옥의 얼굴이 하얗게 굳어졌다.

들어보다니?

혈우회장 추경산의 얼굴이 떠올랐다. 건네준 돈 가방이 차례로 떠오르고 있다.

강수전의 유리알 눈이 쳐다보고 있었기 때문에 하상옥이 대답했다.

"예. 들어봤습니다, 비서 동지."

"어떻게 처리할 건가?"

"철저하게 단속하겠습니다, 비서 동지."

"동무가 추경산하고 자주 만난다는 첩보도 들어와 있어."

그 순간, 하상옥은 머리가 빙글 돌아가는 느낌을 받았다. 현기증이다.

눈을 감았다가 뜬 하상옥이 강수전을 보았다.

눈동자가 흐려져 있었지만 필사적인 표정이다.

"비서 동지, 업무적인 만남이었습니다."

"그 이상은 말 않겠네."

강수전이 유리알 같은 눈으로 바라보면서 말을 이었다.

"동무의 조부는 한때 내 부친의 경호원도 했어. 모르나?"

"예? 저, 저는……."

"내 집에 사진이 있어. 내 부친의 경호원 시절에 찍은 사진이야."

"아아!"

"1년쯤 경호원을 하다가 모 주석의 경호원으로 갔네. 내 부친이 추천해주셨기 때문이지."

"아아!"

감동한 하상옥의 눈에 눈물이 고이더니 주르르 떨어졌다.

진짜 줄을 잡았다!

그때 강수전이 엄격한 표정으로 말했다.

"토요회 잘 보호해줘. 추경산이 같은 놈은 동무에게 전혀 도움이 안 돼."

마침내 터졌다. 마치 잔뜩 곪아있던 종기가 터진 것 같다.

공사 중인 청야장 건물에서 3백 미터쯤 떨어진 K-TV '산타'는 중립 지역이다.

바로 좌우에 토요회와 혈우회의 사업장이 있기 때문이다.

그런데 산타에서 양측 회원들의 난투극이 일어나 10여 명의 사상자가 발생한 것이다. 5명이 죽고, 8명이 중상이다.

전에는 토요회가 이러지 않았다.

혈우회가 시비를 걸면 물러났는데 이번에는 적극적으로 덤빈 것이다.

"5명이 죽었습니다."

건설의 전무 하종이 상기된 얼굴로 말했다.

밤 10시 반.

이곳은 대산빌딩의 지하 1층 대산클럽 안. 방 안에는 고문 방진까지 셋이 앉아 있다.

하종은 방금 밖에서 들어온 것이다.

그때 추경산이 물었다.

"저쪽 놈들은?"

토요회를 묻는 것이다.

전쟁은 피해자 숫자로 승패가 갈리니까.

추경산의 시선을 받은 하종이 외면했다.

"죽은 놈들은 없는 것 같습니다."

고문 방진이 숨 들이켜는 소리를 내었고, 추경산은 굳어졌다.

잠깐 방 안에 정적이 덮였고 하종이 말을 이었다.

"저놈들은 대비를 하고 있었던 것 같습니다, 회장님."

"······."

"갑자기 사방에서 쏟아져 나와 칼로 쑤셨다고 합니다."

"······."

"우리는 14명이 갔는데 그놈들은 30명이 넘었기 때문에······."

하종이 손등으로 이마의 진땀을 닦았다. 손수건을 꺼내기도 힘들었기 때문이다.

"방에 5명쯤 있는 것으로 알았거든요."

중립 지역인 산타에는 양측 모두 출입하지 않는다는 불문율이 있었던 것이다.

산타는 출입 금지, 비무장 지역이다.

그래서 산타에 토요회원 5명이 모여서 술을 마신다는 정보를 받고 혈우회에서 '이때다' 하고 행동대 14명을 보냈던 것이 이 꼴이 되었다.

어쨌거나 이 소식은 이미 전(全) 상하이 지역에 퍼졌을 것이다.

개망신, 대망신이다.

그때 추경산이 말했다.

"오늘 밤 안으로 복수를 해."

"예, 회장님."

"그 세 배쯤 갚아."

"예, 알겠습니다."

"뒷마무리는 깨끗이 하고."

"예, 회장님."

하종이 서둘러 일어섰다.

혈우회의 구역은 대산빌딩이 위치한 복주로 중심에서 위아래의 남경동로, 연안동로 사이다.

남경동로 위쪽에서 북경동로 사이가 토요회 구역인데 청야장은 남경동로에 있다.

구역 면적으로 보면 혈우회가 토요회의 10배가 넘지만, 업소가 드문드문해서 산타클럽처럼 중립 지역이 많다.

이곳, 남경동로 끝 쪽. 황푸강이 보이는 '진진나이트'도 중립 지역이다.

진진나이트는 당 간부가 뒤를 봐주는 클럽이어서 토요회, 혈우회가 중립 지역으로 두고 좌우에 매장을 운영했는데 산타와 비슷한 환경이다.

"가게 안에 20명쯤 있습니다."

아추가 말했다.

"오늘 무슨 축하파티를 한다는데요."

진진나이트 옆쪽의 토요회가 운영하는 식당에서 파티가 열린다는 것이다.

"그럼 20명을 싹 없애버리겠다."

상곤이 손목시계를 보았다.

밤 12시. 이쪽 골목은 유흥가여서 지금도 오가는 행인들이 많고 가게는 손님들이 북적거리고 있다.

상곤은 혈우파 행동대장 하종의 부하로 진진나이트에 토요회 조직원이 모였다는 정보를 받고 온 것이다.

상곤이 데려온 부하들은 40여 명, 모두 칼과 쇠뭉치, 쇠장갑으로 무장했고 상곤과 간부급 5명은 권총을 소지했다.

보통은 총기 사용을 안 했지만 오늘은 특별한 경우다.

두 시간 전에 중립 지대에서 토요회에게 기습을 당해 5명이 사망한 것이다.

그때 주오연이 말했다.

"상 형, 이번에도 놈들이 함정을 파놓고 기다릴지도 몰라. 그러니까 안으로 진입하지 말자구."

"어쩌자는 거냐?"

"앞뒷문을 잠그고 불을 질러 버리는 거야. 그럼 간단하지 않겠어?"

"이, 미친놈이."

진진나이트는 홀이 1백 평 정도에다 룸도 20개 정도나 있어서 수백 명이 들어가 있는 것이다. 그러나 안으로 진입했다가 산타 짝이 날 수도 있다.

그때 진진나이트를 정찰하고 돌아온 부하가 말했다.

"홀과 방에 있는 손님이 150명 정도 될 겁니다. 종업원까지 합하면 2백 명도 넘을 텐데요."

"그럼 그놈들이 들어간 룸에다 불을 지르면 되겠다."

주오연이 말을 이었다.

"룸에는 출구가 하나뿐이니까 더 잘된 거야. 화염병 두어 개를 던지고, 휘발유 통을 마지막에 던지는 것이라구."

주오연은 이번 작전의 부대장 격이다.

그 말이 그럴 듯하게 들린 상곤이 고개를 끄덕였다.

계획을 짜고 자시고 할 시간이 없고 그런 적도 없다.

"좋아. 화염병 5개를 준비해라. 그리고 휘발유 통 가져와."

부하들이 방을 뛰쳐나갔다.

이곳은 혈우파가 운영하는 중식당 '베이징' 안.

진진나이트 클럽은 길 건너편이다.

대각선 위치여서 50미터 거리다.

30분쯤 후에 진진나이트 앞으로 다가간 상곤에게 안에 들어갔던 부하 하나가 서둘러 다가왔다.

"형님, 방이 비었어요!"

"뭐?"

"조금 전에 방 2개를 터서 놀던 놈들이 계산을 끝내고 갔답니다."

"이런, 개자식!"

놀란 상곤이 버럭 소리쳤다.

화염병을 만드는 시간에 사라진 셈이다.

"큰일 났다."

당황한 상곤이 주오연을 보았다.

"야, 이거 어떻게 하지?"

간부들은 모두 잠도 안 자고 기다리고 있을 것이다.

그때 주오연이 말했다.

"할 수 없지. 토요회 가게를 치는 수밖에."

이 작전은 중립 지대에 나온 상대하고 부딪친 것부터 시작되었다.

그래서 이번에도 중립 지대에서 보복을 하려고 했는데 양상이 바뀌었다.

"와!"

함성과 함께 불길이 일어났다.

"펑! 펑! 펑!"

처음에는 그것이 가스가 터지는 소리인 줄 알고 부석원은 주방으로 달려갔다.

이곳은 토요회가 운영하는 카페 안.

1백 평 규모의 카페는 금세 아수라장이 되었다.

그때 부석원은 이쪽으로 달려오는 사내를 보았다.

손에 길이가 30센티쯤 되는 칼을 쥐었다.

"이런."

순식간에 상황을 깨달은 부석원이 난장판이 된 바닥에 납작 엎드렸다.

홀에 있는 손님은 50여 명. 종업원 35명 중에서 18명이 토요회원이다.

지금 습격을 받고 있다.

상대는 혈우회. 세 시간 전에 산타클럽에서 당한 복수를 하는 것이다.

그때 테이블 밑에 엎드린 부석원 앞으로 칼을 든 사내가 다가왔다.

아직도 홀 안은 손님들의 외침과 여자들의 비명이 난무했고, 기물이 부서지면서 부석원 부하들의 고함 소리가 울렸다.

그때 사내가 달려 지나갔다. 부석원은 못 본 것이다.

순간 부석원이 다리를 뻗어 발을 걸었고, 사내가 의자와 함께 바닥에 넘어졌다.

그때 부석원이 사내를 덮쳐 우선 팔을 뒤로 꺾어 손에 쥔 칼을 떨어뜨렸다.

재빠르게 칼을 움켜쥔 부석원이 사내의 목을 베었다. 그러고는 벌떡 일어나 마침 옆을 달려가는 사내를 향해 칼을 던졌다.

"악!"

목에 칼이 자루 끝까지 박힌 사내가 칼을 움켜쥐고 커다랗게 비명을 질렀다.

그때 부석원에게 사내 하나가 달려왔다.

오전 1시 반.

남경동로 끝 쪽. 황푸강이 보이는 5층 건물의 2층 사무실 앞.

이곳은 토요회장 황연의 안가(安家)다.

사무실의 낡은 소파에는 황연과 채소기, 황연의 사부 윤창과 이동욱, 그리고 곽청까지 둘러앉아 있다.

방금 이동욱은 그들에게 곽청을 소개한 참이다.

삼합회 본부의 특별기동반장 출신이며 지금은 자유인(自由人)이 되어 이동욱의 일을 돕는다고만 했는데도 토요회의 셋은 숨을 죽였다. 황연이 소집한 비상 회의에 이동욱이 곽청을 데리고 나올 줄은 몰랐기 때문이다.

곧 채소기가 지금까지의 상황을 설명했다.

"진진나이트를 습격하려고 모였던 혈우회 놈들이 우리 영업장을 덮쳤는데, 이번에는 기습을 받아서 12명이 죽었습니다. 우리 피해는 4명입니다."

채소기가 이동욱을 향해 고개를 절레절레 흔들었다.

"그놈들이 눈치채지 못하게 하려고 업소에다 말을 안 했더니, 4명이 당했어요."

"어쩔 수가 없었지요, 놈들은 사전 조사까지 하고 덮쳤으니까요."

곽청이 대신 대답했다.

"놈들이 진진나이트를 습격하려고 화염병과 기름통을 가져가는 것을 보고 서둘러서 철수시킨 겁니다."

진진나이트 클럽의 토요회원 파티도 함정이었던 것이다.

그러나 대형 사고로 번질 것 같아서 철수시킨 것이다.

이번 작전은 토요회와 합의하에 곽청이 주도했다.

목적은 혈우회에 타격을 입히고 토요회의 위상을 부각시키려는 것이다.

오늘 이동욱은 자신의 숨겨진 행동대, 비장의 카드를 토요회에 보인 셈이다.

곽청이 말을 이었다.

"산타클럽에 이어서 토요회 카페 습격도 혈우회는 실패했습니다. 체면이 많이 깎였을 것입니다."

그리고 명분도 없는 것이다.

중립 지대의 토요회를 습격했다가 당했고, 보복한다고 토요회 사업장으로 쳐들어갔다가 당했다.

그때 채소기가 말했다.

"이제 시작입니다. 이제는 밤마다 잠자리를 옮기고, 식당에 가서는 음식물에 은수저를 담가보고 나서 밥을 먹어야 합니다."

농담처럼 말했지만 정말이다.

독살당한 조직의 간부가 여러 명인 것이다.

추경산은 한동안 입을 다물고 앞쪽 벽만 보았다.

오전 2시, 대산빌딩의 회의실 안에는 10여 명의 간부들이 둘러앉아 있었지만 모두 숨을 죽이고 있다.

방금 추경산은 복수하러 보낸 행동대가 다시 기습을 받아서 궤멸되었다는 보고를 받은 것이다.

공안이 사상자를 확인했기 때문에 거짓말도 못 한다.

시체로 발견된 혈우회원 12명, 토요회원 4명, 중상자는 혈우회원 14명, 토요회원 3명.

그래서 산타클럽의 5명까지 합쳐서 하룻밤 사이에 17명이 죽었다.

혈우회 창립 이후로 처음 있는 일이다.

이윽고 추경산의 시선이 보고자인 하종에게로 옮겨졌다.

"일단, 네가 공안에 들어가서 분위기를 봐. 지금 당장."

"예, 회장님."

하종이 벌떡 일어섰을 때 추경산의 시선이 고문 방진에게로 옮겨졌다.

"고문이 같이 가서 현장 지휘를 해. 언론사나 기관들 입을 막아야 할 것이고, 희생자 가족이 떠들면 안 되니까 그 처리도 해."

"예, 회장님."

방진이 따라 일어섰고 추경산이 남은 간부들을 둘러보았다.

"일단, 이번 사태를 수습하고 보자. 모두 돌아가서 대비하고 있어. 비상 상황이지만 내색하지 말고 평소처럼 일해."

추경산이 15년 전 아버지한테서 혈우회를 인계받았을 때는 회원 200여 명의 조직이었다. 그것을 회원 8300명의 3위 조직으로 키워놓은 인물이다. 그만한 능력이 있다고 봐야 한다.

공안부장 하상옥은 오전 3시가 되었을 때 보고를 받았다.

자택에 돌아와서 자다가 보좌관의 전화를 받은 것이다.

잠에서 깬 하상옥이 멍한 상태였다가 내용을 듣고 나서 전화기를 들고 응접실로 나갔다.

"16명이 죽었어?"

"예, 부장 동지."

"몇 명이 병원으로 실려갔다구?"

"예, 17명입니다."

"그럼 저녁때, 5명까지 합쳐서 하룻밤에 21명이 죽었군."

"예, 그렇습니다."

"토요회, 혈우회 놈들이라구?"

"예, 부장 동지."

다시 입을 벌렸다가 닫은 하상옥이 숨을 골랐다.

조직 별로 각각 몇 놈씩이냐고 물으려다가 부질없다는 생각이 들었기 때문이다.

어쨌든 야단났다.

듣고 나서 가장 먼저 떠오르는 얼굴이 상하이 당서기 강수전이다.

강수전이 과연 어떤 반응을 보일 것인가?

하상옥이 다시 입을 열었다.

"내가 지시할 때까지 사건 노출시키지 말 것. 바로 지시해."

대형 사고라 상하이시 최고 지도자인 당서기 강수전에게 보고를 안 할 수가 없다.

오전 8시 정각.

먼저 당서기의 보좌관에게 연락해서 사건을 대충 보고하고 나서 9시에 강수전에게 전화를 했다.

"어젯밤, 사고가 일어났습니다."

하상옥이 먼저 그렇게 운을 떼었을 때 강수전이 말했다.

"나도 알아보았는데, 혈우회가 싸움을 건 것이더군. 토요회는 방어하다가 그렇게 되었고. 그렇지 않나?"

"그렇습니다, 서기 동지."

"동무는 어떻게 생각하나?"

"혈우회를 제재해야 될 것 같습니다."

"회장을 교화소에 보내면 조직이 와해되겠지?"

"내부에서 전쟁이 일어날 것 같습니다."

"그럼 책임자급을 처벌하고 토요회 근처에서 혈우회를 철수시켜야 되지 않겠나?"

"현명하신 방법입니다."

"동무가 혈우회장한테 생색을 낼 수도 있고 말야."

"……."

"이 사건이 외부에 알려지면 좋을 것 없어. 언론을 철저히 통제하고 사상자는 서둘러 처리하라고 해."

"예, 비서 동지."

"그리고, 참."

강수전이 말을 이으려고 했기 때문에 하상옥이 전화기를 고쳐 쥐었다.

경험 상 '나쁜 말'은 뒤에 나온다.

"상하이 공안부 수사국장이 갈릴 거네. 내가 어젯밤에 당 상임위원에서 보내온 공문에 사인을 했어."

숨을 들이켠 하상옥의 귀에 강수전의 말이 이어졌다.

"그런 줄 알고 있도록."

하상옥이 할 일은 없다, 받아들이는 수밖에.

그런데 어떤 놈이 2인자로 오는 건가?

상하이 삼합회 지부장 방현기는 48세.

삼합회장 강방원의 외사촌 동생이다. 그러니까 회원이 1만 6천이나 되는 거대 도시를 맡긴 것이다.

방현기의 능력은 오직 하나, 요령이 좋다는 것이다. 자세히 말하자면 상황 파악이 빠르고 윗사람의 심중을 읽는 재주가 뛰어난 것이다.

그것 하나로 지금까지 출세 가도를 달려왔다. 물론 강방원의 외사촌 동생이라는 배경이 있었기 때문에 그것도 가능했겠지.

방현기는 170의 신장에 체중이 110킬로나 되는 비만 체격이다.

둥근 얼굴에 그 체격이라 호인처럼 보이지만 천만에, 부하들에게는 잔인한 폭군이다. 의심이 많아서 아무도 안 믿는다.

방현기가 방동기에게 물었다.

"그래서 언론 통제를 했다구?"

"예, 형님."

방동기는 동생이며 행동대장이다.

믿을 사람이 없어서 장난감 공장을 하던 방동기를 데려와 측근으로 둔 것이다.

방동기가 말을 이었다.

"남경대로 근처의 혈우회 사업장을 모두 아래쪽으로 이전시키거나 철수하라는 지시를 내렸습니다. 기간은 1주일을 주었는데 일주일 후에도 남아 있으면 폐쇄시키겠다고 합니다."

"그거, 공안에서 내린 지시야?"

"예, 공안부장의 지시입니다."

"하상옥이 그럴 리 없는데."

"확실합니다, 형님."

"위에서 지시를 내린 모양이다."

"당서기가 했겠지요."

"하긴, 상하이건설이 청야장 공사를 하고 있으니까."

"토요회가 확 커졌습니다."

"그것들이 한국 놈을 동업자로 끌어들이더니 당에 로비를 했나?"

"상하이건설을 통해 손을 썼겠지요."

"그런 상황에서 혈우회가 토요회를 건드리려다가 기습을 당한 것이군."

그때 방동기가 쓴웃음을 지었다.

"벼룩이 커도 얼마나 큽니까? 토요회 정도는 벼룩입니다."

"너 농담도 할 줄 아는구나."

이곳은 상하이의 삼합회 지부 사무실이 위치한 대국빌딩 안이다.

30층짜리 대국빌딩은 삼합회장 강방원의 소유로 삼합회의 위용을 자랑하듯이 주변 건물을 압도한다.

삼합회는 중국 제1위 조직이며 친정부 단체로 대내외에 알려진 터라 반은 국가 조직처럼 움직인다.

방현기가 생각났다는 얼굴로 말했다.

"태국산 헤로인의 순도가 94퍼센트로 내려간 봉지가 8개나 된다고 한다. 이번 달에 받을 때 가격을 10퍼센트 내리도록 해라."

"증거를 대라고 하면 골치 아픕니다."

"이 병신아, 그럼 알고도 당하란 말이냐?"

"알겠습니다."

방동기가 고개를 끄덕였다.

한 달에 30킬로씩 헤로인을 받아 소매로 파는 것이다.

국가보안국 부국장 천중수가 앞에 선 전춘을 지그시 보았다.

오전 10시.

베이징의 국가보안국 부국장실 안.

28층 건물 전체가 국가보안국이 사용하고 있지만, 현관에는 '동양무역'이라는 알루미늄 간판만 붙어 있다.

로비에는 경비원도 없다. 다만 엘리베이터 앞쪽에 안내 데스크가 있을 뿐이다.

그러나 이곳이 전 중국, 그리고 전 세계까지 포함한 대내외 정보, 작전 기관인 것이다.

공안, 군(軍)까지 통제하는 최고위 기관이다.

그 기관의 국장은 당연히 국가주석인 장평국. 그다음의 서열이 장평국의 직계 부하 천중수다.

천중수는 55세, 장평국의 비서 출신이다.

무려 25년간 비서를 하다가 이제 당 중앙위 상위위원 겸 국가보안국 부국장이 되었다.

그러니 장평국의 후계자라고 불리지만 본인은 펄쩍 뛴다.

자신은 오직 장평국의 그림자 역할일 뿐, 진퇴를 같이 할 것이라고 수십 번 맹세까지 했다.

그 천중수 앞에 선 전춘이 작전과장이다.

"상하이에서 일어난 조폭들의 전쟁은 토요회가 압승했습니다."

전춘이 천중수의 시선을 받고 말했다.

"겉으로 보면 토요회가 습격해 온 혈우회를 기습해서 물리친 것 같지만, 실은 토요회가 함정을 파고 공격한 것입니다."

"공안은 알고 있나?"

"일단 사건을 덮어버려서 아직 내막은 모르겠습니다."

"재빠르군."

천중수가 각진 얼굴을 들고 전춘을 보았다.

"하상옥과 토요회의 관계는?"

"접촉한 기록이 없습니다."

"이놈, 토요회의 투자자 이동욱은?"

"한국 대성개발의 전무로 신분이 깨끗합니다. 대성개발도 부동산 개발 회사로 하자가 없습니다."

서류를 편 천중수가 고개를 기울였다.

"상하이 공안 수사국장으로 칭다오 공안부장 황비자오가 영전해서 갔군. 황비자오가 일 년도 안 되어서 두 번이나 영전되는 이유가 뭐야?"

"후진명 상임위원의 추천입니다."

천중수가 숨을 들이켰다가 서류를 다음 페이지로 넘겼다.

후진명이 국가보안국 상임위원 중 한 명인 것이다.

"빽이 없는 놈이 없군."

혼잣소리처럼 말한 천중수가 고개를 들어 전춘을 보았다.

"우리가 이 체제의 마지막 방어선이야. 정신 똑바로 차려야 돼."

"예, 부국장 동지."

"중국의 역대 왕조는 모두 부패로 망했어. 우리는 주석 동지를 받들어서 부패를 청산해야 돼."

"예, 부국장 동지."

"상하이가 심상치 않아. 동무가 당분간 상하이를 관리해."

이것이 오늘 부른 이유다.

"이제야 만나 뵙게 되는군."

자리에서 일어선 황연에게 손을 내밀면서 추경산이 말했다.

오전 11시 반.

이곳은 상하이 중심부에 위치한 국제호텔의 20층 로비다.

안쪽 밀실에는 추경산과 고문 방진, 그리고 황연과 이동욱이 방금 도착했다.

"오, 토요회 동업자분이시지요?"

추경산이 이동욱의 손을 쥐고 반갑다는 듯이 웃었다.

추경산은 황연과 이동욱이 함께 나오기를 요청한 것이다.

인사를 마친 넷이 원탁에 둘러앉았을 때 추경산이 먼저 입을 열었다.

"지난번 일은 서로 잊도록 합시다. 우리가 유명해지면 좋을 일이 없으니까."

"좋아요."

황연이 대답했다.

"우리가 건 싸움이 아니었지만요."

"그건 당신들이 잘 알 텐데."

쓴웃음을 지은 추경산의 시선이 이동욱에게 옮겨졌다.

"난 아무래도 그 일이 이 선생 작품처럼 느껴진단 말요."

"그렇습니까?"

정색한 이동욱이 고개를 기울였다.

"난 무슨 말씀인지 이해가 안 갑니다."

"앞으로 자주 부딪치게 될 텐데, 그때마다 이해가 안 된다고 하실 거요?"

"내가 중국어는 잘합니다. 책도 많이 읽었구요."

"그렇다면 앞으로는 공안이 해결사 노릇하게 하지 말고, 사전에 양측이 문제를 해결합시다."

이것이 만나자는 이유인 것 같다.

추경산이 말을 이었다.

"이번에 공안이 조정한 구역은 말도 안 되는 구역이야. 제대로 시행되는가 두고 보면 알 거요."

그 말도 맞다.

현실과 공안의 조정은 다른 것이다. 그것을 토요회도 느끼고 있다.

실질적으로 지배하고 있는 구역을 비우라고 하는 것은 살던 집에서 나가라고 하는 것과 같다. 이것은 국가주석도 못 할 일이다.

그때 이동욱이 입을 열었다.

"혈우회는 뒤쪽으로, 삼합회 왼쪽으로는 3개 조직하고 구역이 닿아 있더군요."

그래서 어쩌란 말야? 하는 표정으로 추경산이 이동욱을 노려보았다.

다시 이동욱이 말을 이었다.

"제안할 것이 있습니다."

"허어, 제안이라."

추경산이 쓴웃음을 지은 얼굴로 황연을 보고 나서 물었다.

"물론 토요회에서 제안하는 것이지요?"

"그럼요. 제가 토요회 동업자니까요."

"투자자에서 동업자로 바뀌었나?"

"마찬가지입니다."

"뭘 제안한다는 거요?"

"토요회와 혈우회가 비공식 동맹을 하지요. 비밀 동맹 말입니다."

순간 추경산이 숨 들이켜는 소리를 냈다.

놀랐는지 방진은 몸을 굳히고 있다.

곧 추경산이 눈을 치켜뜨고 물었다.

"어떤 의미요?"

"이대로 가면 토요회나 혈우회는 다른 조직 좋은 일만 시켜줄 겁니다. 서로 견제만 하는 사이에 다른 놈들은 쑥쑥 세력을 키울 테니까요."

"그래서?"

"황푸강변의 상권을 삼합회가 다 잡고 있더군요. 그것을 우리가 빼앗아 옵시다."

"이런."

기가 막힌 추경산이 한숨을 쉬었을 때 이동욱이 말을 이었다.

"삼합회가 황푸강변에서 마약 장사를 하고 있다는 건 아시지요? 그것을 소탕하고 우리가 대신 들어가는 것입니다."

다시 놀란 추경산이 입에 고인 침을 삼켰고 이동욱의 얼굴에 웃음이 떠올랐다.

"그거, 언론과 고위층을 이용하면 삼합회도 견디지 못할 겁니다."

"⋯⋯."

"상하이에서 다시 아편 전쟁을 하는 겁니다."

"이봐요, 이 선생, 당신 미쳤소?"

그때 이동욱이 고개를 들었다.

"추 회장님, 회장님은 지금 끈 떨어진 연입니다. 하상옥 공안부장은 지금 어떤 이유라도 찾아서, 추 회장님을 엮어 넣어야 결백을 증명하는 처지에 와 있단 말입니다. 지금 내 협조가 절대적일 겁니다."

이동욱의 말이 끝났을 때 방 안에 한동안 정적이 덮였다.

황연은 태연했지만 추경산과 방진은 숨도 쉬는 것 같지 않다.

돌아가는 차 안에서 추경산이 창밖을 내다보다가 말했다.

"그놈들이 우리 뒤통수를 친 이유를 알았다."

옆자리에 움츠리고 앉은 방진이 고개를 들고 추경산을 보았다.

그때 추경산이 얼굴을 일그러뜨리면서 말을 이었다.

"저놈, 이동욱, 저놈의 짓이었어."

"그렇습니다. 이동욱이 토요회를 장악하고 있는 것입니다."

"삼합회를 노리고 있어."

방진이 숨을 죽였다.

이동욱의 제의에 추경산은 생각해 보자고만 대답을 한 것이다.

그러나 그만한 대답도 대단한 것이다.

그때 추경산이 고개를 돌려 방진을 보았다.

"네 생각은 어떠냐?"

"솔직히 저는 정신이 없습니다."

방진이 고개까지 저었다.

"저놈이 동맹을 맺자는 말에도 놀랐는데 황푸강변까지……."

방진이 앞쪽 운전사와 경호원을 의식하고 입을 다물었다.

그렇다. 상하이시 중심부를 관통하는 황푸강변은 상하이 최대의 시장이다.

이 시장만 장악하면 전체 지하 세계의 매출액 절반 이상이 나오는 것이다.

거대한 자금이 강을 따라 흐르고 있다.

삼합회는 시내에도 사업장이 있지만 황푸강과 그 지류인 오송강변까지 장악하고 있는 것이다.

강변에 자리 잡은 수만 개의 사업장에서 자릿세를 받고 직접 영업을 하며, 마약을 판다.

그 강변 사업장을 빼앗다니, 그리고 그곳에서 마약 사업을 해?

너무나 엄청난 일이다.

그때 추경산이 길게 숨을 뱉었다.

"위기가 기회의 시작이야."

"……."

"내 아버지가 돌아가시기 전에 말했어."

"오빠, 가능할까요?"

방 안에 둘이 남았을 때 황연이 이동욱에게 물었다.

둘은 추경산을 만나고 돌아와 황연의 사무실로 방금 들어섰다.

이동욱이 고개를 들고 황연을 보았다.

"추경산이 욕심을 부린다면 받아들이겠지."

이동욱이 굳은 얼굴로 황연을 보았다.

"너도 놀란 거지?"

"그럼요. 난 오빠의 제의가 처음에는 즉흥적인 줄 알았어요."

"그럴 리가 있나?"

"추경산이 요즘 끈 떨어진 상태라는 것을 실감한 것 같던데요."

황연의 얼굴에 웃음이 떠올랐다.

"오빠가 말할 때 얼굴 표정이 잠깐 일그러졌었어요."

"황푸강변 사업장만 우리가 장악하면 상하이 시장은 우리가 잡은 거야."

눈을 가늘게 뜬 이동욱이 황연을 보았다.

"오늘 추경산과의 만남은 최소한 우리가 전(前)의 토요회가 아니라는 것을 분명하게 각인시킨 효과가 있을 거야. 그것만으로도 만난 가치가 있어."

"좋다. 해보자."

마침내 추경산이 말했다.

대산건설 회장실 안. 추경산이 방진과 심복 하종, 둘만 불러놓고 말했다.

하종을 불러 토요회의 상담 내용을 설명해주고 나서 추경산이 결론을 내린 것이다. 설명해주는 사이에 스스로 마음을 굳힌 것 같다.

"이건 극비야. 우리가 이런 방향으로 나간다는 건 너희들 둘만 알고 있어야 된다."

"알겠습니다."

방진이 바로 대답했다.

"토요회를 앞세우고 나가는 것입니다. 그놈들이 제의했으니 선봉대를 맡겠지요."

"그놈은 계획이 있을 테니까 들어보기로 하지."

그때 하종이 나섰다.

"위원회를 만들어야 합니다. 위원장도 있어야 하구요. 물론 작전 위원회 말씀입니다. 그래야 소통이 되지요."

"그렇지."

추경산이 고개를 끄덕였다.

"먼저 저놈들의 배경이나 인력 구조, 사업 계획을 들어보도록 하지."

그러더니 하종을 턱으로 가리켰다.

"네가 우리 측 작전위원이 되어라."

고문 채소기가 이동욱의 설명을 듣더니 신음을 뱉었다.

"음, 추경산이 지난 사건을 싹 잊어버리게 되었군요."

"고문은 어떻게 생각하시오?"

"추경산의 반응을 예측하라는 말씀입니까?"

"아니, 먼저 내 제의."

"그것이 순서입니다, 사장님."

"나한테 사장이라고 했소?"

"예, 회장님이 계시니까, 일단은……."

"그것은 됐고, 어떻게 생각하시오?"

옆에 앉은 황연의 얼굴에는 웃음기가 떠올라 있다. 둘의 문답이 가벼웠기 때문이다.

그때 채소기가 대답했다.

"추경산이라면 받아들일 것입니다."

정색한 채소기가 말을 이었다.

"지금까지의 추경산은 적극적, 진취적으로 행동했거든요. 로비도 유능해서 하상옥이나 행정부 쪽, 세관 쪽에도 인연이 많았습니다."

"……"

"우리가 추경산 자신보다 더 막강한 배경을 갖고 있다는 것도 이제는 눈치채었겠지요. 그러니까 제휴를 승낙할 가능성이 큽니다."

"내 생각도 그렇소."

"그러고는 우리가 앞장서고 계획을 내놓기를 기다리겠지요."

그때 방 안으로 비서가 들어섰다.

손에 전화기를 쥐고 있다.

"혈우회 고문, 방진입니다. 채 고문님을 찾으시는데요."

그때 셋이 서로의 얼굴을 보았고, 채소기가 손을 뻗어 전화기를 쥐었다.

하종은 36세, 상하이 토박이로 부유한 가정에서 태어나 전문대를 졸업했다.

하종이 혈우회에 가입한 것은 22세 때. 어렸을 때부터 소림무공을 배운 터라 주저하지 않고 지하 세계에 뛰어들어 추경산의 신임을 받았다. 그때는 추경산이 막 대권을 이어 받은 시기여서 하종과 함께 성장한 것이나 같다.

하종은 추경산의 경호원이었다가 지금은 행동대장 겸 대산건설의 전무로 고속 승진했다.

그것은 순발력이 빠르고 머리가 영민한 때문이기도 했지만, 추경산에 대한 절대적인 충성심이 없으면 불가능했을 것이다.

오후 5시, 하종은 약속 장소인 '베이징장' 밀실로 들어섰다.

베이징장은 혈우회 사업장으로 중식당이다. 규모가 커서 한꺼번에 8백 명까지 손님을 받을 수 있다.

안으로 들어선 하종은 이미 원탁에 앉아 있는 손님을 보았다.

토요회 측 작전위원이다.

하종을 본 사내가 자리에서 일어섰다.

장신, 넓은 어깨, 호남형 용모.

아직 이름은 듣지 못했다.

"반갑습니다."

사내가 손을 내밀면서 웃음 띤 얼굴로 말했다.

"난 곽청이라고 합니다. 잘 부탁합니다."

"예, 난 하종입니다."

악수를 하면서 하종은 어디서 들은 것 같은 이름이라는 생각이 들었다.

마주 앉았을 때 하종이 지그시 사내를 보았다.

처음 보는 사내다.

토요회의 간부는 다 알고 있는 하종이다. 그래서 오늘은 토요회 작전위원으로 채소기나 윤창 중 하나가 나올 줄 알았다.

그때 하종이 숨을 들이켜고 나서 곽청을 보았다.

"혹시 삼합회 특별기동반장 아니시오?"

금방 그 이름이 떠올랐기 때문이다.

조폭 사회에서 모르는 사람이 없는 이름이지.

그때 곽청이 고개를 끄덕였다.

"맞아요, 내가 그 곽청이오."

순간, 숨을 멈춘 하종은 눈동자도 굴리지 못했다.

갑자기 어지럼증이 일어났고 몸이 꿈속에 떠 있는 것처럼 느껴진 것은 놀랐기 때문이다.

갑자기 예상하지도 못한 일이 일어나면 이렇게 될 수도 있다.

"이보셔."

곽청이 부르는 소리가 멀리서 들렸다.

"이보셔, 내 말 들려요?"

그때 하종이 심호흡을 하고 나서 눈동자의 초점을 잡았다.

"아, 예."

"딴생각을 하신 겁니까?"

"예, 조금."

놀라서 그랬다고 말할 수 없지.

고개를 끄덕인 곽청이 말을 이었다.

"우선, 오송강변부터 시작합시다. 우리는 오송강변 북쪽을 맡고 혈우회는 남쪽을 맡기로 합시다. 서로 협조하면서 말요."

"아, 우리가 남쪽입니까?"

하종이 정신을 차렸다.

오송강은 상하이시를 동서로 가로지르는 황푸강의 지류다.

강폭이 황푸강의 10분의 1도 안 되지만 제법 물줄기도 있고 강(江)이어서 수십 개의 다리 좌우에 수만 개의 가게가 영업을 하고 있는 것이다.

삼합회는 오송강변을 제 구역으로 정해놓고 타 조직이 얼씬이라도 하면 가차없이 응징을 한다.

곽청이 말을 이었다.

"무조건 전쟁을 일으킬 수는 없으니까 하나씩 접수해갑시다. 그것도 소문나지 않도록 해야 될 거요."

"어떻게 합니까?"

마침내 하종이 끌려들었다.

삼합회를 상대로 하는 전쟁인 것이다.

하종의 시선을 받은 곽청이 빙그레 웃었다.

"하 형, 나이가 몇이오?"

"서른여섯입니다."

"난 서른여덟이오. 난 조직 경력은 짧지만 군(軍)에 있었어."

"알고 있습니다."

"내가 마약 사업에도 관련되었다는 이야기도 들었소?"

"그건 못 들었는데요."

"한국에서 마약 전쟁이 일어났을 때 파견되었다가 돌아왔지."

"……."

"그러다가 삼합회를 나왔는데 이번에는 상하이에서 내가 마약 사업을 맡게 되었구만."

고개를 든 곽청이 하종을 보았다.

"하 형, 우리 둘의 이야긴데, 우리가 의형제가 되면 어떻겠소?"

"그, 그것은……."

"그러면 일하기가 편해지지 않을까?"

"……."

"그것은 회장님께 허락을 받아야 하나?"

"아닙니다."

상기된 하종이 고개를 저었다.

"그렇게 하겠습니다. 말로만 들었던 형님을 모시게 되어서 영광입니다."

"혈우회가 우리보다 15배나 큰 조직인데, 동생은 괜찮겠어?"

"제가 어떻게 형님하고 비교가 됩니까? 삼합회 특별기동반장이셨던 형님 아닙니까?"

"당분간은 내 존재를 비밀로 하게."

"당연하지요. 하지만 회장님한테는 말씀드리면 안 되겠습니까?"

"회장님은 알아야지."

"우리가 의형제를 맺었다는 건 비밀로 하겠습니다."

"그러는 게 좋겠지."

곽청이 웃음 띤 얼굴로 하종을 보았다.

"그럼, 우리 이 자리에서 술에 피를 섞어 마실까?"

"예, 그러지요."

환해진 얼굴로 하종이 저고리를 젖히더니 가슴에서 단도를 꺼내 탁자 위에

154

놓았다.

손가락을 베어서 피를 잔에 떨어뜨린 다음, 피가 섞인 술을 둘이 마시려는 것이다.

밤 10시, 룸살롱의 방에서 술을 마시던 추경산에게 하종이 보고했다.

방에는 고문 방진과 둘이 기다리고 있었다.

"토요회의 작전위원이 삼합회 특공반장이었던 곽청이었습니다."

먼저 그렇게 말했더니 둘은 놀라 굳어졌다.

추경산이 이것저것을 묻는 바람에 앞뒤가 헷갈렸지만 토요회에 대한 동맹관은 굳어졌다. 믿을 만하다는 생각이 든 것이다.

오송강을 남북으로 나눠 공략하자는 계획도 의심하지 않고 동의했다. 작전 내용에 대해서는 제각기 사업장별로 공략하되 서로 협조한다는 것에도 추경산의 허락을 받았다.

사업장 공략 방법은 추경산도 도사인 것이다.

수백 가지 방법이 있었기 때문에 상황에 맞춰 적용해야만 한다.

이윽고 보고를 들은 추경산이 말했다.

"곽청이 토요회 작전책이라니 놀랍군."

"삼합회에서 알면 까무러치겠는데요."

방진이 아직도 흥분이 가시지 않은 얼굴로 말했다.

"이동욱이 그런 비장의 무기가 있었기 때문에 덤벼든 것 같습니다."

"하지만 삼합회는 만만한 상대가 아냐."

추경산이 술기운으로 붉어진 얼굴을 들고 하종을 보았다.

"너, 곽청의 뒤에 붙어서 일해. 무슨 일이 있으면 그놈을 내세우면 되겠다."

"예, 회장님."

"동맹 관계니까 한 몸이나 마찬가지다. 그놈이 너보다 경험이 많으니까 당분간은 뒤에 붙어서 챙겨."

잘된 일이다. 의형인 곽청한테 맡기라는 지시인 것이다.

밤 11시 반, 숙소 응접실에서 인기척이 들리더니 목소리가 울렸다.

"계세요?"

황연이다.

자리에서 일어선 이동욱이 문을 열었다.

시선이 마주친 황연이 웃음 띤 얼굴로 물었다.

"놀랐어요?"

"웬일이야?"

이곳은 오송강과 황푸강이 만나는 지점의 주택가다.

이동욱이 새로 구입한 이층 주택이다.

방으로 들어선 황연이 코트를 벗으면서 말했다.

"여기서 자고 가려고."

"잘 왔어."

황연의 코트를 받아든 이동욱이 말을 이었다.

"이제는 다 알고 있으니까 숨길 것도 없지."

"오빠만 괜찮다면 나 여기서 지낼게."

재킷을 벗으면서 황연이 이동욱을 보았다. 두 눈이 반짝이고 있다.

이동욱이 고개를 끄덕였다.

"그래. 이제는 그럴 때도 되었어."

다가간 이동욱이 황연의 허리를 감아 안았다.

이미 토요회뿐만 아니라 다른 조직에서도 다 알고 있는 것이다.

오송강변의 가게는 강폭이 좁은 만큼 소규모다.

대개 수산물 식당, 야채, 생선 가게, 테이블이 서너 개짜리 주점 등인데 다닥다닥 붙어서 가게 숫자를 당국에서도 제대로 파악하지 못한다. 가게 신고를 하게 되어 있지만 며칠 만에 떠나는 업소도 있기 때문이다.

그러나 가게 숫자를 가장 잘 아는 것이 이 구역을 장악한 삼합회다.

하루 만에 도망가는 업소에서도 자릿세를 받아낸다.

오전 11시, 채경이 2평짜리 식당에 들어서더니 안을 둘러보았다.

"어라? 송 씨는 어디 갔어?"

"갔는데, 누구시오?"

50대쯤의 사내가 주방에서 물었다.

이곳은 개고기 식당으로 테이블이 3개뿐이다.

구석 쪽 자리에 두 명이 개장국을 먹고 있을 뿐, 가게 안에는 채경까지 넷이 들어와 있다.

"어딜 간 거요?"

다시 채경이 묻자 사내가 고기를 썰면서 대답했다.

"나한테 가게 팔고 갔소."

"언제?"

"어제 오후에."

"이런, 누구 맘대로."

"누구 맘이라니?"

사내가 고개를 들고 채경을 보았다.

"그게 무슨 말이오?"

"아니, 나한테 허락도 안 받고……"

"당신이 누군데?"

이제 칼을 내려놓은 주인이 채경을 보았다.

"송 씨가 가게 권리증까지 다 넘겼는데. 나하고 같이 어제 시청에 나가서 내가 새 권리증을 받았어."

사내가 뒤쪽 벽에 걸린 권리증을 손으로 가리켰다.

"여기, 내 권리증이 붙어 있어. 보시오."

채경이 힐끗 권리증을 보더니 쓴웃음을 지었다.

"그럼 당신이 내면 되겠구만."

"뭘 내란 거야?"

"송 씨가 못 낸 자릿세, 송 씨가 안 낸 가게 권리증 매도 비용, 그리고 이번에 당신이 개업한 허가 비용."

"이놈이 미친놈이네."

사내가 고기를 썰다 만 식칼로 도마를 꽝, 내리쳤다. 두 눈을 부릅뜨고 있다.

그때 주방 뒤쪽에서 사내 둘이 나왔다. 험악한 인상이다.

그중 사내 하나가 주인에게 물었다.

"형님, 무슨 일이오?"

"아니 글쎄, 이 미친놈이 자릿세, 세금을 다 내라는구나."

주인이 식칼로 앞에 선 채경을 가리켰다.

"이놈을 잡아서 개장국 고기로 팔아야겠다."

오후 1시, 삼합회 행동대장 방동기가 보좌관의 보고를 받는다.

"오송강 제3구역에서 사고가 났습니다."

하루에도 10번이 넘게 온갖 사고가 터지기 때문에 방동기는 TV의 오락프로만 보고 있다.

보좌관이 말을 이었다.

"3구역에서 가게 4개가 주인이 바뀌었습니다. 모두 신고도 안 하고 시청에 가서 권리증 갱신을 했습니다."

"……."

"그러고는 야반도주를 했는데요."

그때 고개를 든 방동기가 물었다.

"새 주인은 왔지?"

"예, 사장님."

방동기는 장난감 회사 사장 출신이라 지금도 사장으로 불리는 것을 좋아한다.

고개를 끄덕인 방동기가 다시 TV를 보면서 말했다.

"그럼 새 가게 주인한테 다 받으면 돼."

"예, 그런데……."

숨을 고른 보좌관이 말을 이었다.

"네 곳 가게 주인들이 다 반항을 해서요."

"그럼 맛을 보여줘야지."

"그것이……."

그때 방동기가 리모컨으로 TV를 끄고 나서 보좌관을 보았다.

"그런데 왜?"

"우리 행동대원 하나가 개장국집 주인한테 당했습니다. 팔 하나가 어깨 밑 부분에서 잘려나갔습니다."

수천 개 사업장 중에서 4개다.

오송강을 18개 구역으로 나눴고, 각 구역에 500개에서 1천 개 정도의 대소 사업장이 있는데 그중 80퍼센트 정도를 삼합회가 장악하고 있다. 나머지는 '빽'이 있는 가게거나 퇴직 공무원에게 배당된 가게 등인 것이다.

그러니 매일 크고 작은 사고가 생기는데 이번처럼 회원이 팔을 잘린 경우는 드물다.

방동기가 쓴웃음을 짓고 말했다.

"공안이 알면 시끄러우니까 주인 놈한테 배상금 받고 끝내. 가게를 우리 앞으로 넘겨주는 선이면 되겠다."

이곳은 5구역.

오송강 아래쪽, 혈우회가 맡은 구역이다

"지금까지 7개가 되었습니다."

인수팀장이 되어있는 나성운이 하종에게 보고했다.

"아직 삼합회 측에서는 모르고 있어서 마찰이 없습니다."

"좋아. 기다려. 토요회 쪽에서는 벌써 싸움이 일어난 것 같다."

하종이 말을 이었다.

"개장국집 주인이 삼합회 회원 놈의 팔 하나를 자른 모양이야"

"예, 저도 들었습니다. 근데 공안은 데리고 오지 않았습니다."

"삼합회가 합의를 하려고 그러는 거지."

혈우회 작전본부는 대산건설의 회의실을 사용하고 있다.

하종이 부하들을 둘러보았다.

"합의를 할 때부터 전쟁이야."

7개 가게는 모두 토요회가 자금을 대고 바지사장들을 앞에 내세운 것이다.

장사가 안 되는 가게는 매물로 내놓았지만, 물정을 아는 구매자들은 선뜻 구입하기를 꺼려하는 것이다. 가게를 시작할 때부터 삼합회가 개업세를 뜯고 매월 자릿세를 거둬가는 것을 알기 때문이다.

또 가게를 판 전(前) 주인도 가게 권리금의 20퍼센트 정도를 뜯기 때문에 야반도주하는 경우가 많다. 그런 때는 새 영업자가 그 돈까지 물어내야만 한다.

나성운이 입을 열었다.

"사업장이 우리만 1만 개 가깝게 됩니다. 이런 식으로 했다가는 1백 년도 더 걸릴 겁니다."

"이 병신아, 집이 무너질 때 봤어? 모퉁이 기둥 하나만 기울면 순식간에 다 무너진다."

하종이 말을 이었다.

"하루에 사업장 10곳씩 매입하도록 해."

매입자가 나타나지 않았기 때문에 이쪽에서 돈만 가져가면 팔아먹고 도망치려는 사업주가 널렸다. 물론 삼합회에 매도금 수수료는 물론 월 자릿세 미납분까지 다 떠넘기고 도망치는 것이다.

이동욱이 탁자 위에 놓인 트렁크 2개를 눈으로 가리켰다.

"형님, 5백만 불이 들었습니다."

곽청은 트렁크만 쳐다보았고 이동욱이 말을 이었다.

"가게 매입 자금입니다."

고개를 끄덕인 곽청이 웃음 띤 얼굴로 말했다.

"한 평짜리 가게 권리금이 2천 불에서 3천 불이야. 저 돈으로 가게 1천 개는 살 수 있어."

"자금은 얼마든지 됩니다."

"아니, 저 정도면 충분해."

곽청이 말을 이었다.

"저 돈을 다 쓰기 전에 상하이 삼합회는 무너질 테니까."

이제 황비자오가 상하이 공안부 수사국장으로 옮겨온 상황이다.

상하이 당비서 강수전은 상하이건설로 인연을 맺어 놓았을 뿐만 아니라 당 중앙 상임위원 후진명을 통해 분위기를 조성하고 있는 상황이다.

강수전쯤 되는 거물이면 보통 사람보다 몇 배나 더 민감한 촉수를 지니고 있는 것이다.

"내일 박철이 헤로인 40킬로를 갖고 오기로 했어."

곽청이 말하자 이동욱이 눈을 크게 떴다.

"그래요? 그럼 여기서 한잔 해야죠."

"그래야겠어."

곽청이 이를 드러내고 웃었다.

"촌놈 호강을 시켜 줘야겠다."

"제가 사지요."

"그래야지."

곽청과 박철은 친구 사이가 되었다.

나이는 박철이 위였지만 그냥 친구로 지내기로 했다.

"일주일 사이에 가게 34개가 주인이 바뀌었습니다."

형문이 말하자 방동기는 시선만 준 채 숨만 쉬었다.

오전 10시 반, 형문이 오송강 사업장을 정리해서 보고하는 중이다.

"모두 시장에서 장사하던 놈들인데, 갑자기 이렇게 이동이 많아진 건 처음입니다."

물론 자릿세나 권리금 떼는 통에 팔고 나가는 가게가 월간 수십 개는 된다.

그렇지만 일주일 사이에 34개라니.

방동기가 마침내 지시했다.

"가게 주인을 잡아다가 족쳐 봐. 배경이 있을지도 모른다. 한두 놈쯤만 골라서 말야."

"예, 사장님."

설마 하는 표정을 짓고 형문이 대답하더니 방을 나갔다.

형문은 18개 구역을 총괄하는 지배인이다.

그때 옆에 앉아 있던 보좌관 오학신이 말했다.

"요즘은 불경기여서요. 그 영향이 있는지도 모릅니다. 권리금이 10퍼센트쯤 내려갔지 않습니까?"

"그래도 1주일에 강 아래, 위쪽의 가게 34개가 주인이 바뀌다니."

방동기가 이맛살을 찌푸렸다.

"황푸강은 어때?"

"그쪽은 권리금이 큰 곳이라 쉽게 매매가 안 되니까요."

"없지?"

"두 곳이 있는데 유람선 가게하고 '황푸클럽'을 내놓았다고 소문이 났습니다."

"황푸클럽을?"

다시 방동기가 이맛살을 찌푸렸다.

황푸강변의 황푸클럽은 3층 건물로 1층이 식당, 2, 3층이 클럽인 고급 사업장이다.

3층 건물 연건평이 3천 평 가깝게 되어서 식당, 클럽의 숫자가 20여 개나 되는 것이다.

황푸강변의 사업장 중에서도 규모로 보면 20위 안에 드는 곳이다.

"누가 매입하려는 거야?"

"홍콩에서 온 마 씨라는 사람인데, 홍콩에서 식당을 했다는군요."

"뒤에 뭐가 있나?"

"조사 중입니다."

"3층 건물 전체를 다 사는 거야?"

"예, 건물주만 바뀌는 것이지요."

그러나 건물주가 임대자인 식당이나 클럽을 나가라고 하면 끝이다. 자릿세를 뜯는 20여 개 사업장이 바뀔 수도 있다.

방동기가 오학신에게 지시했다.

"네가 매입자를 미리 만나서 확인을 받아. 식당이나 클럽은 그대로 두는 조건으로 매입하라고. 그러지 않으면 매입 못 한다고 해."

"아이고."

몽둥이로 어깨를 맞은 사내가 자지러졌다.

오후 5시 반, 오송강변의 해물식당 주인이 강변의 창고에 끌려와서 두들겨 맞고 있다.

둘러선 사내는 넷, 삼합회 행동대다.

아종이 다시 몽둥이를 치켜들었다.

"이 새끼, 안 불 거야?"

"아이고, 사람 살려!"

사내가 소리친 순간 다시 몽둥이가 내려쳐졌다.

"아이구!"

다른 쪽 어깨를 맞은 사내가 자지러졌다.

사내가 고개를 들고 아종을 보았다.

"내가 어쨌다고 그러시오! 내 뒤에 누가 있단 말요!"

"아니, 이 새끼가 아직도……."

눈을 부릅뜬 아종이 다시 몽둥이를 치켜올렸을 때다.

뒤쪽 문이 열리더니 사내들이 쏟아져 들어왔다.

"어!"

놀란 아종이 몽둥이를 내렸고 둘러선 아종의 부하 셋도 '뻥'해진 순간이다.

"으악!"

문에서 가까운 곳에 서 있던 사내가 비명을 질렀다.

철근을 잘라 만든 쇠막대기다.

정통으로 쇠막대기에 맞은 머리가 부서졌다.

무지막지하게 내려쳤다.

"아악!"

다른 셋도 마찬가지다.

지름 2센티, 길이 1미터 정도의 쇠막대기는 흉기다.

"아이고!"

미처 피하지 못한 아종이 몽둥이로 쇠막대기를 막았다가 치명상을 입었다.

쇠막대가 몽둥이를 부러뜨리고 여세로 아종의 이마를 부쉈기 때문이다.

순식간에 넷을 쓰러뜨린 사내들이 가게 주인의 몸을 묶은 나일론 줄을 풀어주면서 말했다.

"공안에 신고해요."

"넷이 모두 중상이라 공안이 병원에 입원시켰습니다."

형문이 방동기에게 보고했다.

오후 7시 경, 식당에서 밥을 먹는 방동기에게 형문이 달려온 것이다.

"어떤 놈들인지는 밝혀지지 않았습니다. 병원에 있는 가게 주인도 모른다고 해서요."

"가게 주인이 공안에 신고했다고?"

"예, 중상을 입은 채 신고하고 나서 병원에 실려 갔답니다."

"이게, 도대체……."

그때 부하 하나가 방동기 옆으로 서둘러 다가왔다.

옆 테이블 손님들의 시선이 모였지만 부하는 당황한 표정이다.

"사장님, 문밖에 공안이……."

"뭐?"

방동기가 고개를 들었을 때 공안 셋이 식당 안으로 들어섰다.

그들의 시선이 모두 방동기에게 향해 있다.

30분 후.

클럽에서 술을 마시던 삼합회장 방현기가 보고를 받는다.

고문 도선이 굳은 얼굴로 말했다.

"회장님, 방 사장이 공안에 체포되었습니다."

"뭐?"

놀란 방현기가 술잔을 내려놓았다.

"왜?"

"오송강변 가게 일 때문에……."

지금까지 방현기는 오송강변 가게 문제에 대한 보고를 받지 못했다.

도선으로부터 내막을 들은 방현기가 버럭 소리쳤다.

"아니, 그렇다고 방동기를 데려가? 지배인 형문도 있잖냐?"

"예, 형문도 체포되었습니다."

"뭐라고?"

"방 사장 보좌관 오학신도 체포되었습니다. 행동대의 간부 22명이 잡힌 겁니다. 아무래도 수상합니다."

그때 방현기가 술잔을 내려놓았다.

사태가 심상치 않은 것을 느낀 것이다.

"공안 어느 부서야?"

"예, 수사국입니다."

"수사국?"

방현기의 눈동자에 초점이 잡혔다.

수사국장이 이번에 칭다오에서 옮겨온 황비자오다.

"그 신임 국장놈이야?"

"예, 회장님."

"정보국장 바꿔봐."

도선이 옆에 놓인 전화기를 들더니 버튼을 눌렀다.

그러는 사이에 방현기가 손짓을 해서 옆에 앉은 부하들을 밖으로 내보냈다.

이윽고 통화 연결이 된 전화기가 방현기에게 건네졌다.

"여보세요, 방현기입니다."

정보국장 화국재는 방현기와 마작 친구다.

최소한 일주일에 한 번씩 만나 내기 마작을 하면서 공을 들인 관계다. 사석에서는 화국재를 형님이라고 부르는 것이다.

"아, 웬일이야?"

화국재가 되묻자 방현기는 목소리를 낮췄다.

"형님, 괜찮습니까?"

통화해도 되느냐고 묻는 것이다.

"오, 괜찮아. 말해."

"저기, 공안 수사국에서 우리 애들을 20여 명이나 체포해갔는데요."

"……."

"이런 일 처음입니다. 수사국장이 우리를 엿 먹이려는 것 같습니다."

"……."

"어떻게 된 겁니까?"

"언제 그런 거야?"

"두 시간쯤 되었습니다."

"내가 알아보고 연락할게."

"예. 기다리겠습니다, 형님."

통화가 끊기자 방현기가 도선에게 전화기를 건네주면서 말했다.

"수사국장, 그놈이 멋모르고 설치다가 작살날 수도 있겠다."

그러나 자신 있는 표정은 아니다.

상하이시 수사국장쯤 되는 경륜이면 상하이 삼합회의 배경을 꿰고 있을 것이기 때문이다.

30분 후.

고대하고 있던 방현기가 화국재의 전화를 받는다.

방 안에는 방현기와 도선 둘뿐이다.

"예, 형님. 접니다."

방현기가 반갑게 응답했을 때 화국재가 말했다.

"자네들한테 투서가 2백 장이 넘게 들어왔어. 오송강변의 가게 주인한테서 말야. 이건 상하이시 당서기까지 문책당할 사건이야."

"……."

"당분간 자네 동생은 공안에서 나올 수 없을 것 같네."

"형님."

"그리고 앞으로 오송강변은 물론 황푸강변 사업장에서 이런 투서가 쏟아진다면 자네도 무사하지 못해."

"……"

"앞으로 강변 사업장에서 문제가 일어나면 안 돼. 그리고……"

화국재가 목소리를 낮췄다.

"나한테 연락하지 말게. 내가 연락할 때까지 말야."

이것이 절교 선언이지.

방으로 들어선 형문이 앞쪽에 앉아 있는 조사관을 보았다.

이곳은 사방이 시멘트벽이어서 창문도 없다. 문 하나뿐이다. 방 안에 사각형 테이블과 의자 2개가 놓여 있다.

그때 조사관이 눈으로 앞쪽 의자를 가리켰다.

상하이 공안국으로 끌려온 지 5시간. 유치장에 갇혀 있던 형문이 끌려 나온 것이다.

형문이 자리에 앉았을 때 조사관이 말했다.

"방동기도 잡혀 온 거 봤지?"

형문은 대답하지 않았고 조사관이 말을 이었다.

"당분간 나오기 힘들 거다."

"……"

"방현기가 지금 동분서주하겠지만 줄이 탁 막혔어. 그동안 너무 해쳐먹었지."

"……"

"물론 방현기가 해쳐먹은 게 아니지. 베이징의 강방원이 가져갔을 테니까."

"……"

"하지만 너 같은 졸자가 독박을 쓰게 되는 거지. 알고 있지?"

"이 아저씨 말 되게 길구만."

마침내 형문이 혀를 차면서 말했다.

"무슨 말을 하려는지 모르지만 다 쓸데없어. 당신 뜻대로 안 될 테니까."

"네 처 오링과 3살짜리 아들 데이빗, 1살짜리 딸 미나를 욕조에 담아놓고 익사시킬 거야."

조사관이 테이블에 놓인 전화기를 끌어당기더니 버튼을 눌렀다.

"오링하고 통화하게 해줄게."

그러더니 전화기를 귀에 붙였다가 말했다.

"응. 거기 오링 바꿔라."

사내가 전화기를 형문에게 내밀었다.

"받아. 잘 있느냐고 물어봐."

얼굴을 굳힌 형문이 전화기를 받았을 때 조사관이 말을 이었다.

"데이빗하고도 통화해도 돼."

30분쯤 후, 수갑을 찬 형문을 데리고 조사관이 수사국 건물 현관을 나왔다.

깊은 밤이었지만 현관 앞에는 공안들이 오갔고 경광등을 켠 공안 차량이 10여 대나 멈춰서 있다.

그때 공안 차량 한 대가 다가와 그들 앞에 섰다.

"타."

조사관이 말하고는 형문을 뒷좌석에 태우고 자신도 옆자리에 탔다.

공안 차량은 곧 공안부 정문을 빠져나와 어둠 속으로 달려 나갔다.

30분 후.

공안 차량이 멈춰 선 곳은 시내 '선진의과병원'의 뒷마당이다.

차가 멈추고 형문과 조사관이 내렸을 때 승용차 한 대가 다가와 옆에 섰다.

깊은 밤, 오전 2시쯤 되었다.

그때 조사관이 형문을 뒷좌석에 태우고는 허리를 굽혀 수갑을 풀어주었다. 뒷좌석에 앉아 있던 사내가 조사관에게 고개만 끄덕여 보였다.

곧 문이 닫히고 형문을 태운 승용차가 병원 후문으로 나가 어둠 속에 묻혔다.

승용차 안이다.

형문 옆에 앉은 사내가 입을 열었다.

"나 곽청이다."

순간 숨을 들이켠 형문이 눈을 치켜뜨고 사내를 보았다. 입은 반쯤 벌어져 있다.

그때 곽청의 얼굴에 쓴웃음이 번졌다.

"놀랄 만하지, 내 이름만 들었을 테니까."

"정말입니까?"

형문이 겨우 그렇게 물었을 때 곽청이 앞쪽에 앉은 사내를 눈으로 가리켰다. 그리고 말했다.

"야, 중곤아, 네가 거들어줘야겠다."

그때 운전석 옆자리의 사내가 몸을 돌려 형문을 보았다.

"잘 있었냐?"

"아이구, 형님."

태중곤은 형문의 의형이다.

10년 전에 둘은 베이징 삼합회 행동대에서 의형제를 맺고 지내다가 6년 전에 갈라졌다.

형문이 상하이로 옮겨왔기 때문이다.

그때 태중곤이 말을 이었다.

"내가 그때 그랬지? 우린 다시 만난다고. 기억나냐?"

형문이 캐비닛을 열자 안에 든 내용물이 보였다.

1킬로씩 포장된 헤로인이다. 비닐로 단단히 포장된 헤로인은 모두 28개, 28킬로이다. 이번 달에 분배될 물량인 것이다.

모두 숨을 죽이고 있을 때 형문이 입을 열었다.

"이것을 공장으로 가져가서 각각 0.5그램씩 재포장해서 각 구역별로 배분을 해주는 것이지요."

형문의 목소리가 지하실을 울렸다.

"전에는 도매상, 중간상까지만 뿌렸는데 욕심을 더 낸 것이지요. 중간 가격이 도매가격의 5배나 되니까요."

"……"

"헤로인을 받은 가격보다 소매가격이 10배 이상이 되는데, 그대로 두겠습니까?"

그때 곽청이 형문에게 말했다.

"네 가족은 내일 한국으로 보내줄게."

"장모님까지 부탁드립니다."

"또 없냐?"

"장모님까지 넷이면 됩니다."

"좋아. 지금 준비시켜."

"예, 형님."

형문의 얼굴에 웃음이 떠올랐다.

형문 가족에게 2백만 불과 함께 한국으로 이주시켜 주기로 약속을 한 것이다.

삼합회는 지금까지 오송강 주변의 가게를 중심으로 헤로인을 공급했다. 수천 명의 회원에게 헤로인을 나눠줘 소매상을 시킨 셈이다.

태국에서 들여 온 헤로인이 이곳에서 소매로 팔린 것이다. 순도 95퍼센트 이상의 헤로인을 2배로 희석시켜 구입 가격의 15배로 팔았으니 엄청난 수익이 났겠지.

"오송강변에서 나온 수익금은 미화로 월 평균 1천2백만 불쯤 됩니다."

형문이 말을 이었다.

"황푸강변에서도 팔지만 그쪽은 사업장이 너무 노출되어서 매출액이 오송강의 10퍼센트 정도밖에 안 됩니다."

"그렇군."

그러나 영업장 이득은 오송강의 10배는 될 것이다.

고개를 끄덕인 곽청이 물었다.

"도매상은 없나?"

"예. 2년 전까지 도매상을 셋 이용했지만, 두 놈이 태국에서 헤로인을 직접 받으려고 했고 또 한 놈은 상품에다 장난을 쳐서 모두 없애버리고 우리가 직접 판매를 했지요."

형문의 얼굴에 쓴웃음이 번졌다.

"위험 부담이 커졌지만, 위에다 상납금을 더 늘렸더니 문제가 없어졌습니다."

"누구냐, 너희들 배경이?"

곽청이 정색하고 형문을 보았다.

"어차피 너도 내일 밤에 이곳을 떠날 것 아니냐? 다 털어놓고 가야 된다."

"너만 남았단 말이냐?"

소리치듯 강방원이 묻자 방현기가 쩔쩔 매면서 전화기를 바꿔 쥐었다.

"간부들 몇 명은 남아 있습니다, 형님."

"이 개자식아, 형님이라고 부르지 마!"

"예, 회장님."

"이 병신이 기어코 일을 저질렀군."

"죄송합니다, 형님."

오전 3시 반.

지금 방현기는 강방원과 세 번째 통화를 하고 있다.

방동기가 체포되고 나서 강방원도 잠을 자지 못하고 있는 것이다.

강방원이 이번에는 전화를 걸어왔다.

"너, 그거 관리 잘하고 있어?"

"예, 회장님."

방현기가 바로 대답했다.

"걱정하지 않으셔도 됩니다."

그것은 헤로인을 보관한 형문도 공안에 끌려 들어갔기 때문이다.

형문이 입을 열 리는 없고, 공안이 고문을 해서 입을 열게 할 수도 없다. 그렇다면 다 죽는다. 상하이 공안부장 하상옥도 순식간에 날아간다.

그때 강방원이 말했다.

"내가 고문을 내려 보내겠다. 고문 지시에 따르도록."

그러고는 통화가 끊겨 버렸다.

전화기를 내려놓은 방현기가 방으로 들어서는 한경문을 보았다.

이곳은 상하이 교외의 안가(安家) 안.

방현기는 이곳으로 피신을 한 것이다.

다가선 한경문이 입을 열었다.

"회장님, 형문이 공안에서 끌려가 다른 곳으로 옮겨졌습니다."

눈을 치켜 뜬 방현기에게 한경문이 말을 이었다.

"수사과에서 데려갔는데 어디로 갔는지 아무도 모른답니다."

그 순간 방현기가 벌떡 일어섰다.

"이번 달 물량 어디다 숨겨 놓았는지 알고 있나?"

"그건 형문만 압니다. 회장님이 그렇게 지시하셨지 않습니까?"

방현기가 어깨를 늘어뜨렸다.

헤로인을 보관하는 것은 형문의 책임이다.

이번 달분 28킬로는 희석, 재포장 작업 직전에 형문이 보관하고 있었던 것이다.

4장 삼합회

오전 8시.

상하이 공안부장실 안으로 수사국장 황비자오가 들어섰다.

테이블에 앉아 있던 하상옥이 힐끗 시선을 들었지만 황비자오의 인사를 받지도 않고 물었다.

"어젯밤에 체포한 형문이란 놈을 어디로 데려간 거야?"

"형문이라고 하셨습니까?"

되물은 황비자오가 고개를 기울이더니 하상옥을 보았다.

"제가 알아보고 오겠습니다. 10분만 기다려 주시지요."

수사국은 어젯밤 삼합회를 전격 체포한 후에 하상옥에게 보고를 했다.

삼합회의 헤로인 밀매, 유통 혐의를 잡고 체포했다는 것이다.

하상옥이 놀랐지만 이미 체포를 한 터라 어쩔 수가 없는 노릇이다. 수사국장쯤 되면 사후 보고를 해도 되었기 때문이다.

방을 나갔던 황비자오가 10분쯤 후에 들어오더니 하상옥에게 보고했다.

"부장 동지께서 잘못 아신 것 같습니다. 어제 형문은 체포되지 않았습니다."

"무엇이?"

"체포된 기록이 없습니다."

"체포되지 않았다구?"

"예, 부장 동지께서는 어디서 들으셨습니까?"

"아니, 그것이……"

눈을 치켜떴던 하상옥이 외면했다.

베이징의 삼합회장 강방원한테서 들었다고 할 수는 없었기 때문이다.

공안부장이 삼합회 간부 하나의 이름까지 거론하면서 찾는 것도 이상한 일이다.

"첩보를 들었기 때문이야!"

화난 듯이 말한 하상옥이 다시 물었다.

"확실해? 그놈을 체포하지 않았어?"

"예. 기록을 다 뒤져도 없습니다, 동지."

"그럼 첩보가 잘못된 건가?"

황비자오는 대답하지 않았다.

수사국장으로 부임해온 후로 황비자오는 하상옥의 은근한 견제를 받았다. 겉으로는 표시가 나지 않지만 황비자오쯤 되는 경력이면 알 수 있는 법이다.

지금까지 하상옥은 황비자오의 배경을 추적해왔을 것이다.

제일 먼저 상하이시 당서기 강수전이 잡혔겠지, 강수전 앞에서는 하상옥쯤이야 뱀 앞의 쥐새끼니까.

그것만으로는 부족하다. 전국적인 거물이 필요하다. 칭다오에서 상하이까지 움직이는 거물.

강수전은 상하이시의 최고 거물이지만 칭다오까지는 손이 안 닿아.

그때 황비자오가 하상옥을 쳐다보았다.

"부장 동지."

고개를 든 하상옥에게 황비자오가 물었다.

"혹시 정보국장 화국재 아닙니까?"

"누구?"

"정보국장 화국재가 부장 동지께 그 가짜 첩보를 준 것이 아닙니까?"

"그게 무슨 개 같은 소리야?"

"화국재가 상하이 삼합회장의 동생인 방동기로부터 매달 50만 불씩 현찰로 받았다는 증인을 확보했습니다."

"……."

"그래서 화국재가 부장님께 그런 허위 첩보를 준 것 같은데요."

"……."

"제가 실은 이 증거를 갖고 망설이고 있었습니다. 이것을 부장님께 보고하면 당연히 베이징에도 보고를 해야 되지 않겠습니까?"

"……."

"그러면 부장님도 연루되실 것이 분명한데, 억울하게 당하시게 될 것 같아서요."

"확실해?"

마침내 그렇게 물은 하상옥의 목소리는 다른 사람 같았다. 황비자오를 쳐다보는 눈동자가 흐려져 있다.

그때 황비자오가 말했다.

"확실합니다. 화국재의 해외 계좌번호도 확인했습니다."

"……."

"어떻게 할까요?"

"나하고 상의를 하지."

"죄송한 말씀이지만"

한숨을 쉰 황비자오가 입을 열었다.

"이렇게 되었으니 다 말씀드리는데요. 부장님 계좌번호도 확인했습니다. 해

178

외의 4개 계좌에 무려 4천4백만 불이나 입금시켜 놓으셨더군요. 부동산은 영국, 프랑스, 캐나다에 모두 8개. 시가로 7천5백만 불 상당이고 자녀 명의로도 5천만 불 가깝게 되더군요."

황비자오가 웃음 띤 얼굴로 하상옥을 보았다.

"부장님은 쥐새끼고, 저는 뱀이올시다."

황비자오가 바짝 다가섰다.

"자, 어떻게 하면 좋겠습니까?"

"이봐……."

"말해, 이 개새끼야."

여전히 황비자오의 얼굴에는 웃음기가 떠올라 있다.

"상하이에 국가보안국 작전과장 전춘이 내려와 있는 거 알지? 나한테서 연락이 없으면 모든 자료가 전춘과 베이징의 국가보안국 부국장 앞으로 직송된다."

그때 하상옥이 말했다.

"살려줘, 황 국장."

"똑바로 말해, 이 개새끼야."

"날 살려주게, 황비자오 국장."

"네 죄를 시인부터 해야지."

"시인하네. 어쩔 수가……."

"변명이냐?"

"변명 않겠네. 시인하네. 살려주게."

"왜 반말해, 개새끼야."

"살려주십시오, 황 국장님."

황비자오가 몸을 돌렸다.

그 뒤에 대고 하상옥이 소리쳤다.

"무슨 말을 아니, 지시를 해도 따르겠네!"

1시간 후.

오송강변의 민물고기 식당에서 황비자오와 이동욱, 곽청까지 셋이 둘러앉았다.

황비자오가 한 시간 전의 하상옥과의 대화 내용을 설명한 후에 탁자 위에 서류 봉투를 놓았다.

"여기, 하상옥과의 대화 내용을 녹음한 테이프가 있어. 가져가."

이제는 황비자오도 이동욱에게 반말을 쓴다. 같은 전우(戰友)가 된 기분이라 그렇게 되었겠지.

고개를 끄덕인 이동욱이 봉투를 접어 주머니에 넣었다.

하상옥에 대한 정보는 CIA에서 모두 수집해 주었다. 이동욱이 다 가지고 있는 것이다.

그때 곽청이 말했다.

"황 형, 그놈을 당분간만 겁주었다가 이용해야 될 테니까 다음 주에 현찰로 1백만 불 가져가서 줘. 내가 그 돈 줄게."

"그러지 않아도 말 들을 텐데."

황비자오가 이맛살을 찌푸리자 이동욱이 달래듯이 말했다.

"곽 형님 말대로 해요, 황 형님."

"알았어."

황비자오가 마지못한 표정으로 대답하자 곽청이 말을 이었다.

"혈우회에는 이런 이야기 말고. 지금은 동맹 관계지만 죽 쒀서 개 줄 필요는 없으니까."

혈우회는 시장 바닥만 빌렸을 뿐이다.

삼합회장 강방원의 고문 태기용은 60 평생에 이런 일은 처음 겪는다.

상하이에 도착한 태기용이 지부장 방현기를 만난 것은 오후 3시 반.

안가에 숨어 있는 방현기는 이미 죽을상이었는데 태기용을 보더니 버벅거리며 인사를 제대로 하지 못했다.

본래 방현기는 거대 시장인 상하이 지부장 '깜'이 아니었다.

저기 인구 몇십만 짜리 바닷가 소도시의 지부장으로 보내어서 있는 듯 없는 듯 지내도록 해야 될 놈이었다.

그것을 인구 2천만의 거대 도시로 보내 한 달에 3천만 불 가까운 자금을 끌어올리도록 한 것이다.

그것은 오직 방현기가 강방원의 외사촌 동생이라는 이유뿐이다. 무능한 놈을 보내 한 방에 흔들리게 만들었다.

삼합회 역사상 지부 간부 21명이 한꺼번에 체포된 적은 이번이 처음이다.

거기에다 헤로인도 없어졌다. 한 달 소비량 28킬로가 희석도 하기 전에 1킬로 뭉치째로 없어졌다. 그것을 마지막으로 받은 보관 책임자인 형문과 함께 없어진 것이다.

"이거 개판이구만."

마침내 태기용이 뱉듯이 말했다.

"남은 간부 놈들은 모두 도망쳤고, 상하이가 무주공산이 되었다니."

앞에 앉은 방현기는 입만 달싹이고 대답도 못 한다.

방현기가 지금까지 닦아 놓은 줄도 다 흩어졌다.

이것은 그보다 더 큰 압력이 덮친다는 증거인 것이다.

그때 방현기의 보좌관 한경문이 서둘러 들어섰다.

"오송강변에 헤로인이 풀리고 있는데요."

초점이 흐려진 눈으로 한경문이 방현기와 태기용을 둘러보았다.

"타 지역 소매상들이 쏟아져 들어왔습니다. 우리 애들이 물건을 못 받고 간부들이 체포되는 바람에 시장을 비워놓았거든요."

"타 지역이라니, 어디야?"

태기용이 묻자 한경문이 어깨를 치켰다가 내렸다.

"그건 모르겠습니다."

잡아다가 캐봐야 알지, 얼굴만 보고 알겠는가?

그러나 당연한 일이다.

소비자가 있는 한 상품은 어떻게든 공급된다. 삼합회 상품만 기다리지는 않는 것이다.

태기용이 고개를 돌려 방현기를 보았다.

"이봐, 나가서 애들이라도 모아봐!"

태기용의 목소리가 커졌다.

"그렇게 눈만 껌벅이지 말고!"

유능한 지휘관은 사건이 터졌을 때 진면목이 드러난다.

"이번에 50킬로 가깝게 풀었어."

곽청이 이동욱에게 말했다.

"북한산 20킬로에다 형문한테서 받은 28킬로를 다 풀어버린 거야."

술잔을 든 곽청이 이를 드러내고 웃었다.

청야장 근처의 식당 안, 밤 10시쯤 되었다.

방 안에는 곽청과 이동욱, 둘뿐이다.

"혈우회는 북한산 20킬로만 시장에 풀린 줄 알겠지만, 하는 수 없지."

곽청이 술기운으로 붉어진 얼굴로 말을 이었다.

"우리가 삼합회에서 빼앗은 28킬로까지 나눠줄 수는 없는 노릇이니까."

그것을 혈우회에서 알더라도 동맹 관계니까 나눠달라고 할 수는 없는 노릇이다. 북한산 마약을 들여와 절반씩 나눠서 판다는 것만으로도 혈우회에는 엄청난 이윤을 갖다 줄 테니까.

지금까지 삼합회에 눌려 상하이에서 마약 사업을 해보지도 못했던 혈우회다.

이번에 공백 상태가 된 오송강변 시장에다 10킬로를 팔게 되었으니 단숨에 수억 위안을 벌게 되었을 것이다.

"간부들이 다 체포된 사이에 상하이의 삼합회 시장에 서둘러 기반을 굳혀야 돼."

곽청이 번들거리는 눈으로 이동욱을 보았다.

"강방원이 가만있지 않겠지만 말야."

"고문이 내려왔다니까 곧 세력을 규합하겠지요."

"고문 태기용이야. 이 영감은 만만한 놈이 아냐."

곽청이 말을 이었다.

"강방원은 베이징에서 적극적으로 로비를 하겠지. 이제는 강방원이 상대가 누군지 알고 있을 거야."

"그럴까요?"

"그자의 정보망을 무시하면 안 돼. 그리고 배경도 말야."

숨을 고른 곽청이 말을 이었다.

"전쟁은 이제 시작된 거야."

상하이시 공안 본부 정보과장 위경. 정보국장 화국재의 심복.

오후 4시.

위경이 오송강변의 해물식당 '원진'에서 고태영을 만나고 있다.

위경이 삼합회의 구원투수가 되어서 나선 것이다.

고태영은 형문의 부하로 마약 업무를 맡고 있었던 것이다.

"어떻게 된 거냐?"

"저도 모르겠습니다."

고태영이 머리까지 저으면서 말했다.

"형문 형님이 체포되었다고만 알고 있었거든요. 그런데 공안의 체포 명단에도 없다니 저도 황당하죠."

"형문이 헤로인을 갖고 있었어?"

"예. 항상 형문 형님이 받았다가 공장으로 넘기거든요."

"그 자식이 팔아 치운 것 아냐?"

"그럴 리는 없습니다. 그 물량을 어디에다 판단 말입니까? 1, 2킬로도 아니고."

"그럼 지금 오송강 전역에 깔리고 있는 헤로인은 어디서 난 거야?"

"저도 모릅니다. 외부에서 쏟아져 들어왔다고도 하고, 또……."

"계속해."

"혈우회 놈들이 100개씩, 200개씩 판다는 소문도 났습니다만 확인은 못 했습니다."

"혈우회가?"

"예."

"토요회는 아니고?"

"그런 소문은 없습니다."

"뜬금없이 무슨 혈우회?"

그때 가게 안으로 사내들이 쏟아져 들어섰기 때문에 둘은 고개를 들었다.

사내들이 곧장 둘에게 다가왔을 때 둘의 반응이 달랐다.

위경은 벌떡 일어났지만 고태영은 어깨를 늘어뜨리면서 시선을 내렸다.

10분쯤 후에 둘은 승합차 뒷자리에 태워져 있었는데 다른 모습이다.

고태영은 식당 안에 있을 때와 별로 달라지지 않았지만, 위경은 눈 한쪽이 시퍼렇게 부어올랐고 코는 뭉개져서 콧구멍을 막은 헝겊에서 지금도 피가 떨어진다. 입술도 부어서 피범벅이 된 것이 무자비하게 맞은 것 같다.

승합차 안에는 둘 외에 사내들이 다섯이나 탔다.

승합차는 속력을 내어 달려가고 있다.

"18명 잡았습니다."

곽청에게 홍진우가 보고했다.

"명단에 있는 놈들 중에서 한 놈만 빠졌습니다."

상하이 서북방의 공단 지역 안.

허름한 사무실 안에는 대여섯 명이 둘러서 있다.

이곳이 작전 상황실이다.

폐공장을 인수했기 때문에 2동의 빈 공장 건물과 창고, 5층짜리 기숙사 건물에다 2층 사무실 건물까지 포함되었다.

홍진우가 말을 이었다.

"조금 전에 공안 본부 정보과장 위경이 잡혀 들어왔습니다."

"좋아. 그럼 모두 자백을 받아라."

곽청이 지시했다.

"돌려보내야 할 테니까 가능하면 상처는 내지 말도록 해."

위경은 예외가 될 것이다. 분수 파악을 못 하고 반항을 했기 때문인데 어쩔 수가 없는 노릇이다.

지금까지 형문이 지적해준 삼합회의 배경 즉, 로비 자금이 건네진 당, 정, 공안의 간부들을 끌고 온 것이다.

고위급만 추려서 잡았어도 18명이다.

물론 당서기나 공안부장, 공안국장 등 고위층은 끌고 오지 않고 다른 방법을 쓴다.

곽청이 말을 이었다.

"그놈들을 몰아가면 우리 배경이 되지 않고는 살 수가 없겠지."

이것이 중국 점령 방법이다.

"공안이 적으로 돌아섰습니다."

태기용이 전화기에 대고 말했다. 눈썹을 모은 얼굴도 굳어 있다.

"담당 주임급도 연락이 안 됩니다. 아무도 우리 측 전화를 받지 않습니다."

강방원이 듣기만 했고 태기용이 말을 잇는다.

"사업장 관리가 엉망이 되고 있습니다. 특히 오송강 사업장은 거의 공백 상태나 다름없습니다."

"상품은?"

강방원이 불쑥 묻자 태기용이 한숨을 내쉬었다.

"지금 오송강 주변에 상품이 넘쳐나고 있습니다. 형문이 갖고 있던 것이 풀린 것 같습니다."

"……"

"혈우회 놈들이 개업했다는 소문이 돌고 있습니다."

"형문이란 놈이 그쪽에 넘긴 건가?"

"확인 중입니다."

"가만두지는 않을 거야."

강방원이 낮게 말했다.

"우리가 바람에 날아가는 조직은 아니니까."

"예, 회장님."

태기용의 목소리도 굳어졌다.

"어느 놈인지 드러나겠고, 뜨거운 맛을 곧 보게 되겠지요."

"공안이 무력화된 것 같습니다."

조병운이 말하자 전춘은 시선만 주었다.

전춘은 48세, 국가보안국 과장이지만 특별법에 의해 공안을 지휘할 권한이 있다. 다만 국가보안국 부국장의 승인을 받아야만 한다.

조병운이 말을 이었다.

"공안 중간 간부 7, 8명이 자리를 비웠거나 연락이 끊긴 상황입니다. 이것도 이번 사건과 관계가 있는 것 같습니다."

"무정부 상태군."

전춘이 혼잣소리처럼 말했다.

"그런데도 공안부장 하상옥이 이번 사건에 전혀 후속 대책을 내놓지 못하고 있는 이유가 있어."

"수사국장 황비자오에게 끌려가는 상황입니다."

"그래. 황비자오야."

전춘이 눈을 가늘게 떴다.

"그놈이 이번 사건의 핵심이야."

"그렇습니다."

조병운이 말을 이었다.

"삼합회 상하이 지부를 쑥대밭으로 만들어 놓았습니다. 어지간한 배경이 없다면 이렇게 못 합니다."

"황비자오를 이곳으로 영전시킨 주역이 우리 국가보안국 상임위원 후진명 동지야."

"예엣!"

놀란 조병운이 숨을 들이켰다.

국가보안국 부국장인 천중수와 동급인 거물이다.

당중앙위 상임위원까지 겸하고 있는 후진명은 당 서열 13위다.

그때 전춘이 말을 이었다.

"상하이시 당서기 강수전도 황비자오의 배경이야."

"그렇다면 황비자오가 이렇게 터뜨린 이유가 심상치 않습니다."

조병운은 팀장급이지만 길림성 소도시에서 공안부장을 지내다 국가보안국으로 영전되어 왔다. 42세. 국가보안국 팀장급이 중소도시의 공안부장과 대등한 서열인 것이다.

전춘이 고개를 끄덕였다.

"우리도 모르는 고위층의 작전일지도 몰라."

"부국장 동지는 알고 계시지 않을까요?"

"글쎄."

전춘이 고개를 기울였다.

부국장 천중수도 모르는 초고위층의 작전일 수도 있는 것이다. 중국은 그런 나라다.

태자당도 여러 그룹으로 나뉘었고 권력자들은 은밀하게 '당'을 만들어 자신을 보호한다. 여러 개의 '당', 심지어 7, 8개 조직을 갖고 있는 권력자도 있다. 그래 놓고 서로의 이권을 조정하고 적을 공동 대처하는 것이다.

잘못 건드렸다가 전혀 예상하지 못했던 곳에서 뒤통수를 맞을 수가 있다.

이윽고 전춘이 결심하고 말했다.

"내가 부국장께 보고하고 올 테니까 그동안 정보를 더 모아놓도록."

직접 베이징으로 날아가 천중수를 만나고 온다는 말이다.

도청당하지 않으려는 것이다.

베이징의 강방원.

강방원이 이화원 근처의 중식당 '연경'에서 국성환을 만나고 있다.

국성환이 누구냐?

공안부 총부장이다. 350만 공안의 총사령관이며 중앙당 후보위원. 당 서열 19위의 거물인 것이다.

강방원은 국성환이 광둥성 공안 부부장이었을 때부터 밀접한 관계였다.

홍콩 반환 직후에 국성환이 홍콩 공안부장으로 발령이 났고 극심한 반중(反中) 데모에 시달렸다.

그때 삼합회를 총동원하여 데모대를 막은 것이 강방원이다.

그 공으로 국성환은 베이징 공안부장으로 영전했고 나중에는 공안총부장까지 오른 것이다.

물론 그때부터 삼합회도 친정부 비밀단체 역할이 되어 승승장구했다.

국성환은 62세, 백발의 비대한 체격이다.

52세인 강방원이 형님이라고 부른다.

"형님, 황비자오의 배후가 누굽니까?"

인사를 마쳤을 때 강방원이 직설적으로 물었다. 둘은 그런 사이기도 했다.

연경의 밀실에는 둘뿐이다.

찻잔을 든 국성환이 입을 열었다.

"이런 때는 가만있는 게 낫겠어."

눈만 크게 뜬 강방원에게 국성환이 말을 이었다.

"나도 아직 파악을 못 했으니까."

"국가보위국에서도 상하이에 담당관을 파견하지 않습니까? 그쪽에서도 파악을 할 텐데요."

"그건, 내가 알 수가 없지."

"황비자오가 상하이에 온 배경은 밝혀졌지 않습니까?"

"그 이상이야. 아니, 그것뿐만이 아냐."

국성환이 절레절레 고개를 저었다.

"내가 접근하기 어려운 인연도 많아. 무슨 말인지 알겠나?"

"그러시다면……."

"이봐, 강 회장."

"예, 형님."

"과유불급이야."

강방원이 입을 다물었고 국성환의 말이 이어졌다.

"지나치면 미치지 못한 것과 같네. 상하이는 놔두는 게 낫겠어."

"형님, 그러시다면……."

"여기서 덤비면 동생은 더 크게 잃을 가능성이 많아. 아니, 조직 전체가 위험해."

"……."

"상하이에서 로비 자금이 뿌려지지 않은 곳이 없을 정도가 되었는데, 그것이 역효과를 내었어."

"……."

"터지면 로비 자금 먹은 놈들이 일치단결해서 삼합회 입을 틀어막을 것이네. 모두가 적이 된단 말이야."

"……."

"지금 상하이가 그 상황이 되기 직전이야."

그때 얼굴이 하얗게 굳어진 강방원이 겨우 물었다.

"그럼 상하이는 누가 먹습니까?"

"두고 봐야지."

"토요회와 연합한 한국 업체가 있습니다. 그놈들이 핵 같습니다."

"우리도, 그리고 국가보안국도 파악하고 있을 거야."

"그 핵을 뺄 수는 없습니까?"

그때 국성환이 풀썩 웃었다.

"동생은 단순해."

숨만 들이켠 강방원을 향해 국성환이 웃음 띤 얼굴로 말했다.

"그동안 너무 편하게 살아온 것 같군. 내 말을 명심하고 상하이에서 가만히 숨을 죽이고 있게."

"형님, 그렇다면……."

"상하이 지부장이 방현기지? 그놈이 돌출 행동을 하지 않도록 하고."

국성환이 말을 이었다.

"지금 내려가 있는 고문한테도 그렇게 전해. 그저 엎드려서 태풍이 지나가기를 기다리자고."

그러고는 국성환이 자리에서 일어섰다.

아직 음식을 주문하지도 않았다.

엉겁결에 따라 일어선 강방원에게 국성환이 말했다.

"그리고 내가 연락할 때까지 나를 찾지 말게."

"나흘 만에 오송강변 사업장을 모두 장악했어."

곽청이 번들거리는 눈으로 이동욱을 보았다.

오후 7시 반.

둘은 오송강변의 국수식당에서 국수로 저녁을 먹고 있다.

"헤로인도 다 소진시켰고."

"1만 6천이나 되는 삼합회원 처리가 남았어요."

"그것은 천천히, 내가 삼합회 생리를 아니까."

곽청이 잔에 술을 채웠다.

"내가 살면서 지금처럼 일에 보람을 느낀 적이 없네."

"그렇습니까?"

"내 목표는 돈도 아니고 명예도 아냐. 조직을 장악하고 싶었어."

곽청이 술잔을 들고 웃었다.

"어때? 유치한 목표지? 나처럼 살다보면 그것이 꿈이 돼, 은행가가 은행장이 되는 것처럼."

"그것이 자연스러운 꿈인 것 같습니다."

"아우는 뭐가 꿈인가?"

"중국의 자본주의 세상을 지배하는 것이지요."

바로 대답한 이동욱이 이를 드러내고 웃었다.

"지배자가 되는 건 아닙니다. 그런 세상을 만드는 데 일조하는 것이지요."

"그럴 줄 알았어."

곽청이 커다랗게 고개를 끄덕였다.

"고대형이하고 목표가 같군."

곽청과 고대형은 친구 사이인 것이다.

그때 이동욱이 말했다.

"형님은 우리가 중국의 반쪽 세상을 노리고 있는데도 전혀 거부감을 느끼지 않는 것 같습니다."

"내가 그동안 고대형이한테서 교육을 많이 받았어. 그놈은 술만 마시면 중국 역사 이야기를 해주거든."

한 모금에 술을 삼킨 곽청이 말을 이었다.

"중국인은 누가 제국을 세우고 지배하는 것에는 관심이 없고, 잘 먹고 잘 살
게 해주는 지배자를 받아들였다는군."

"……."

"1백만 명밖에 안 되는 여진족의 금(金), 그 절반 정도인 몽골의 원(元), 그 정
도인 만주족의 청(淸)이 수억의 중국인을 지배하지 않았는가? 중국인인 한족은
순순히 지배당했지만 먹고 살기가 힘들어지면 꼭 농민 혁명을 일으켜 제국을
무너뜨렸지. 부패한 제국은 그렇게 망했어."

"……."

"지금 중국이 그래. 갑자기 잘살게 되면서 부패되고 빈부격차가 드러나네. 지
금의 삼합회, 토요회 등 수백 개의 조직이 전(前)의 농민들이야."

곽청이 이를 드러내고 웃었다.

"중국은 빨리 부패할수록 빨리 망하고, 그것에 농민들은 아쉬워하지 않는
다네."

그러나 부패하지 않고 따라서 약점이 없는 지배 계급이 있다.

바로 국가보안국 상하이 지부장 전춘이다.

오후 8시 반.

전춘이 팀장 조병운에게 지시했다.

"실시해."

"예, 과장 동지."

자리에서 일어선 조병운이 시선도 부딪치지 않고 몸을 돌렸다.

그의 등에 대고 전춘이 말했다.

전춘은 베이징에서 조금 전에 돌아왔다.

"우리가 반전을 시키는 거다."

밤 11시 반.

차 안에서 유상이 전화를 받는다. 보안용 무선 전화다.

"아직 안 왔어?"

조병운의 목소리다.

"예, 아직 안 왔습니다."

"거 참, 이상하네. 40분 전에 출발했는데 말야."

"분명히 차에 탄 거 확인했답니까?"

"글쎄, 내가 직접 봤다니까."

"다른 데로 샌 것이 아닐까요?"

"그럴 리는 없어. 그놈은 스케줄대로 움직이는 놈이야."

이곳은 우방공원 옆 고급 주택가.

유상은 팀원 다섯 명과 함께 황비자오의 2층 저택 앞에서 기다리는 중이다.

흐린 날씨다.

일방통행로인 길가에 드문드문 가로등이 켜져 있지만 인적은 없다. 가끔 승용차만 지나가고 있다. 길가에 주차된 차들이 많았기 때문에 수상하게 보이지는 않는다. 차 2대는 황비자오 저택 건너편의 대각선 위치에 주차되어 있다.

황비자오는 40분 전에 중식당 '하원'에서 공안 간부들과 회식을 마치고 나온 것이다. 하원에서 이곳까지는 차로 15분 거리밖에 되지 않는다.

통화를 마친 유상이 옆에 앉은 부하에게 말했다.

"2호차에 가서 대기하고 있으라고 해."

2호차는 차 6대 뒤에 주차되어 있다.

부하가 밖으로 나갔을 때 유상이 손목시계를 보며 말했다.

"이 새끼가 하늘로 올라간 거야, 뭐야?"

유상이 투덜거렸다.

"아니, 식당에서 따라오든지 할 것이지, 가깝다고 놔두면 어쩌란 말야?"

"오늘 밤은 여기서 지내도록 하세요."

이동욱이 말하자 황비자오는 어깨를 부풀렸다가 내렸다.

치켜뜬 두 눈이 번들거리고 있다.

"이봐, 갑자기 집으로 들어가지 말라니? 마누라가 놀랄 것 아냐? 지금도 기다리고 있을 텐데."

"갑자기 일이 생겼다고 해요, 형님."

"내일 딸이 학교 행사에서 시 낭송을 하는데, 거긴 가도 되겠지?"

"오늘 밤 지나야 알 수 있어요."

마침내 입맛을 다신 이동욱이 가방에서 손바닥만 한 녹음기를 꺼내더니 탁자 위에 놓았다.

이곳은 상하이 공안 본부에서 사거리 하나 건너편의 호텔방 안이다.

황비자오는 집으로 가지 않고 이곳으로 온 것인데, 방에서 이동욱이 기다리고 있었다.

이동욱이 녹음기의 버튼을 누르자 곧 사내의 목소리가 울렸다.

"좋아. 그럼 황비자오를 제거하기로 한다. 밤에 암살하는 게 좋아."

"예, 부국장 동지."

다른 사내의 목소리.

황비자오는 녹음기에서 제 이름이 나왔을 때부터 석상처럼 굳어 있다.

다시 대화가 이어진다.

"황비자오가 사살되면 그때부터 공식 문제가 돼. 상하이 공안 최고위 간부 중 하나가 암살된 거야. 그럼 경황상 삼합회에서 저지른 일로 언론이나 수사기관이 몰고 가겠지?"

"당연합니다, 부국장님."

"그럼 황비자오의 배후 세력이 마음을 놓을 거야."

"실제로 그런 줄로 알 가능성도 있습니다."

"그렇지."

사내의 목소리에 웃음기가 띠어져 있다.

"방심하고 있을지도 모르지. 그때 우리가 개입해서 상하이 치안을 장악한다."

"예, 부국장 동지."

"삼합회는 썩어 문드러졌고 삼합회를 비호했던 고위층을 이 기회에 잡는 거다. 그럼 청소가 돼."

"예, 부국장 동지."

"그사이에 그놈들, 토요회, 혈우회, 그리고 황비자오 엄호 세력들을 삼합회 일당으로 몰아서 소탕하는 거다."

"알겠습니다."

"제갈공명이 '울며 마속을 베다'라는 고사를 읽어보았지?"

"예, 부국장 동지."

"이 기회에 중국 정관계의 부패 세력을 청산하는 거다."

그때 녹음기의 버튼을 누른 이동욱이 쓴웃음을 지었다.

"하마터면 중국이 깨끗한 나라가 될 뻔했네요, 형님."

긴장하고 있던 황비자오가 그 말에 정신이 든 것처럼 풀썩 웃더니 고개를 들었다.

"국가보안국 부국장 천중수로군."

"맞습니다, 형님."

"난 저 사람 목소리 처음 들어."

"그만큼 신비스러운 인물이라고 하더군요."

"공식 석상에 나타지 않고 주석만 만나고 다니니까. 별명이 귀신이야."

"그 귀신이 형님을 제거하라는 지시를 내린 겁니다."

"대답만 막둥이처럼 한 병신이 상하이 책임자로 온 전춘이지?"

"예, 천중수를 만나고 지금 상하이에 내려왔지요."

"어떻게 녹음을 했나? 신통하네."

"형님, CIA는 중국 국가보안국이나 공안하고는 수준이 다릅니다."

"덕분에 내가 목숨을 건졌구나."

황비자오가 길게 숨을 뱉었다.

이제 적응이 된 것이다.

"그래서 어떻게 할 거야?"

"오늘 밤, 전춘을 없앨 겁니다."

이동욱이 바로 말했다.

"형님이 집에 들어오지 않아서 잔뜩 긴장하고 있을 겁니다. 시간이 지나면 눈치채고 잡기 어려워질 테니까요."

오전 1시 반.

전화기를 내려놓은 전춘이 입맛을 다셨다.

"그놈이 눈치를 챈 모양이야."

앞에 선 경호원 동주가 잠자코 시선을 주었다.

이곳은 황푸강변의 낡은 이층 저택 안.

전에 프랑스 외교관이 살던 저택이었는데 오랫동안 빈집이 되어 있다가 국가보안국에서 인수한 곳이다.

그래서 토지, 주택 대장에서도 빠졌고 공안의 자료에도 삭제된 이른바 '유령의 집'이다.

그렇지만 전기, 수도는 다 들어온다, 물론 공짜로.

전춘이 말을 이었다.

"경비 철저히 해라."

"예, 부국장 동지."

"이놈들이 눈치를 챈 것 같다."

"황비자오가 말씀입니까?"

"아니, 황비자오 배후의 세력들이."

"그게 누굽니까?"

"여러 놈이지."

눈을 좁혀 뜬 전춘이 앞에 선 동주를 보았다.

눈이 흐려져 있다.

"황비자오를 조종하는 놈들이야. 배후에 후진명, 총리까지 연루가 되어 있을 가능성이 있어."

"……."

"상하이시 당서기 강수전, 공안부장 하상옥도 가지 중의 하나야."

"그럼 가장 고위층인 후진명, 목정대 총리입니까?"

"그건 잘 모르겠다."

전춘은 오랜 경호원 동주에게는 가족 문제까지 다 맡기는 터라 때로는 작전 협의도 한다.

중학교만 졸업하고 20년간 군에서 복무한 동주는 짐승처럼 육감이 발달되었다.

198

모 주석의 오랜 경호원 조행서와 비슷했다.

조행서는 경호주임으로 모 주석과 일생을 같이 했지만, 총리도 그 앞에서는 쩔쩔 매었다.

인민군 총사령관도 조행서에게 불려가 꾸지람을 받았다. 왜냐하면 조행서는 모 주석의 분신이었기 때문이다.

때로는 운전사, 때로는 간병인, 때로는 연락원 노릇을 하면서 모 주석의 모든 일을 대행하기도 했다.

동주는 50세, 전춘보다 두 살 연상이기도 하다.

동주가 물었다.

"눈치채었다면 가만있을 놈들이 아니지 않습니까? 서둘러 대책을 세워야 됩니다."

"목표가 없어졌는데 어떻게 하란 말이냐?"

전춘이 부하 팀장인 조병운에게는 이렇게 말하지 못한다.

그때 동주가 검은 얼굴을 들고 전춘을 보았다.

"피신하시지요. 일단 베이징으로 가시는 것이 낫겠습니다."

"……."

"이곳은 사방이 적입니다. 어느 놈이 어떻게 덤빌지 모릅니다. 공안부장 하상옥, 시당서기 강수전이 도와주겠습니까?"

"……."

"지금 당장 가시지요. 이곳은 조병운에게 맡기시고 말입니다."

그때 전춘이 고개를 끄덕였다.

"좋아. 가자."

그 시간에 삼합회 고문 태기용이 술잔을 내려놓고 말했다.

"우리가 너무 무사안일하게 지냈어. 자립심을 길렀어야 했어."

앞에 앉아 있는 오탁지와 왕변은 태기용을 따라온 보좌관들이다.

둘 다 삼합회장 강방원의 심복으로 오탁지는 행동대장, 왕변은 강방원의 비서실장이다.

"고문 말씀도 일리가 있습니다만 이번 사건은 한국 놈들이 토요회를 이용해서 기반을 굳히는 과정에 발생한 것이 아닙니까?"

왕변의 말이다.

왕변은 42세, 변호사 자격증도 있는 데다 강방원의 친척이다.

삼합회 회원이 된 것은 5년밖에 안 되었지만 강방원의 대리인 역할로 자주 나선다.

왕변이 금테 안경을 치켜 올리면서 태기용을 보았다.

"이건 정치적 사건입니다. 회장님은 잠자코 기다리라고 하셨으니까 일단은 기다려 봐야지요. 정치적 사건은 정치적으로 풀어야 할 테니까요."

태기용은 외면했다.

상하이에 온 후에 토요회와 합작 사업을 하게 된 한국의 대성개발이 진출하면서 시장이 흔들리게 된 것까지 자세히 알게 된 것이다.

그리고 토요회와 혈우회의 비공식 연합도 파악할 수 있었다.

거기에다 새로 부임한 공안 수사국장 황비자오의 폭거는 분명히 이들과 함께 삼합회를 죽이려는 작전이다.

그런데 회장으로부터 '활동 중지' 명령이 내려온 것이다.

지금 눈앞에서 상하이의 삼합회 조직이 다 무너지는 것을 보면서도 꼼짝 말고 숨어 있으라는 지시다.

지금 삼합회 지부장 방현기는 마당 건너편의 별채에서 사흘째 두문불출하고 있다.

술기운을 빼려고 밖으로 나온 태기용에게 오탁지가 다가왔다.

이곳은 상하이 동북방 교외의 한적한 마을이다.

차로 한 시간만 달리면 주변에 옥수수 밭이 널린 시골 마을이 나온다.

"고문님, 제가 오후에 오송강변을 돌아보았는데 가게들은 영업이 잘되고 있었습니다."

다가선 오탁지가 태기용을 보았다.

"그런데 우연히 가게에서 나오는 한 놈을 보았는데 누군지 아십니까?"

태기용의 시선을 받은 오탁지가 이를 드러내고 웃었다.

"곽청의 행동대원 한 놈이었습니다."

"……"

"그놈이 저를 보더니 빙그레 웃더군요. 아마 저를 먼저 발견하고 다가온 것 같습니다."

"……"

"제가 말을 걸고, 사고라도 나면 꼼짝 말고 있으라는 고문님 지시를 어길 것 같아서 먼저 몸을 돌렸더니 따라오지 않더군요."

"곽청이 이곳에 있단 말이지?"

"곽청의 부하를 이곳에서 본 것입니다."

"나는 그 말이 가장 충격적이다."

"이 말은 왕변한테 하지 않았습니다. 대책도 없이 회장님한테 호들갑만 떨 것 같아서요."

"잘했어."

"어떻게 생각하십니까?"

그때 태기용이 고개를 들고 오탁지를 보았다.

"너 삼합회에 몇 년 있었지?"

"올해로 30년입니다. 20살 때 가입해서 벌써 50입니다."

"그렇구나. 나보다 6년 늦구만."

"이 나이에 행동대장입니다. 부하가 3백 명 가깝게 되지만, 그게 무슨 소용입니까?"

오탁지가 앞쪽의 마당을 보면서 말을 이었다.

"어떻게 생각하시냐고 물었습니다."

"삼합회가 다시 태어나야 한다."

어둠에 덮인 안채를 바라보면서 태기용이 말을 이었다.

"난 삼합회를 말한 거야. 다른 건 생각해보지도 않았어."

"우리가 허수아비가 된 거, 고문님도 절실하게 느끼고 계시는군요."

"예전에 공안하고 전쟁할 때가 좋았어. 그러다가 수없이 죽었지만."

"저도 옛날이 그립습니다."

"주인을 바꿔야 돼."

태기용이 낮게 말했지만 오탁지는 숨을 들이켰다.

길게 숨을 뱉은 태기용이 말을 이었다.

"같이 썩어갈 수는 없어."

그때 오탁지가 말했다.

"아까 그 이야기를 계속해도 되겠습니까?"

태기용은 잠자코 어둠만 보았고 오탁지가 말을 이었다.

"그놈이 뒤에서 소리치더군요. '형님! 제가 드릴 것이 있습니다!' 하구요."

오탁지가 주머니에서 쪽지를 꺼내 태기용에게 내밀었다.

"곽청의 전화번호입니다."

"피했다구?"

자다가 깬 사람의 목소리가 아니다.

천중수의 목소리는 낮지만 카랑카랑했다.

오전 2시 반.

전춘은 상하이역 대합실에 공중전화 박스에서 전화를 하고 있다.

"예, 부국장 동지. 그놈이 피신한 것은 우리 의도를 알기 때문입니다."

"지금 넌 어디냐?"

"상하이역입니다. 30분 후에 열차를 탑니다."

주위를 둘러본 전춘이 말을 이었다.

대합실은 새벽 기차를 타려는 손님들이 웅성거리고 있다.

공중전화 박스 주위에 경호원 셋이 여행자 차림으로 둘러섰다.

"이곳은 팀장한테 맡기고 일단 상경하겠습니다."

"잘했다."

천중수의 말을 들은 전춘이 어깨를 늘어뜨렸다.

"어디서 정보가 샌 것 같습니다. 돌아가서 체크해봐야겠습니다."

"그놈들, 어디까지 닿았는지 모르겠군."

천중수가 혼잣소리처럼 말했다.

"내가 기다리고 있겠다."

그리고는 통화가 끊겼기 때문에 전춘은 박스에서 나왔다.

그때 경호원 동주가 다가왔다.

지금 전춘은 경호원 셋과 함께 상경하려는 것이다.

"특실 3개를 샀습니다."

전춘이 고개만 끄덕였고 옆을 따르면서 동주가 말을 이었다.

"지금 탑승하시지요."

답답했기 때문에 전춘은 한숨을 쉬었다.

천하의 국가보안국이 이게 무슨 꼴인가?

후진명이 얼굴의 땀을 손바닥으로 훑어 닦고는 옆에 앉은 목정대를 보았다.

"목 총리, 이곳에 도청 장치는 없어. 내가 확인했네."

후진명이 하반신을 덮고 있는 타월을 들었다가 내렸다.

그러자 알몸이 드러났다가 덮였다.

"자, 여기도 도청 장치나 녹음기는 없고."

"이봐, 후 의원, 지금 뭐 하는 거야?"

쓴웃음을 지은 목정대가 후진명을 보았다.

"지금 무슨 말을 하려고 그래?"

둘은 64세. 나이도, 경력도 비슷하다.

서열은 후진명이 당 중앙위 상임위원, 국가보안국 상임위원으로 당 서열 13위. 당 중앙위 후보위원 겸 총리인 목정대는 15위다.

이곳은 천안문 근처의 연경호텔의 지하 1층 사우나.

오후 3시.

두 거물이 사우나에 들어왔기 때문에 손님도 그들 둘뿐이다.

둘은 땀을 뻘뻘 흘리면서 약초 사우나실에 앉아 있다.

그때 후진명이 말했다.

"지금 상하이에 난리가 난 거 알고 있지?"

"내가 총리야, 이 사람아."

목정대가 핀잔을 주었다.

"전국의 모든 사건이 나한테 보고가 된다고. 당신이 국가보안국에서 받는 정보보다 빠를 거야."

"난 비공식 라인을 통해서 받아. 무슨 말인지 알지?"

"그놈의 비공식 라인에도 세금이 들어가지."

투덜거린 목정대가 상기된 얼굴로 후진명을 보았다.

"수상하게 굴지 말고 이제 본론을 꺼내. 뜬금없이 사우나를 가자, 도청장치가 없네, 하더니 상하이 사건 이야기로 들어갔는데, 말해."

그때 후진명이 쓴웃음을 지었다.

"상하이 사건의 배후는 나야."

"그럴 줄 알았어."

"천중수가 대충 눈치를 챈 것 같아."

"당연히 그럴 만하지."

"이대로 두면 내가 당하겠어."

"날 끌고 들어갈 작정이군."

목정대가 혀를 차더니 후진명을 노려보았다.

"내가 70 넘기기 전에 당하겠나?"

"1년 안에 당할지도 몰라."

"그렇게 빠르게?"

"주석이 상임위원을 4명 증원시키려고 해."

"4명이나?"

되물은 목정대가 심호흡을 했다.

그러더니 몸을 일으켰다. 마른 체격이다. 따라 일어선 후진명은 반대로 비만 체격이다.

사우나를 나온 둘은 냉탕으로 들어가 마주 보고 앉았다.

50평도 넘는 목욕탕 안은 텅 비었다.

주위를 둘러본 목정대가 냉탕에서 머리만 내놓고 물었다.

"그럼 14명이 되는 거야?"

"그래."

목정대가 입을 다물었다.

현재 중국은 당 중앙위 상임위원 10명의 통치체제라고 해도 과언이 아니다.

이 10명은 당 서열 20위까지의 인물로 채워졌는데 은퇴한 당 원로들이 끼어 있기 때문이다.

현재 상임위원 10명 중 주석 장평국의 라인은 6명, 후진명의 라인은 4명이다.

후진명이 말을 이었다.

"다음 달에 임시 중앙대의원회를 소집하고 나서 상임위원 증가 안건을 올릴 거야."

"……."

"거기서 채택되면 연말의 당 상임위원회를 개최하고 다수결로 승인을 받는 거지."

10명 상임위원 중 6명이 찬성하면 다수결이다.

그러면 상임위원 4명을 증원하게 되는데 조건도 중앙대의원 중 10배수를 선정해서 다수결로 뽑는다. 각 위원들이 4명씩 후보를 추천하게 되겠지만 상임위원은 모두 장평국 라인의 인물이 선정될 것이다.

"그럼 14명 중 10명을 확보하게 되겠군."

목정대가 혼잣소리처럼 말하자 후진명이 쓴웃음을 지었다.

"앞으로 두 달 남았어."

"장기 집권인가?"

"내년 전국 총회에서 임기 제도를 철폐할 거야."

"그럼 20년?"

"30년까지도 갈 수 있지. 지금 68세니까 98세까지도."

"임기 5년이 지났으니까 93세야. 가능하네."

혼잣소리처럼 말한 목정대가 눈의 초점을 잡고 후진명을 보았다.

"그래서 상하이 사건을 일으킨 거야?"

"마침 상하이에 진출한 한국계 사업체가 있어서."

"한국 사업체?"

"그래."

"한국을 끌어들이려고?"

"중국은 여진족도 들어왔고 저기, 지금은 다시 유목 국가가 되어 있는 몽골의 지배도 받았어. 한민족 수준은 우리보다 나아."

"허, 이 사람이."

"부패한 독재 정권보다 깨끗한 한민족 정권이 낫지."

"이 사람이 큰일 낼 사람이네."

"왜? 동북공정으로 우리하고 한민족은 같은 뿌리의 민족인 것이 확인되었어. 그것을 주석은 강조하고 다녔다구."

후진명이 말을 이었다.

"우리 13억 인민은 잘 먹고 잘살게만 해주는 지도자를 따른다구. 그리고……."

눈을 크게 뜬 후진명이 목정대를 보았다.

"체제를 바꾸는 게 아냐. 공산당도 존재한다구. 다만, 낮에만 말이지."

"무슨 말이야?"

"경제는 자본주의 경제로 지금보다 더 깨끗하고 활기 있게 돌아갈 거야."

"……."

"당 조직도 절반은 공산당, 절반은 자본주의이고."

후진명의 목소리에 열기가 더해진다.

"대의원도 절반씩, 그리고 우리가 자본주의 대의원의 중심이지."

"가능할까?"

"이미 인민은 우리 편이야. 우리가 중심 세력만 갖추면 돼."

후진명이 자신 있게 말했다.

상하이, 오후 6시.

오송강 중류 지역에 위치한 돼지고기 요릿집 안.

6평쯤 되는 면적에 식탁이 3개, 주방은 절반쯤의 면적을 차지하고 있다.

그 식탁 하나에 곽청과 태기용이 마주 보고 앉아 있다.

식탁 위에는 물 잔만 놓여 있었는데 둘이 방금 만났기 때문이다.

물 잔을 들면서 먼저 태기용이 말했다.

"자네하고 이렇게 만나다니 전생의 인연이 있었던 거야."

"고문님도 전생을 믿으십니까?"

곽청이 웃음 띤 얼굴로 태기용을 보았다.

"전생에서 제가 고문님 아들쯤 되었을까요?"

"아니, 자네가 내 할머니였을지도 모르지."

"그럴 리가요."

"불교에서는 전생에 3천 번 인연이 있어야 현생에서 만난다고 하네."

"정말입니까?"

"들었어."

"고문님, 상하이 삼합회를 고문님이 독립시키시지요."

"흥."

짧게 웃은 태기용이 고개를 돌려 주방에 서 있는 주인 부부를 보았다.

50대쯤의 남녀가 주방장과 사장이다.

"삶은 고기 2근, 백주 2병, 그리고 밖에 있는 사람들한테 고기 10근하고 술 10

병을 갖다 주시오."

그 말에 부부가 반색을 하더니 요리를 하기 시작했다.

태기용과 곽청이 각각 일행을 데려온 것이다.

태기용이 고개를 돌려 곽청을 보았다.

"자네는 토요회와 연합한 대성개발 소속이지?"

"예, 고문님. 이동욱이라고 전무이사가 이곳에 나와 있습니다."

"그자가 자네를 고용했나?"

"아닙니다. 동업 관계지요."

"동업?"

"이동욱은 저를 형님이라 부릅니다."

"윗선이 있군."

"예, 고문님."

"지금 밝힐 수는 없겠지?"

"숨기지는 않겠습니다."

"무슨 말인가?"

"고문님과 함께 일하게 되면 다 알게 되실 겁니다."

"……."

"저도 윗선은 아직 만나지 않아서요."

"작업이 크군. 내가 상상하는 이상으로, 그렇지?"

"예, 고문님."

"토요회와 삼합회가 연합하는 건가?"

"토요회는 100년 역사를 가진 명문입니다만, 삼합회 방계 조직으로 들어가겠습니다."

"무슨 생각인지 알아."

태기용이 눈을 가늘게 떴다.

"이런 식으로 삼합회를 흡수하겠다는 것이지. 회원들에게 거부 반응을 일으키지 않고 말야."

"그렇습니다."

"내가 상하이의 삼합회 조직을 다시 결집시킬 거야."

"전처럼 다시 사업을 하시는 겁니다."

곽청이 똑바로 태기용을 보았다.

하지만 삼합회는 곽청, 이동욱과 함께 운영되어야 할 것이다.

그때 심호흡을 한 태기용이 곽청을 보았다.

"혈우회는?"

주인이 다가와 삶은 돼지고기와 양념장, 술과 술잔을 내려놓고 돌아갔다.

그때 식탁을 내려다본 곽청이 말했다.

"거기도 회장, 간부들이 정리가 될 겁니다. 하지만 간판은 삼합회처럼 남지 못하겠지요."

"……."

"간부들 대부분이 토요회에 가담하겠다고 했으니까요."

고기를 입에 넣은 곽청이 삼키고 나서 말을 이었다.

"삼합회는 상하이에서 다시 태어나는 겁니다, 고문님."

그 시간에 오탁지와 왕변은 황푸강변의 중식당 '야성'에서 호화판 요리에 백주를 마시는 중이다.

왕변은 계속해서 투덜거리고 있다.

"이 새끼들이 한 달에 걷어가는 돈이 상하이에서만 1천5백만 불이었다구, 그런데 지금 입을 싹 씻어?"

"뭐? 1천5백만 불?"

오탁지가 눈을 크게 떴다.

"한 달에?"

"그래."

"상하이에서만?"

"그래."

"이런, 젠장. 어떤 놈들한테 바쳤는데?"

"많아."

"말해봐."

"아직은 안 돼."

술기운으로 붉어진 얼굴로 왕변이 고개를 흔들었다.

그때 방 안으로 종업원이 들어서더니 물었다.

"오 선생님 계십니까?"

"난데."

오탁지가 대답하자 종업원이 말했다.

"카운터에 전화가 왔습니다."

"고문 전화군."

자리에서 일어선 오탁지가 왕변을 보았다.

"기다려."

10분쯤 지났을 때 아까의 종업원이 다시 방으로 들어서더니 왕변에게 말했다.

"오 선생님이 지하 1층 주차장으로 빨리 내려오시랍니다."

"무슨 일이야?"

"급하다고 하십니다. 계산하셨습니다."

"젠장."

투덜거린 왕변이 자리에서 일어섰다.

지하 1층 주차장으로 내려간 왕변이 주위를 둘러보았을 때 옆으로 사내 셋이 다가왔다.

"가시죠."

"누구야?"

놀란 왕변이 몸을 굽혔을 때다.

뒤통수에 격심한 타격을 받은 왕변이 주저앉기도 전에 사내들이 양쪽 팔을 끼었다.

그때 승합차가 다가와 그들 앞에 멈추더니 문이 열렸다.

왕변은 차 안으로 던져졌고, 곧 그 자리를 떠났다.

근처에 여러 명이 있었지만 몇 명은 못 보았고 몇 명은 보고 나서 얼른 외면했다.

오후 8시 반.

은신처에서 TV를 보던 방현기가 인기척에 고개를 들었다.

경호원 정균이 들어오고 있다.

그런데 정균의 뒤로 사내 셋이 따라 들어섰다.

처음 보는 사내들이어서 방현기가 이맛살을 찌푸렸다.

"누구냐?"

방현기가 묻자 정균은 눈만 껌벅였고 앞장선 사내가 대답했다.

"저승사자."

"뭐?"

방현기가 눈을 부릅떴지만 눈동자가 흔들렸다.

그때 앞장선 사내가 재킷 안에서 권총을 꺼내 방현기를 겨누었다.

"퍽!"

소음기를 낀 총구에서 발사음이 울렸다.

이마에 동전만 한 구멍이 뚫린 방현기가 뒤로 반듯이 넘어졌다.

"마당을 파고 묻도록 하자."

사내가 말하자 정균이 방현기에게 다가가 방바닥에 밀어 넘어뜨렸다.

"내가 책임질 테니까 다시 정상 영업을 한다."

태기용이 둘러앉은 간부들에게 말했다.

"공안이 건드리지 않을 거야."

이것이 핵심이다. 태기용이 해결했다는 말이다.

삼합회 소유의 대식당 '청원'의 방 안에는 1백여 명의 간부가 모여 있다.

상하이의 간부가 다 모인 셈이다. 물론 방동기를 중심으로 고위층 간부는 아직도 공안에 체포되어 나오지 않았다. 지금 모인 간부들은 나머지다.

태기용이 말을 이었다.

"상하이는 당분간 내가 관리한다."

이의가 있을 리는 없다.

태기용은 회장 강방원이 상하이에 파견한 '수습 책임자'인 것이다.

더구나 행동대장 오탁지가 옆에 버티고 앉아 있다.

몇 명은 상하이 지부장 방현기의 거취가 궁금했지만 물어볼 필요도 없는 일이었다.

이제 상하이는 태기용의 지배하에 운용된다.

그때 오탁지가 말했다.

"조직 개편이 있을 테니까 모두 주목 하도록."

고위급 간부들이 모두 체포된 상태이기 때문에 중간 간부들이 대거 승진될 것이었다.

이것은 조직 장악의 호재다, 승진된 간부들은 체포된 간부들이 나오기를 바라지 않을 테니까.

리스타랜드, 이제 이곳은 아시아 해상의 '중심 랜드'가 되었다.

전에는 싱가포르, 홍콩이 아시아 선박 물동량의 선두를 다투었지만 지금은 리스타랜드의 '리시티'가 1위다.

리스타랜드 서북쪽 해안선 10킬로에 30만 톤급 하물선이 정박할 수 있는 도크까지 포함해서 70개의 도크가 늘어서 있다.

40피트 컨테이너 1천만 개를 적재할 수 있는 공간을 확보했고 하루 2백 척의 하물선이 출입하고 있는 것이다.

오후 4시.

이곳은 랜드의 동남쪽.

바다 위에 대형 요트가 1척 떠 있다.

3층짜리 크림색 요트는 이광의 낚시용으로 건조되었는데 랜드의 바닷가만 떠다닐 뿐 긴 항해는 해본 적이 없다.

오늘도 요트에서 3백 미터쯤 바다 쪽으로 리스타의 순양함이 떠 있다.

8천 톤급 순양함으로 지대공, 지대지 미사일을 32기나 장착하고 있는 최신형 군함이다. 리스타는 이런 순양함을 4척, 4천 톤급 호위함을 6척, 1천 톤급 연안 경비함을 12척 보유하고 있다.

옆쪽 필리핀, 인도네시아 해군력보다 우세한 전력이다.

"대단하시군요."

순양함을 한참 동안이나 바라보던 윌슨이 마침내 탄성과 함께 말했다.

요트 3층의 사방이 탁 트인 응접실에는 이광과 윌슨, 해밀턴, 안학태까지 넷이 둘러앉아 있다.

윌슨은 이제 CIA 부장이다. 후버가 은퇴하면서 윌슨이 뒤를 이어받은 것이다.

윌슨이 말을 이었다.

"중국이 앞으로 10년 후에는 일본을 누르고 세계 제2위의 경제 대국이 될 것이고, 2030년에는 미국을 제치고 세계 1위가 됩니다."

윌슨의 얼굴에 웃음이 떠올랐다.

"중국의 공산당 체제가 흔들리지 않는다면 2030년에 미국은 생존의 위협을 받게 될 겁니다. 중국의 군사력도 1위가 될 테니까요."

"아휴."

해밀턴이 고개를 절레절레 흔들었다.

"그때는 내가 무덤에 들어간 지 오래되었을 거야."

"하긴, 나도 그렇지만 내일 일을 생각 안 하는 인간은 없지. 헛소리 말고."

윌슨이 고개를 돌려 이광을 보았다.

"중국에서 제대로 작전이 시작되고 있습니다. 이제는 우리가 적극적으로 나서야 될 것 같습니다."

이광이 고개를 끄덕였다.

오늘은 이것 때문에 모인 것이다.

그때 다시 윌슨이 말을 이었다.

"우리는 리스타를 지원하는 입장을 계속 유지할 겁니다. 물론 중국 측도 내막은 알겠지만 크게 반발하지는 않겠지요."

윌슨이 말을 마쳤을 때 모두의 시선이 이광에게 모였다.

그때 이광이 말했다.

"내가 후진명을 만날 때가 된 것 같습니다."

모두 긴장했고 이광의 말이 이어졌다.

"그다음에 목정대를 만날 겁니다."

윌슨이 고개를 끄덕였다.

중국의 차기 지도자로 후진명과 목정대를 내세우려고 계획을 해놓은 것이다.

리스타와 CIA가 숙고한 끝에 두 명의 지도자를 결정했다.

고개를 든 이광이 윌슨을 보았다.

"앞으로 리스타랜드에 작전본부를 설치할 겁니다."

"알겠습니다. 우리도 요원을 파견하지요."

"해밀턴 사장이 책임자가 될 겁니다."

"해밀턴 씨 지시에 따르도록 할 겁니다."

그때 안학태가 말했다.

"예산은 우리가 1차로 1백억 불을 내놓겠습니다.

"우리도 1백억 불을 입금해 놓지요."

윌슨이 바로 대답했다.

"대통령도 승인한 예산입니다."

그때 이광과 안학태가 얼굴을 마주 보았다.

미국은 중국 정권을 전복시키려고 리스타란 기업과 협정을 맺은 것이다.

대통령까지 승인한 '국가 작전'이다.

저녁 식사 시간.

이광의 바닷가 별장에서 다시 넷이 둘러앉아 식사를 한다.

해밀턴과 윌슨은 끊임없이 작전 이야기를 했고 안학태가 거든다.

이광은 듣기만 했는데 식사를 마쳤을 때 윌슨이 불쑥 이광에게 물었다.

"회장님, 중국 국적을 취득하는 것이 어떻겠습니까?"

이광은 시선만 주었고 윌슨이 정색했다.

"시기가 되면 회장님이 모습을 드러내셔야 될 것 아닙니까? 그때 중국 국적이 드러나는 것이 자연스럽지요."

"……"

"그러면 정권 인수에도 무리가 없을 텐데요."

세 쌍의 시선이 다시 모였을 때 이광의 얼굴에 웃음이 떠올랐다.

"난 리스타 국적으로 나갈 생각이었는데."

순간 모두 숨을 들이켰고 이광의 말이 이어졌다.

"그래야 남북한 정부와 중국인들의 거부 반응도 줄어들 것 같아서 말요."

"……"

"리스타랜드는 인도네시아 정부로부터 공식 할양을 받았어요. 알고 있지요?"

"압니다."

"이제 인구가 50만 가깝게 되었습니다. 국가 선포만 하면 돼요."

해밀턴과 안학태가 고개를 끄덕였다.

지금 준비 중인 것이다.

싱가포르처럼 이광은 내각 총리가 되고 내각 인선도 다 끝났다.

이광이 말을 이었다.

"이번 작전은 세계 역사상 초유의 정권 인수입니다. 내부 공작으로 거대한 국가 체제를 바꾸는 것이지요. 사상 유례가 없는 일입니다."

모두 숨을 죽였고 이광의 목소리에 열기가 띠어졌다.

"이번 작전이 성공하면 중국은 공산당과 자본주의당으로 양분된 국가가 될 것이고 5년제 대통령이 통치하게 될 겁니다. 공산당 체제의 이점과 자본주의 경쟁 체제의 이점을 혼합해서 발전시키는 것입니다."

"그러면 미국이 안심하고 중국의 번영을 지원해줄 수가 있죠."

윌슨이 말을 받았을 때 이광이 고개를 끄덕였다.

"중국은 세계 최강 대국이 되겠지요."

"국명도 바꿔야 되지 않을까요?"

해밀턴이 묻자 이광이 바로 대답했다.

"한국(韓國)."

"음, 코리아."

바로 해밀턴이 아는 체를 했고 안학태가 거들었다.

"중국인들은 국가 명칭 같은 건 신경 안 씁니다. 국가 이름 바꿨다고 세금 더 내는 것도 아니고."

이곳은 칭다오.

시내 중심가의 센트럴호텔 로비에서 고대형이 오훈삼과 만나고 있다.

"웬일이야?"

오훈삼이 물었다.

오후 5시, 밀실 안에는 둘뿐이다.

고대형이 헛기침부터 했다.

"상하이 소식 들었지?"

"그럼."

오훈삼의 얼굴에 쓴웃음이 번졌다.

"상하이가 태기용의 수중에 들어갔더구만."

"이제 강방원의 시대는 끝났어."

"태기용의 시대인가?"

나이는 오훈삼이 많지만 칭다오에서 자주 만나다 보니까 둘은 친구가 되었다.

그때 고대형이 말했다.

"오 형, 베이징으로 가."

"뭐? 왜?"

"곧 강방원이 연락해 올 거야."

"나한테? 그 자식이?"

"그래. 태기용 대신 고문 역할을 해달라고 할 거야."

"이젠 칭다오 지부장 자리도 빼앗겠단 말이지? 그리고 쥐꼬리만 한 월급 갖고 살라는 거지. 이 개자식들."

눈을 치켜뜬 오훈삼이 고대형을 보았다.

"누가 그 이야기를 해?"

"정보가 있어. 그리고 이번 베이징행은 우리가 기획한 거야."

오훈삼이 숨을 죽였고 고대형의 말이 이어졌다.

"곧 강방원한테 정부 고위층에서 압력을 넣을 거야. 네가 살려면 네 옆에 고문으로 오훈삼을 임명해서 대리인 역할을 맡겨야 한다고 말야."

"……"

"그럼 오 형이 강방원 대리인 역할로 전국의 삼합회를 주무르는 거야."

"……"

"물론 거부 반응을 일으키는 고위급 간부가 있겠지. 몇 놈이나 될 것 같아?"

"열댓 명."

"우리 계산으로 20명이 넘던데."

"나도 따져봤어. 너댓 놈은 병신 같은 놈이야."

"말 들어보니까 베이징으로 갈 욕심이 있구먼그래."

"삼합회를 장악하는 건 내 꿈이었어."

오훈삼의 눈이 흐려졌다.

"내가 홍콩에 있을 때부터 말야."

"내가 기다리라고 했잖아?"

"강방원을 눌러만 준다면 자신이 있어. 더 잘해낼 수 있다고."

"부하들 다 데리고 갈 수 있지?"

"이제는 가능해."

어깨를 편 오훈삼이 번들거리는 눈으로 고대형을 보았다.

"전춘이 국가보안국에 가 있어."

황비자오가 쓴웃음을 띤 얼굴로 이동욱에게 말했다.

상하이 공안 수사국장실 안이다.

오후 3시 반.

황비자오는 오늘 출근해서 사무실에 찾아 온 이동욱과 앉아 있다.

"국가보안국에 알아보았더니 출근을 했다는 거야."

"당신이 보이지 않으니까 눈치를 채고 재빠르게 피신한 거지."

이동욱이 말을 이었다.

"실제로 우리가 제거하려고 했어. 그런데 한 발 먼저 빠져나간 거야."

"그럼 천중수하고 다른 계획을 세울 것 아닌가?"

"누가 먼저 선수를 치는가에 달렸지."

"내가 할 일은 없나?"

"삼합회 체포한 놈들은 그대로 재판에 넘기도록 해."

"그건 됐고."

황비자오가 번들거리는 눈으로 이동욱을 보았다.

"방현기가 어디서 튀어 나오지는 않겠지?"

"그럴 일 없어."

"하상옥이 아무 소리 않고 있는데 갑자기 내 뒤통수를 치지는 않겠지?"

"걱정 마. 그놈은 식물 부장이 되어 있으니까."

이동욱이 웃음 띤 얼굴로 주머니에서 쪽지를 꺼내 황비자오에게 내밀었다.

"이거, 혈우회 간부 명단이야. 폭력배 소탕한다는 명분으로 체포해줘."

황비자오가 쪽지를 받으면서 물었다.

"이젠 혈우회 잡으려는 거야?"

"하급 간부들 포섭 중이니까 어느 정도 시간이 지나면 추경산을 제거할 거야."

"그 추경산이 하상옥 빽을 믿고 날뛰다가 지금은 전화도 안 하더군. 하상옥이 쥐약 먹은 쥐가 된 것을 아는 눈치야."

그러고는 정색했다.

"내 경호는 계속 해주는 거지?"

"30분쯤 후에 내가 연락할 테니까 기다리고 있어. 경호원 셋을 보낼게."

세상에, 공안 고위 간부의 경호를 이동욱이 맡고 있는 것이다.

황비자오가 공안을 믿지 못하고 있기 때문이다.

국가보안국 부국장 천중수는 국가주석 장평국을 언제라도 만날 수 있는 유일한 사람이다. 공식적으로 정부 관리 서열로는 2위인 총리 목정대도 최소한 하루 전에 면담 신청을 해야 된다. 그런데 천중수는 2시간 전에 예약만 하면 만날 수 있는 것이다.

오후 4시 반.

천안문 안 인민대회당의 주석실에서 장평국과 천중수, 둘이 마주 보고 앉아 있다. 뒤쪽에 주석 비서 서공수가 조각상처럼 서 있다.

그때 천중수가 말했다.

"주석 동지, 이번 상하이의 삼합회 소탕 작전은 기득권 세력을 무너뜨리는 분

파 세력의 음모일 가능성이 많습니다."

장평국은 68세. 단정한 용모에 머리는 염색을 했지만 검고 윤기가 난다. 중키에 다부진 체격, 50대쯤으로 젊어 보인다.

장평국은 표정 없는 얼굴로 시선만 주었고 천중수의 말이 이어졌다.

"삼합회 간부들을 대거 체포하면서 상하이 기존 서열을 깨트렸습니다. 일개 공안 수사국장이 공안부장, 시당서기를 압박해서 허수아비로 만들었습니다. 이 수사국장의 배후에 후진명 상임위원과 목정대 총리가 있는 것 같습니다."

"……."

"상하이의 삼합회는 이미 삼합회에서 떨어져 나가 고문이었던 태기용이 장악했습니다. 수사국장 황비자오, 그리고 그 배후 세력의 선봉대 역할이 되었다고 봐야 합니다."

"……."

"이대로 두면 삼합회가 후진명, 목정대 일파에게 장악될 가능성이 있습니다. 그리고……."

"잠깐만."

장평국이 말을 잘랐기 때문에 천중수가 숨을 들이켜면서 입을 다물었다.

그때 장평국이 눈을 가늘게 떴다.

"너 정신 나갔냐?"

"예?"

"너는 삼합회를 정부기관이나 민간 사업체로 생각하고 있는 거냐?"

"그, 그것은……."

"후진명은 삼합회를 깨려고 하고, 그럼 나는 삼합회를 보호하는 그림을 그리려고 하는 거냐?"

이제는 입만 벌린 천중수를 향해 장평국이 말을 이었다.

"너, 그 구도로 내가 행동했다가 표면에 드러나면 어떻게 될 것 같으냐? 생각을 해봐라, 이 벼락을 맞아 뒈질 놈아."

"……."

"후진명이 어떻게 떠들지 생각을 해보라니까, 이 머저리야."

"제가 잘못했습니다."

"대의원 회의가 한 달 후야, 이 개새끼야."

"죽을 죄를 지었습니다."

"대의원들한테 떠들면 어떻게 될 것 같으냐?"

"당장 상하이에서 철수시키겠습니다, 주석 동지."

그때 장평국이 잇새로 말했다.

"그놈들도 내 의도를 알고 움직이는 거다. 교활한 놈들이야."

"……."

"삼합회는 다시 찾으면 돼. 하지만 이대로 당할 수는 없지."

장평국의 얼굴에 일그러진 웃음이 떠올랐다.

방으로 들어선 위광서를 보자 강방원이 자리에서 일어섰다.

베이징 북서쪽 교외의 주택단지 안.

이곳은 청(淸) 시대의 고관 저택이다.

"어서 오십시오."

강방원이 고개를 숙여 인사를 했다.

위광서는 중국 공안 본부 총부장 국성환의 수석 보좌관이다. 국성환의 손과 입 노릇을 하는 터라 '어사'라고도 불린다.

눈으로만 인사를 한 위광서가 앞쪽 자리에 앉는다.

오후 5시 반.

오늘은 위광서가 공안총국 부장 국성환의 지시를 받고 온 것이다.

위광서는 55세. 공안총국 국장급으로 각 성의 공안부장과 같은 서열이다.

방 안에는 위광서의 수행원인 공안 간부 하나와 강방원의 측근 윤한까지 넷뿐이다.

그때 위광서가 입을 열었다.

"강 회장, 삼합회하고 강 회장이 살아갈 방법이 딱 하나가 있소."

강방원이 숨을 들이켰다.

이곳 저택에서 은신한 지 15일째, 그야말로 피가 마르는 하루하루다.

이미 상하이 삼합회는 태기용이 접수해서 강방원에게는 연락이 끊긴 지 10일째가 되어간다. 들리는 소문으로는 상하이의 간부 대부분이 새로 임명되었고 모두 태기용에게 충성 맹세까지 했다는 것이다.

위광서가 말을 이었다.

"고문을 하나 임명해서 회장 대리를 맡기시오. 그리고 강 회장은 일선에서 물러나 있으면 됩니다."

"……"

"물론 강 회장은 회장 직위를 그대로 유지하고 계시오. 그리고 강 회장의 재산은 보호해드리도록 하겠소."

"……"

"외국에 나가도 좋습니다. 가족과 함께 말이오."

"……"

"다만 조직에 관계하지 않는 조건으로 말이오."

"누가 고문이 됩니까?"

강방원이 쥐어 짜내는 것 같은 목소리로 묻자 위광서가 바로 대답했다.

"칭다오 삼합회 지부장 오훈삼이 적당합니다."

"……"

"그 사람이면 강 회장이 만든 삼합회를 차질 없이 운용해 나갈 것 같습니다."

"……"

"물론 우리는 오훈삼과 강 회장의 관계를 잘 관리해 드릴 테니까 다른 걱정은 안 하셔도 됩니다."

그때 강방원이 외면한 채 말했다.

"알겠습니다. 그렇게 하지요."

"강 회장이 지금까지 우리 중국 정부를 도와준 공은 잊지 않을 겁니다."

"총부장님 심정도 이해한다고 전해 주시지요."

"무슨 말입니까?"

"총부장님이 이런 결론을 내지 않았을 테니까요. 그래서 이해한다는 겁니다."

이번에는 위광서가 입을 다물었고 강방원이 말을 이었다.

"정부의 공권력과 밀착되니까 조직이 순식간에 불어나더니 망하는 것도 눈 깜짝하는 사이군요."

"조직은 살아 있지 않소?"

위광서도 외면한 채 되물었다.

"지휘부만 바뀌는 것이지."

"어쨌든 내가 복귀할 날은 있을까요?"

"잊고 계시는 것이 나을 겁니다."

"정부의 지휘부도 바뀌는 겁니까?"

"내가 알 바 아닙니다."

"어쨌든 나는 양쪽으로부터 타깃이 되어 있는 입장이군요."

강방원이 길게 숨을 뱉었다.

이것도 예상하고 있었는지 담담한 표정이다.

술잔을 내려놓은 하종이 부하에게 물었다.

"얼마나 필요하다는 거냐?"

"예, 얼마든지 가져오면 팔 수 있답니다."

부하가 말을 이었다.

"가격도 올릴 수 있을 것 같습니다."

하종이 쓴웃음을 지었다.

"그건 안 되지, 토요회와 가격을 맞춰야 하니까."

이곳은 오송강변의 개장국 식당 안.

5평 규모의 식당에는 하종과 경호원 둘, 그리고 밖에서 방금 들어온 부하까지 넷만 있는데도 꽉 찬 것 같다.

오후 6시 반.

강변 쪽에 장식용 전등을 달아 놓아서 식당 안까지 색색의 빛이 비치고 있다.

이번에 오송강변을 중심으로 판매한 헤로인 사업은 열흘 만에 혈우회의 1년 분 이익금을 초과했다.

하종은 곽청한테서 북한산 헤로인 15킬로를 원가로 사서 13배의 이득을 낸 것이다.

그것을 순식간에 소진한 후에 소매상으로 뛰던 부하들이 헤로인을 더 달라고 난리인 것이다.

그러니 혈우회의 마약 사업 책임자인 하종이 즐거운 비명을 지를 수밖에.

고개를 든 하종이 부하에게 말했다.

"우리는 한 달에 한 번씩 영업을 할 거다. 그렇게 알도록 해."

"예, 전무님."

그때 식당 안으로 사내 둘이 들어섰다.

구석 쪽 식탁이 하나 남았기 때문에 주인이 사내들을 안내했다.

226

그쪽 식탁으로 다가가던 사내 둘이 하종의 옆을 지나다가 멈춰 섰다.

그때 사내들이 동시에 가슴 주머니에서 권총을 꺼내더니 하종과 부하들을 쏘았다.

"퍽, 퍽, 퍽, 퍽."

1미터에서 2미터 사이의 표적 넷이 순식간에 이마와 가슴을 맞고 식탁과 의자와 함께 넘어졌다.

놀란 주인이 입만 딱 벌리고 서 있었기 때문에 사내 하나가 손가락을 세로로 입에 붙였다.

사내들이 식당을 나갔을 때에 안에서는 아무 소리도 나지 않았다.

그 시간에 혈우회장 추경산이 탄 승용차가 황푸강변의 중식당 '대청각' 앞길로 들어서고 있다.

대청각은 2층 식당으로 황푸강의 야경을 보기에 가장 좋은 곳이라고 소문이 난 곳이다.

강변으로 들어선 차가 대청각 현관 쪽으로 우회전을 했을 때 앞에서 식품 회사 트럭이 다가왔다. 대청각에 들렀다가 나오는 것 같다.

운전사가 트럭이 지나가도록 잠깐 멈춰 섰다.

그것은 트럭이 지나가야 좌회전을 해서 대청각에 들어갈 수 있기 때문이다.

그때다. 트럭이 갑자기 승용차를 덮쳤다.

"쿵!"

승용차의 왼쪽 부분을 들이받아 버린 것이다.

그 순간 승용차는 옆으로 밀리더니 강변에 처진 나무 울타리를 부수면서 황푸강으로 추락했다.

울타리에서 강까지는 20미터쯤 되었는데 이쪽은 바닥이 바위다.

"쾅!"

승용차가 바위에 부딪쳐 종이처럼 구겨지면서 폭발했다.

5장 대륙의 여왕

싱가포르의 컨티넨탈호텔 33층 라운지의 밀실.

이광과 해밀턴, 안학태가 들어서자 자리에 앉아 있던 후진명과 비서 이정편이 자리에서 일어섰다.

오후 7시 정각.

후진명은 싱가포르에서 열리는 아시아 경제 장관 회의에 중국 대표단을 이끌고 온 것이다. 후진명은 당 상임위 경제위원이기도 하기 때문이다.

"반갑습니다."

이광과 후진명은 첫 독대다.

그동안 전화도 하지 않았다. 그러나 악수를 나눈 둘은 웃음 띤 얼굴이다.

후진명은 64세, 이광은 55세다.

원탁에 둘러앉았을 때 후진명이 먼저 입을 열었다.

"전에 등소평 군사위 주석님 생전에 제가 먼발치에서 이 회장님을 뵌 적이 있습니다."

"아, 그렇습니까?"

이광이 반색했다.

"10년도 더 전 아닙니까?"

"12년쯤 전이었습니다."

등소평은 1994년에 모습을 감췄다.

모습을 감추기 전에 장평국 시대를 만들어 주고 간 것이다.

"반갑습니다. 그런 인연이 있었군요."

"저는 그때 군사위 후보위원이었기 때문에 감히 등 주석님과 이 회장님 근처에 가지도 못했지요."

"겸손하신 말씀을 다 하십니다."

"등 주석께서 살아계셨다면 장 주석의 이런 행태를 좌시하지 않으셨겠지요."

후진명이 부드럽게 말머리를 돌렸다.

"저는 그렇게 믿으면서 스스로 힘을 얻습니다."

"저도 등 주석님으로부터 받은 은혜가 있습니다. 힘껏 돕겠습니다."

"정관계, 그리고 인민들의 조직 속에서도 부패하고 권력을 쥐려는 일당이 아직도 많습니다. 한 번만 실수를 해도 위험한 상황입니다."

후진명이 굳은 얼굴로 말을 이었다.

"첫째로 이번 달 말에 열릴 예정인 전국 인민위원회 임시총회에서 당 중앙위 상임위원 4명을 증원하려는 공작을 무산시켜야 합니다."

전국 인민위원회에서 4명 증원이 의결되면 당 중앙위원회가 다시 의결을 해서 4명을 선임하는 것이다.

전인민회원은 1만 명, 중앙위원회는 1천 명이다.

그 1천 명 중앙위원 중에서 뽑힌 후보위원 35명, 중앙상임위원 10명이 국정을 좌지우지한다. 그러나 실세는 중앙 상임위원 10명인 것이다.

그때 이광이 말했다.

"임시총회를 무산시키려면 엄청난 힘이 듭니다. 그리고 장 주석이 오래전부터 작업을 해놓아서 이미 늦었습니다."

고개를 돌린 이광이 해밀턴을 보았다.

그러자 해밀턴이 말을 이었다.

"장 주석이 증원할 상임위원 4명을 후보위원에서 고를 가능성이 많습니다. 그래서 우리가 그들을 추적해서 손을 쓰도록 하는 것이 나을 것 같습니다."

"으음!"

신음을 뱉은 후진명이 고개를 끄덕였다.

"나는 여러 가지 제약이 많고 감시를 받고 있어서 그 일을 맡길 수밖에 없네요."

그때 해밀턴이 물었다.

"지금 장 주석의 가장 강력한 지원 세력이 군부(軍部) 아닙니까?"

"그렇습니다. 장 주석이 군사위 주석도 겸하고 있는 데다 부주석 왕홍만이 최측근입니다. 베이징관구 사령관까지 심복으로 심어 놓아서 최악의 경우에는 군을 동원하면 다 끝납니다."

이광이 고개를 끄덕였다.

"이달 말, 대의원총회는 그대로 진행시키도록 하십시다."

후진명의 시선을 받은 이광이 말을 이었다.

"장 주석이 후보위원 4명을 누구로 예상하고 있는지를 알아내는 것이 중요해요. 예비후보 35명 중에 포함되어 있겠지만 말입니다."

"알겠습니다. 저도 알아보지요."

"그동안 지지 세력을 규합해 두시도록 하세요."

"알겠습니다."

후진명이 정색하고 이광을 보았다.

"중국의 운명이 달려 있는 거사입니다. 부패한 패권 국가는 등 주석의 유훈에 어긋나는 것입니다. 나는 이미 목숨을 걸었습니다."

후진명의 표정이 비장해졌다.

"'나'라고 강조하는군요."

돌아오는 차 안에서 해밀턴이 이광에게 말했다.

"'우리'라고 하지 않았습니다."

'우리'란 후진명과 목정대다.

둘의 공동 통치를 계획하고 있었기 때문이다.

"그것보다 상임위원 후보가 누구인지를 알아내야 돼."

이광이 말했다.

"장 주석 주변에 정보망을 깔아놓고 매수해야 될 거야."

"제가 오늘 밤에 다시 후진명을 만날 테니까요."

해밀턴이 말을 이었다.

"구체적인 계획을 세워야죠."

해밀턴은 밤에 다시 후진명과 만나기로 한 것이다.

"오랜만에 뵙습니다.

오훈삼이 고개를 숙이며 정중하게 인사를 했지만 강방원은 외면했다.

그러나 대답은 했다.

"그래. 잘 왔어."

베이징의 은신처로 사용되는 저택 안.

응접실에 잠깐 정적이 덮였다.

오훈삼은 간부급 부하 다섯을 데리고 응접실 안까지 들어왔는데 저택 안에
도 10여 명이 있다. 마치 점령군의 분위기다.

저택 안에 경비원 대여섯 명밖에 없었던 강방원은 당황했고 분노가 치밀어
올랐어도 어쩔 수 없다. 저택 밖에는 공안이 감시하고 있기도 했다.

강방원의 옆에는 비서실장 양홍이 앉아 있다.

그때 강방원이 입을 열었다.

"내가 전국의 지부장한테 연락을 하지. 이번 토요일에 지부장 총회를 열 테니까 그때 발표를 할 거다."

"예, 그렇게 하시죠."

고개를 끄덕인 오훈삼이 웃음 띤 얼굴로 강방원을 보았다.

"그때까지 저도 여기 있으면서 회장님과 인수인계를 해야겠습니다."

"알았다."

저택에는 방이 30개나 되었기 때문에 문제될 건 없지만 강방원은 달갑지 않은 표정이다.

오훈삼이 말을 이었다.

"앞으로도 잘 모시겠습니다."

"그동안 나한테 서운한 감정이 있다면 이제 풀어. 인간사 새옹지마야."

"그렇습니다."

"난 언젠가 자네를 내 후계자로 삼을 예정이었지, 믿기지 않겠지만."

"감사합니다."

"여기 있는 양홍을 보좌관으로 써주면 도움이 될 거야. 모르는 일은 물어보도록."

"고맙습니다."

"내 주변은 일절 건드리지 않는다는 이야기 들었지?"

"예, 들었습니다."

"그럼, 됐어."

"오늘 저녁부터 영업장, 재산 관리에 대해서 상의를 하시지요. 그리고."

오훈삼이 말을 이었다.

"토요일에 회장님이 그것까지 다 발표를 하셔야 될 테니까요. 그리고 인사 개

편도."

"개편안이 있나?"

"예, 갖고 왔습니다."

오훈삼의 얼굴에 웃음이 떠올랐다.

"회장님께선 그대로 발표만 해주시면 됩니다."

강방원이 오훈삼의 시선을 받고는 외면했다.

어쩔 수가 없는 일이다.

여기서 시비를 걸었다가 목숨을 부지할 수도 없는 것이다.

이놈 뒤에는 정부 세력이 있다.

지금까지 강방원이 만들어 온 배경이 다 뒤집혔다.

"이봐, 홍만."

장평국이 부르자 왕홍만이 고개를 들었다.

"예, 주석 동지."

"지금 분위기가 심상치 않다."

"예, 짐작하고 있습니다."

왕홍만이 말을 이었다.

"후진명 일당이 공안을 거의 장악한 것 같습니다. 그리고 국가보안국도 제대로 기능을 발휘하지 못하고 있습니다."

장평국이 심호흡을 했다.

오후 6시 반, 이곳은 베이징 북쪽 교외의 주석 별장이다.

넓은 응접실에는 장평국과 주석 비서 서공수, 그리고 왕홍만까지 셋이 둘러앉아 있다.

장평국이 말을 이었다.

"이번에 삼합회를 무력화시키는 바람에 우리가 타격을 입었어. 이대로 가면 후보를 늘린다고 해도 분위기가 나빠져."

"후진명의 배후가 수상합니다."

왕홍만이 장평국을 보았다.

"공안 간부들의 약점을 잡고 있는데 정보력이 대단한 것 같습니다."

"그놈이 군사위원회에는 접근하지 못해."

"그것이 우리에게는 강점이지요."

"어떻게든 이번 상임위원 증원을 막으려고 할 거야."

"이미 상하이는 후진명이 장악하고 있다고 봐야 합니다. 시당서기 강수전이나 공안부장 하상옥도 지금 허수아비가 되어 있습니다."

"공안 수사국장 놈이 놈들의 대리인인가?"

"예, 칭다오 공안부 국장에서 수직 상승한 놈입니다."

"그놈이 상하이 삼합회를 무력화시키고 나서 이번에 삼합회장 강방원이가 물러나게 되었지?"

"예, 그 배후가 후진명입니다."

"군사위 작전부를 동원하도록."

마침내 장평국이 지시했다.

"수호팀을 만들도록 해. 이젠 군사위를 동원할 수밖에 없다."

"예, 주석 동지."

왕홍만이 고개를 끄덕였다.

"놈들한테 기선을 빼앗겼다고 해도 우리 세력이 놈들의 10배는 되니까요."

"방심하지 마라."

"예, 주석 동지."

"몇십분의 일밖에 안 되는 반대파한테 넘어갈 수도 있어. 방심하다가 말야."

장평국의 눈이 번들거렸다.

매사에 신중하고 철저한 장평국이다.

석종문, 52세, 후베이성 우한(武漢) 출신. 시골 마을의 말단 서기에서부터 시작해서 우한시 당서기를 거쳐 당 중앙 상임위원회 후보위원 35명 중의 한 명이 된 인물.

마을의 서기였을 때 옥수수튀김 장사를 해서 가족을 먹여 살렸다는 일화로 유명해졌다.

철저한 공산주의자. 모 주석 숭배자로 등소평을 비판했다가 1년간 하방당한 적도 있다.

하방이란 관리들에게 귀양살이나 같다, 시골 농장이나 집단 수용소로 보내져서 정신 교육을 받게 하니까.

하방에서 돌아오지 못한 관리가 90퍼센트 이상인데 석종문은 장평국이 복귀시켜 후보위원까지 승진시켰다.

오후 8시 반.

고개를 든 해밀턴이 고대형에게 말했다.

"석종문은 완벽한 상임위원감이야."

해밀턴이 고개까지 저었다.

"전혀 약점이 없어. 지금도 30평짜리 연립주택에 살고 딸은 국립의료원 의사인데 자전거로 출퇴근을 한다고."

이곳은 서울의 리스타상사 별관 안, '중국작전본부' 사무실이다.

중국에서 날아온 고대형이 해밀턴과 회의 중이다.

고대형이 서류에서 시선을 떼었다. 지금까지 석종문의 자료를 본 것이다.

석종문이 이번에 장평국이 증원할 예정인 당 중앙상임위원 후보 4명에 낄 가능성이 많다.

석종문도 당 중앙상임위원회 후보위원 35명 중 하나다.

"약점 없는 인간이 없습니다. 추적해 보겠습니다."

자료에는 35명 후보위원에 대한 모든 행적이 적혀 있다.

그리고 아직 장평국이 석종문을 추천한 것도 아닌 것이다.

고대형이 말을 이었다.

"제가 베이징에 상주하면서 직접 관리하겠습니다."

고대형이 베이징의 정관계 전쟁에 뛰어든다는 것이다.

삼합회는 오훈삼에 의해 장악되었다.

관(官)이 밀착되었던 삼합회는 자생력을 잃었고 또한 관에 의해 철저하게 파악되었기 때문에 당연한 결과였다.

오훈삼은 그 내막을 아는 터라 거세된 짐승처럼 양순해진 지도부를 단숨에 장악했다. 심지어 강방원이 연락 겸 정보원 역할로 측근에 보낸 양홍마저 심복으로 만들었다.

강한 자에게는 모이고 힘 떨어진 자에게는 떨어진다는 것이 세상의 진리다.

오훈삼은 전에 홍콩 지부장 시절에 데리고 있던 옛 부하들을 모조리 불러 측근과 요직에 임명했기 때문에 꿈을 이룬 셈이었다.

이제 오훈삼이 할 일은 그렇게 만들어준 은인들을 위해 보답을 해주는 일이 남았다.

그리고 그렇게 하지 않으면 이루어진 꿈이 무너지게 된다.

따라서 공생공사다.

오전 10시, 오훈삼이 상하이에서 상경한 상하이 지부의 부지부장 겸 행동대장 오탁지를 만나고 있다.

"어, 상하이로 내려가서 잘된다며?"

오훈삼이 웃음 띤 얼굴로 물었다.

초록이 동색이라고 오훈삼과 오탁지는 같은 쿠데타 세력이다.

오탁지가 먼저 태기용과 함께 상하이로 내려가 상하이 삼합회를 접수했고 이어서 오훈삼이 베이징의 상하이 본부를 접수했으니까, 이번에 오훈삼은 '회장직무대행'이 되어 간부 개편을 했는데 오탁지를 상하이 삼합회의 부지부장 겸 행동대장으로 임명했다.

오탁지는 직영 영업장 350개를 관리하면서 행동대를 장악한 실세다. 더구나 부지부장인 것이다. 지부장 태기용의 신임을 받고 있는 터라 소원을 이룬 셈이다.

오탁지가 고개를 숙였다.

"예, 회장님 덕분입니다."

"회장은 무슨, 직무대행 겸 고문이야."

"겸손하실 필요 없습니다."

"그럴게, 우리끼리는 다 아는 사이니까."

"지난 달 헤로인 판매에서 발생한 이익금이 2천만 불입니다. 50퍼센트인 1천만 불을 어떻게 할까요?"

"여기다 입금시켜."

오훈삼이 오탁지에게 쪽지를 내밀었다.

쪽지를 받은 오탁지가 오훈삼에게 말했다.

"이번 달에는 물량을 늘렸는데 괜찮겠습니까?"

"갑자기 늘리면 문제가 돼. 상하이는 아직 안정이 안 되어서 이목이 쏠려 있는 상황이란 말야."

정색한 오훈삼이 말을 이었다.

"정국이 안정되면 내가 부지부장이 원하는 대로 해줄 테니까."

"알겠습니다."

오탁지가 선선히 수긍했다.

북한산 헤로인은 이제 삼합회 회장 대행 오훈삼이 관리하게 된 것이다.

상하이 지부뿐만 아니라 전국의 50개 지부에 배급될 예정이다.

칭다오에 있을 적에 고대형이 약속을 한 대로 오훈삼은 마약 관리를 하게 되었다. 그것도 몇백 배나 크게.

"오빠, 이 냄새 맡아봐."

해물탕이 앞에 놓였을 때 황연이 웃음 띤 얼굴로 말했다.

황푸강변의 해물 식당 '수궁'의 특실 안.

황연과 이동욱이 식탁에 앉아 있다.

오후 8시, 열린 창밖으로 불빛 가득한 황푸강이 보인다.

"음, 과연."

냄새를 맡은 이동욱이 고개를 끄덕였다.

잡어탕이다.

이름 모를 고기가 뒤섞였고 야채나 양념도 갖가지여서 보기에도 요란했지만 냄새도 좋았다.

중국 요리에 맛을 붙이는 중이어서 이동욱이 젓가락으로 끓고 있는 해물탕의 채소를 섞으면서 침을 삼켰다.

"이 요리 이름이 뭐라고?"

"14선탕."

"무슨 말이야?"

"14종류의 생선, 14종류의 채소와 14종류의 양념."

"젠장. 14놈이 14병의 술을 마시는 건 아냐?"

“이 식당에서 지은 요리 이름이야.”

“잘도 지어냈네.”

그러다가 채소를 뒤적이던 이동욱이 젓가락을 빼더니 놀라 소리쳤다.

“아니, 이게 뭐야?”

놀란 황연이 눈을 크게 떴을 때 이동욱이 젓가락을 내밀었다.

“14선탕에 이게 들어 있어!”

황연이 젓가락에 끼어진 물체를 보았다.

눈앞에서 반짝이는 것이 반지다.

입을 딱 벌린 황연에게 이동욱이 젓가락을 더 내밀었다.

“고기 14마리 중에 한 마리 뱃속에 들어 있었던 것 같다.”

“……”

“고기가 많은 해물탕을 주문하기 잘했어.”

젓가락에 낀 반지는 다이아 반지다. 불빛을 받아 흔들거리면서 반짝인다.

“5캐럿은 되겠는데. 횡재했다.”

“오빠.”

“해물탕 속에 다시 담글까?”

그때 황연이 젓가락에서 반지를 빼더니 제 손에 끼었다.

딱 맞는다.

반지를 내려다보면서 숨만 쉬는 황연의 머리끝에 대고 이동욱이 말했다.

“너한테 제대로 된 결혼반지를 끼워주지 못해서……”

“……”

“고맙다, 연아.”

국이 끓어댔기 때문에 이동욱이 불 세기를 낮췄다.

숙소는 북경동로 위쪽, 황푸강과 만나는 오송강 하류 근처의 2층 저택이다.

본채와 부속채가 딸려서 이동욱은 황연과 함께 본채를 사용했고 경호원 8명은 부속채에서 지낸다.

식사를 마친 이동욱 일행이 저택 대문 앞에 도착했을 때는 오후 11시쯤 되었다. 철문이 자동으로 벌어지면서 열렸고 2대의 승용차가 50미터쯤 숲길을 달려 현관 앞에 멈췄다.

저택의 불은 환하게 켜졌고 현관 앞에는 하인 둘이 마중 나와 서 있었다.

차에서 내린 이동욱이 황연이 내리기를 기다렸다가 같이 발을 뗀 순간이다.

갑자기 황연이 이동욱에게 몸을 부딪쳤다.

이동욱이 엉겁결에 황연의 어깨를 감싸 안았지만 팔이 올라가지 않았다.

다음 순간, 황연이 넘어졌기 때문에 이동욱도 따라서 땅바닥에 쓰러졌다.

"앗!"

옆쪽에서 놀란 경호원의 외침이 울렸다.

그때서야 쓰러졌던 이동욱은 어깨에 통증을 느끼고는 반사적으로 황연의 몸을 다른 손으로 감싸 안았다.

그때 경호원 하나가 소리쳤다.

"저격이다!"

다음 순간, 차체에 부딪치는 금속음이 날카롭게 울렸다.

이동욱이 황연을 감싸 안고 몸을 굴렸다.

두 번 굴러서 옆쪽 계단 옆에 멈췄을 때 경호원이 발사한 총성이 울렸다.

"탕! 탕! 탕!"

그러나 이동욱은 그쪽을 무시한 채 황연을 내려다보았다.

"연아!"

소리치자 황연이 눈동자의 초점을 잡았다.

조금 벌린 입가에서 검은 피가 흘러내렸다.

"연아!"

"탕! 탕! 탕!"

총성 속에서 황연이 입을 열었다.

"오빠, 몸이……."

"아, 괜찮아!"

이동욱이 머리를 들고 소리쳤다.

현관의 등빛에 비친 황연의 가슴이 어느새 검은 피로 범벅이 되어 있다.

"의사를!"

이동욱이 소리쳤을 때 황연이 손을 들어 이동욱 앞에 손가락을 벌렸다.

다이아 반지가 반짝이고 있다.

그때 황연의 눈동자에 초점이 흐려졌다.

10분 후, 응접실 안.

황연이 소파 위에 반듯이 누워 있다. 시신이다.

이동욱은 어깨에 총상을 입었지만 관통상이다.

총탄이 이동욱의 어깨를 뚫고 황연의 심장을 찢어놓았다.

이동욱은 어깨를 놔둔 채 황연을 내려다보고 있다.

경호원 둘이 옆에 서 있고 나머지는 지금도 밖에 있다.

경호원 하나도 저격을 당해 사살되었고 암살자는 도망쳤다.

이동욱이 물끄러미 황연을 내려다본 채 움직이지 않는다.

"국가보안국인 것 같다."

그날 밤, 고대형이 이동욱에게 말했다.

지금 고대형은 베이징에서 전화를 한다.

사건 발생 2시간쯤 후, 상하이에 있던 곽청이 고대형에게 연락을 한 것이다.

"내가 미안하다."

고대형이 잔뜩 가라앉은 목소리로 말했다.

"어쩌다 이렇게 되었단 말인가? 정말 안타깝다."

바로 대책이나 주의사항을 말해줄 줄 알았더니 한탄을 하는 바람에 이동욱은 숨을 들이켰다.

암살자는 왼쪽에서 자신을 겨냥하고 쏘았는데 총탄이 어깨를 뚫고 황연에게 맞은 것이다.

그놈은 4백 미터 거리의 저택 옥상에서 쏘았다. 사격 솜씨가 형편없는 놈이었다.

"제가 잘 수습하겠습니다."

이동욱이 말을 이었다.

"작업에 지장은 없습니다."

그 순간, 이동욱의 눈에서 눈물이 흘러내렸다.

자신이 무심결에 뱉은 말을 들었기 때문이다.

황연, 네가 죽어도 작업에 지장이 없다니. 내가 너한테 죄를 지었다. 네 죽음을 어느새 '계산'하고 있었구나.

응접실에 혼자 있었지만 이동욱은 고개를 숙여 눈물을 감췄다.

계속해서 흘러내린 눈물이 턱 밑으로 뚝뚝 떨어지고 있었지만 놔두었다.

황연의 시체는 시골로 옮겨 화장시킬 예정이다.

피살당했다고 신고를 하면 주목을 받을 것이기 때문이다.

"이동욱을 베이징으로 옮겨야겠어."

해밀턴이 둘러앉은 간부들에게 말했다.

서울, 오전 8시 반.

사무실로 출근하자마자 해밀턴은 간부 회의를 소집했다.

간부들 중에는 CIA 소속도 있다.

해밀턴이 말을 이었다.

"상하이는 접수했으니까 이제는 베이징에서 뛰어야 돼."

이동욱은 이번 작전의 선봉이며 특공대 역할이다.

상하이에 파견되고 나서 작전을 성공시켰다.

상하이를 장악한 것이다.

토요회에서 기반을 잡은 후에 혈우회를 끌어 들였고 마침내 삼합회를 장악
했다. 이제 삼합회는 혈우회, 토요회까지 방계 조직으로 거느리고 공안을 이용
하고 있다.

그때 해밀턴이 길게 숨을 뱉었다.

"일단 서울로 불러서 위로부터 해줘야겠다. 좀 쉬게 해줘야지."

상하이에서 서북쪽으로 50킬로쯤 떨어진 바닷가 어촌, 저명.

뒤쪽이 바로 들판이어서 반농, 반어업을 하는 이 마을이 황씨촌이다.

황연의 6대조가 이곳에서 상하이로 진출, 토요회를 만든 것이다.

황씨촌에는 육지 쪽으로 뚫린 길에 비각이 세워져 있었는데 6대조 이름부터
황성, 황연까지 이름이 기둥에 새겨져 있다.

부슬부슬 겨울비가 내리는 산천은 잔뜩 흐리다. 바다 쪽에서 불어오는 해풍
을 피해 모두 서둘러 사당으로 들어섰다.

이동욱은 황연의 유골함을 가슴에 안고 촌장의 뒤를 따라 안쪽으로 다가갔
다. 마을 노인 대여섯 명, 그리고 토요회 고문 채소기와 원로 윤창, 대여섯 명의

간부들 그리고 곽청과 홍진우 등이 사당에 들어섰기 때문에 작은 사당이 꽉 찼다.

최소한으로 인원을 줄였기 때문에 이 정도가 된 것이다.

식은 간단했다.

안쪽의 휘장을 걷고 검은 칠을 한 철제 캐비닛을 열고는 황연의 유골함을 몇 달 전에 죽은 황성의 옆에 놓으면 된다.

위쪽에 두 남매의 부모가, 그 위에는 조부모, 이렇게 6개의 유골함이 차 있다.

이동욱은 유골함을 열어 넣으면서 꽉 쥐었다가 손을 떼었다.

허리를 폈더니 마을 원로가 철문을 닫고 열쇠를 채운다.

뒤에 선 사람들은 모두 숨도 죽이고 있어서 문 닫히는 소리는 물론 열쇠 돌리는 소리까지 선명하게 들린다.

휘장이 닫히자 이동욱은 몸을 돌렸다.

수십 명을 마주 보는 위치에 섰지만 눈이 흐려져서 사람들이 둥둥 떠 있는 것 같다.

마을 노인들과 함께 사당을 나왔을 때 누가 앞을 가로막았다.

"나다."

고대형이다.

시선이 마주치자 고대형이 이동욱의 팔을 잡고 옆으로 끌었다.

"저쪽으로 가자."

고대형의 뒤로 박철이 따르고 있다.

이동욱의 시선을 받은 박철이 눈인사만 했다.

마을에서 기다리고 있었던 것 같다.

사당 옆쪽의 허름한 흙집 마룻방으로 들어선 그들은 나무 걸상에 둘러앉았다. 곽청까지 따라 들어와서 방 안에는 넷이다.

그때 고대형이 먼저 입을 열었다.

"서울로 가서 좀 쉬어, 중국 일은 이제 네가 기반을 다 잡았으니까."

고대형이 외면한 채 말을 잇는다.

"이럴 때는 시간과의 싸움이야. 시간을 견디지 못하면 져."

"……."

"너는 잘하리라고 믿는다."

그러더니 외면한 채 말했다.

"여기 모인 북한, 중국 측 대표들도 모두 널 응원하고 있어. 기운 내라."

이동욱은 셋을 향해 고개를 숙였다.

"감사합니다."

그리고 보면 한국, 북한, 중국의 실무자들이다.

그때 곽청이 말했다.

"이 형, 꼭 찾아낼게."

저격범을 말하는 것이다.

이동욱은 고개만 끄덕였고 고대형과 박철은 반응하지 않았다.

당연한 것을 말했기 때문인 것 같다.

"채 고문이 당분간 토요회를 맡아줘요."

이동욱이 말하자 채소기가 숨부터 들이켰다.

마을 안. 황연의 먼 친척인 황 노인의 집에서 일행이 식사를 마친 후다.

밤 10시쯤 되었다.

식당 옆방에 둘러앉은 토요회 간부들은 여섯 명.

이동욱이 말을 이었다.

"삼합회 지부장, 부지부장이 오늘 이곳에 온다는 것을 내가 말렸어요. 앞으로 토요회는 삼합회 방계 조직이 아닌 동맹 조직으로 유지될 겁니다."

"모두 이 전무님 덕분이지요."

채소기가 번들거리는 눈으로 이동욱을 보았다.

"돌아오실 때까지 열심히 일하겠습니다. 좀 쉬시다 오시지요."

"면목이 없습니다."

"천만의 말씀입니다."

그러더니 채소기가 주름진 눈에서 눈물을 쏟았다.

지금까지 의연했던 채소기다.

주위가 숙연해졌고 채소기가 손바닥으로 눈물을 닦으면서 말했다.

"회장님이 안쓰럽구만요."

그때 윤창이 숨을 들이켜면서 짧게 흐느꼈고 나머지도 눈물을 쏟았다.

빗발이 굵어졌기 때문에 빗소리가 요란했다.

반쯤 열린 창으로 비바람이 몰려 들어왔다.

"나를 죽이려다가 총탄이 빗나간 겁니다."

다 알고 있는 사실이었지만 이동욱이 위로하듯 말했다.

"그래서 내가 더 안타깝습니다."

이동욱이 붉어진 눈으로 간부들을 둘러보았다.

"토요회는 명문 조직으로 길게 남을 겁니다. 내가 목숨을 걸고 지키겠습니다."

그때 채소기가 말했다.

"우리는 이 전무님을 토요회 회장으로 모실 것을 결의했습니다. 책임을 지시겠다면 회장을 맡아 주셔야 합니다."

"맡지요."

마침내 이동욱의 눈에서 눈물이 흘러내렸다.

눈물범벅이 된 얼굴을 들고 이동욱이 말을 이었다.

"토요회의 번영에 책임을 지겠습니다."

다음 날, 오전.

황씨촌에서 자고 상하이로 돌아가는 승합차 안에 고대형과 이동욱, 곽청과 박철까지 탔다.

마을을 벗어난 차가 고속도로에 접어들어 속력을 내었을 때다.

박철이 고대형과 이동욱을 번갈아 보면서 물었다.

"이 회장, 서울로 가시오?"

이동욱이 잠시 쉴 겸 몸을 피한다는 것을 아는 것이다.

"그건 왜 물어요?"

고대형이 다소 딱딱하게 물었더니 박철이 정색하고 대답했다.

"나하고 같이 평양에 갔으면 해서요. 내 상관도 만나 보고 평양에서 쉬셔도 좋을 텐데……."

고대형과 이동욱이 마주 보았고 박철의 말이 이어졌다.

"평양이 세계에서 가장 안전한 도시일 겁니다. 거기선 저격 같은 건 꿈도 꾸지 못하지요."

"나, 참."

직설적 성격인 고대형이 바로 헛웃음을 지었다.

고대형이 이 넷 중에서 서열이 가장 높다. 누가 정해준 것은 아니다.

고대형을 정점으로 이동욱, 곽청과 박철이 수평 관계다.

셋은 한국말을 하고 있다.

고대형이 웃음 띤 얼굴로 물었다.

"누가 저격 피하러 갑니까? 그런데 상관은 왜?"

"내 직속상관을 한 번 만날 때도 된 것 같아서요."

"조한태 중장 말이오?"

"예, 사장님."

그러자 고개를 기울였던 고대형이 이동욱을 보았다.

"만나 인사하는 것도 좋겠다. 그러고 나서 평양에서 쉬어."

그러고는 덧붙였다.

"박 중좌 말이 맞다. 번잡한 서울보다 평양에서 쉬는 게 낫겠지."

진용은 47세. 공안을 그만둔 후에 사설용역소를 차려 3년간 운영하다가 지금은 간판을 내리고 '논다.'

그러나 용역소를 운영할 때보다 수입이 늘었는지 자가용을 샀고 아파트 하나에 25살짜리 정부를 '키우고' 있다.

그 진용이 상하이 백화점 뒤쪽의 바에서 사보명과 만나고 있다.

"국가보안국은 움직이지 않았습니다. 지금은 작전과장 전춘이 베이징에 올라가 있고 사무실에는 정보 요원 17명뿐입니다."

진용이 공안정보국에서 20년간을 근무한 전문가답게 서류를 사보명 앞에 밀어 놓았다.

"보안국이 기록에도 없는 건물을 쓰고 무등록 차량을 운행하지만 공작비 지급까지 기록하지 않을 수는 없지요, 공무원이니까요."

진용이 이를 드러내고 웃었다.

"특공대가 내려오면 밥을 처먹어야 할 것 아닙니까? 차에 기름도 넣어야 하구요. 이 자료를 보면 17명 외에 늘어난 놈도 없고, 작전을 한 특이한 비용도 없습니다."

서류는 대여섯 장이나 되었는데 시간별로 밥값, 술값, 주차요금까지 적혀 있다. 컴퓨터에 입력된 내용을 복사해온 것이다.

서류를 들여다보는 사보명의 머리꼭지에다 대고 진용이 말을 이었다.

"이거 빼내려고 무지하게 애먹었습니다. 목숨을 건 겁니다."

그때 고개를 끄덕인 사보명이 주머니에서 두툼한 봉투를 꺼내 내밀었다.

2만 불이 든 봉투다.

"진 형, 조심해."

"아, 염려하지 마십시오."

냉큼 봉투를 받은 진용이 다시 소리 없이 웃었다.

"우리도 전문가니까요."

진용은 '도둑놈' 전문가 셋을 고용하고 있다.

보통 도둑놈이 아니라 경보장치까지 있는 건물에 침입하여 컴퓨터에 내장된 자료를 빼내는 도둑놈들이다. 그래서 자료 값이 그렇게 비싼 것이다.

"이번에는 실수하지 마."

특공대장 원부 대교가 외면한 채 말했다.

"각오해야 될 거다."

"예, 대교 동지."

부동자세로 선 호서준 상위의 이마에 땀방울이 맺혔다.

베이징관구 사령부 건물 3층 오른쪽의 방 3개에는 문패가 없다.

그 맨 끝 쪽의 방에서 원부가 호서준을 앞에 세워두고 있다.

이곳이 베이징관구 사령관 손시창의 직할 특공대장 사무실이다.

특공대장 원부는 48세. 군 생활 28년째에 대교 3년 차였으니 진급이 빠른 셈이다.

동기 대부분은 중교이고 소교, 상위도 있다.

상위, 소교, 중교, 상교를 거쳐야 대교가 된다. 대교는 한국군 준장 급이다. 중국군은 소장, 중장, 상장까지만 있기 때문이다.

그때 원부가 고개를 들고 호서준을 보았다.

"황비자오를 죽이지 못하면 네가 대신 자결해라."

"예, 대교 동지."

"이번에 실수한 저격수는 교화소에 보낼 거다. 참고로 하는 것이 좋을 거야."

"예, 대교 동지."

"내가 사령관 동지께 면목이 없다."

마침내 호서준의 이마에서 땀방울이 흘러내렸다.

이번 이동욱의 암살을 맡은 것이 호서준의 팀이었다.

10명. 3개 조가 이루어진 저격 팀이다.

그중 강석 소위가 이끄는 제1조가 이동욱의 저격을 맡았다가 황연과 경호원 하나만 죽이는 실수를 한 것이다.

이동욱은 어깨 윗부분의 살점만 뚫고 지나갔다.

대장실을 나온 호서준이 복도에서 기다리는 광성, 배호공 두 소위를 보았다.

둘 다 소위지만 30대 초반의 나이에 군 경력 10년이 넘는 베테랑이다.

호서준은 물론이고 광성, 배호공까지, 대교 원부도 모두 신병인 열병(列兵)에서부터 진급을 해서 장교가 되었기 때문이다.

사령부 건물을 나온 셋은 나란히 서서 연병장을 가로질렀다.

그때 호서준이 왼쪽에 선 광성에게 말했다.

"광 소위, 이번에는 네가 맡아라."

"누굽니까?"

광성은 키가 컸다. 185쯤 되었다.

그래서 170쯤 되는 호서준을 비스듬히 내려다보면서 묻는다.

"상하이 공안 수사국장 황비자오."

호서준이 광성을 치켜뜬 눈으로 보면서 말을 이었다.

"우리 군 계급으로 치면 소장급이다."

"조건 없이 죽인다면 자신 있습니다."

"조건 없어."

뱉듯이 말한 호서준이 오른쪽에서 걷는 배호공을 보았다.

"배 소위, 넌 지원조다."

"2개 조가 다 붙습니까?"

배호공이 묻자 호서준이 어깨를 부풀렸다가 내렸다.

"나도 참가한다."

"강 소위는 지금 어디 있습니까?"

"곧 교화소로 옮겨질 거야."

그러자 둘은 침묵했다.

작전이 실패하고 나서 호서준과 강석은 사령부에 보고를 하러 들어갔고 호서준만 돌아왔던 것이다.

"그렇다면 한군데밖에 없어요."

서울의 상황실에서 지미 우들턴이 말했다.

오후 3시 반.

지미는 오늘 '중국 작전실'에 옵서버 자격으로 와 있다.

'대중국작전'에 CIA는 리스타를 주력으로 내세웠지만 정보 협조는 아끼지 않는다.

이번 황연의 저격 주체가 누군가를 찾는 것에 CIA 서울 지부도 협조하고 있는 것이다.

지미가 둘러앉은 리스타, CIA 요원에게 말을 이었다.

"아직 우리들에게 베일에 싸여 있는 군의 '대테러부대', 그들에게는 특공대라고 불리는 부대가 있어. 바로 장평국 주석만이 움직일 수 있는 중국의 네이비실이지."

그때 CIA 간부 하나가 헛기침을 했다.

'중국 작전실'에 파견된 간부다.

"중국의 네이비실이라뇨? 레인저일 수도 있죠."

"갓댐."

지미가 버럭 화를 내었다.

눈을 치켜뜬 지미가 간부를 노려보았다.

"지금 농담할 때냐? 너, 그런 자세로 일하려거든 당장 돌아가!"

"지미 씨, 왜 이러십니까?"

당황한 간부의 얼굴이 붉어졌다.

간부는 해밀턴의 지시를 받지만 지미와 비슷한 연배에 비슷한 직위다.

"이건 농담도 아뇨. 실제로 그렇다는 이야기요. 왜 갑자기 소리를 지릅니까?"

"요원이 저격당한 사건이야! 네 자세가 돼먹지 않았어! 당장 윌슨 부장한테 보고하겠어."

"하시든지."

그때 리스타 소속의 김인영 부장이 말렸다.

"그만 하십시다. 그만 진정하시고 그 군특공대에 대해서 이야기를 하십시다."

지미가 숨을 고르면서 외면했고 CIA 소속 간부도 서류로 시선을 돌렸다.

김인영이 말을 이었다.

"상하이 정보원의 말과도 일치합니다. 상하이의 국가보안국은 움직이지 않았어요. 그렇다면 군특공대를 보냈을 가능성이 있습니다."

그때 지미가 거들었다.

"그놈들이 이동욱 제지에 실패했다고 물러났을 리가 없어요. 다시 노릴 겁니다."

"지금 이동욱은 박철을 따라 옌지에 가 있는데요?"

리스타 요원 하나가 말하자 지미와 김인영 그리고 CIA 간부, 제이슨과도 서로 시선이 마주쳤다.

"그놈들이 다른 타깃을 만들 가능성이 있는데."

제이슨이 말했을 때 지미가 고개를 끄덕였다.

"맞아. 장소는 상하이가 될 것 같고. 타깃이 여럿 드러나 있거든."

길림성 옌지는 조선족의 도시나 마찬가지였지만 지금은 내륙으로 많이 옮겨가는 바람에 조선족 노인들만 많아졌다. 그러나 아직도 조선말 간판이 붙은 가게가 보이고 거리에서 조선말이 들린다.

오후 3시 반.

박철의 안내로 이동욱이 시장 골목 안으로 들어선다.

골목 끝 쪽에 유명한 개장국집이 있다는 것이다.

사람들을 헤치고 가면서 박철이 말했다.

"내가 옌지에 처음 왔을 때는 5년 전이었어. 사업 때문에 온 거지."

마약 사업이었겠지. 북한이 공산품을 내놓을 시기는 아니다.

박철이 말을 이었다.

"조선족이 동포인 것을 믿고 뭘 부탁했다가 공안에 고발하는 바람에 하마터면 박살이 날 뻔했어."

"형님이 경솔했겠지."

웃음 띤 얼굴로 이동욱이 말을 받았다.

"조선족이건 한족이건 질 나쁜 놈은 다 있으니까."

"아냐."

박철이 고개를 세게 저었다.

"그 후로도 여러 번 겪었어. 그래서 내가 내린 결론은 이렇다."

"뭔데?"

"중국의 조선족은 모두 중국인이란 거야. 조선족은 남조선인, 북조선인도 아냐."

"무슨 말야?"

"중국에서 태어난 조선인들은 고향이 중국이야. 중국식 교육을 받아서 중국 문화에 자긍심을 품고 모택동 주석을 존경하면서 자란 사람들이라구."

"······."

"고구려 광개토대왕, 신라 김유신은 물론이고 조선 때 이순신까지 모르고 살아온 조선인이란 말이다. 집 안에서 조선말만 배웠다고 조선인이냐?"

"······."

"우리는 왕래가 잦았기 때문에 먼저 겪었어. 남조선에서는 중국의 조선족이 우리 편이라는 꿈같은 생각을 하고 있는 것 같더라. 꿈 깨라고 해."

"······."

"하긴, 나 같은 놈도 당했으니 오죽할까?"

그때 개장국 식당이 보였다.

진짜 개로 장국을 만드는 식당이다. 식당 이름이 솔직하다.

개장국 식당은 어중간한 시간이었는데도 손님이 많았다.

손님 대부분이 조선족이어서 사방에 조선말이 난무했다.

개장국에 수육, 백주를 주문해놓고 박철이 왔다 갔다 하는 종업원 하나를 눈으로 가리키며 말했다.

"저 여자, 잘 봐라."

그전에 이동욱이 먼저 봤다.

20대 중반쯤, 얼굴이 갸름한 미인. 긴팔 셔츠에 헐렁한 바지 차림으로 그릇을 나르고 있었는데 긴 머리를 뒤로 묶어서 목이 드러났다.

박철이 말을 이었다.

"나도 오늘 여기 처음인데, 저 여자는 먼발치에서 한 번 봤지. 그때는 재킷에 바지 차림으로 세련된 모습이었어."

개장국을 떠먹고 난 박철이 말을 이었다.

"이 개장국집은 위장된 아지트고 저 여자는 조애선, 32세, 5년 전부터 마약 사업을 시작해서 하얼빈, 장춘, 단둥에다 수십 개 사업체를 벌려놓았어."

긴장한 이동욱을 향해 박철이 웃어보였다.

"개장국집 주인 조병수가 5년 전에 죽고 딸인 조애선한테 사업을 물려준 것이지. 조애선은 5년 만에 사업을 10배나 성장시켰어."

"형님."

젓가락을 내려놓은 이동욱이 주위를 둘러보고 나서 목소리를 낮췄다.

"지금 무슨 이야기를 하는 거야?"

"무슨 이야기라니?"

"나한테 개장국이나 먹으러 가자고 해놓고서 무슨 딴 이야기를 하는 거냐고?"

"겸사겸사."

수육을 집어 입에 넣은 박철이 씹으면서 말했다.

"사업 이야기도 하려고."

"무슨 사업인데?"

"헤로인 사업이지, 무슨."

"저 여자하고?"

이동욱이 마침 앞쪽을 가로질러 가는 여자를 눈으로 가리키며 물었다.

식당 안은 손님이 많은 데다 소란했다.

그러자 박철이 쓴웃음을 지었다.

"오늘 밤, 저 여자를 없앨 거야."

백주잔을 들었던 이동욱이 숨을 들이켰다.

박철이 말을 이었다.

"진즉부터 제거하려고 했는데 오늘 죽이기 전에 가까운 곳에서 얼굴 한 번 확실하게 봐두려고 온 것이지."

"형님도 점점 변태가 되어 가네."

"뭐? 변태?"

"미국말로 하면 사이코."

"내가 그 말을 모를 줄 알고?"

"기분 나빠?"

"뭐, 괜찮아. 이곳 시장에 저년이 지휘하는 백두산파 헤로인 점유율이 30퍼센트나 돼. 저년의 비율이 나보다 많단 말야."

"형님은 얼마나 되는데?"

"25퍼센트."

"저 여자는 여기 출신 아냐? 형님은 손님이고. 당연한 결과지."

"글쎄, 그게 아니라니까. 저년은 대가를 치러야 돼."

"형님이 백두산파 시장을 빼앗는 것인지도 모르지. 어쨌든 죽이기 전에 얼굴 보러 온 것은 사이코야. 좀 으스스하네."

"젠장."

백주를 한 모금에 삼킨 박철이 투덜거렸다.

"내가 변태 소리를 다 듣는군."

"아니, 사이코. 사이코가 부르기에 좀 낫지?"

이동욱도 한 모금에 술을 삼켰다.

"그런데 누가 죽일 거야? 암살팀이 있어? 그건, 내가 전문인데."

여전히 이동욱은 농담처럼 말하고 있다.

그때 박철이 정색했다.

"내가 아까 오면서 말했지? 중국 조선족은 중국인이라고?"

이동욱의 시선을 받은 박철이 말을 이었다.

"바로 저년 이야기야. 저년이 우리를 공안에 고발해서 4명이 중국 교화소에 잡혀 있고 5명이 총에 맞아 죽었어. 다행히 나는 그때 평양에 돌아가 있었기 때문에 무사했다.

"……."

"난 저년을 만나지 않았지. 내 부관이 만나 서로 협조하기로 했었는데 배신을 하고 공안에 찌른 거야. 기습을 당한 사무실이 폐쇄되어서 복구를 하는 데 1년이 걸렸다."

"……."

"저년은 은신, 위장의 귀신이야. 그때도 학교 교사로 위장하고 있어서 정체를 찾아내는 데 4년 반이 걸렸다. 이렇게 개장국집 주인일 줄이야. 우리는 꿈도 꾸지 못했거든."

박철이 백주에 붉어진 얼굴을 펴고 웃었다.

"지금 이 개장국집 손님의 삼분의 일은 내 부하다."

놀란 이동욱이 주위를 둘러보았지만 시선을 마주치는 사람이 없다. 특히 옆

자리에서 떠드는 손님 넷을 유심히 보았는데도 시선을 마주치지 않는다.

그것을 본 박철이 이를 드러내고 웃었다.

"그래. 저놈들도 내 부하다. 그래서 너하고 시선을 부딪치지 않는 거지."

"형님, 저 여자 부하들도 있을 텐데."

"있겠지. 식탁 두 개를 차지하고 있다는구나. 네가 찾아봐라."

"알 것 같네."

이동욱이 그쪽을 외면하고 말했다.

"주방 앞쪽의 식탁 두 개야. 여섯 놈이군."

"이곳을 한 달 전에 찾아냈어."

"그나저나 이곳이 본부란 말이지? 대단한 위장이네."

"이층이 사무실이야."

"여자가 일도 잘하는데, 진짜 개장국집 주인 같아."

그때 여자가 다가왔기 때문에 둘은 말을 멈췄다.

"고기 더 드릴까요?"

다가선 여자가 조선말로 물었다.

맑은 목소리, 나긋나긋한 말투, 얼굴에는 웃음기가 떠올라 있다.

"아, 수육 한 접시 더 주시죠. 맛이 있는데."

고기도 서너 점밖에 남지 않았기 때문에 이동욱이 주문했다.

"여기 처음 오신 것 같아요."

여자가 눈웃음을 치며 말했고 이동욱이 고개를 끄덕였다.

"옌지도 처음이오. 난 한국인이거든."

요즘은 한국 관광객이 밀려오고 있다.

개장국집에서 나온 박철이 다시 시장 골목을 헤쳐 나가면서 말했다.

"오늘 밤에 개장국집을 기습할 거야. 아예 몰사시킬 예정이다."

"……"

"조애선은 제 어머니하고 일하는 여자 둘하고 식당 뒤쪽 살림집에서 살아. 경호원 다섯 명이 식당과 이층 사무실에서 숙식하고."

"……"

"조애선의 조직원이 30명쯤 돼. 하지만 조애선만 죽이면 백두산파는 와해돼. 그럼 그놈들을 우리가 포섭하는 거지."

"……"

"오늘 일 끝내고 바로 평양으로 내려가자."

"오케."

이동욱이 고개를 끄덕였다.

"난 형님이 작전할 동안 술이나 마시고 있을게."

그날 밤.

숙소에서 술에 취해서 잠이 들었던 이동욱이 밖의 기척에 눈을 떴다.

복도를 거칠게 걷는 발자국 소리.

간간히 두런거리는 목소리가 들렸는데 작전을 마치고 돌아온 것 같다.

침대에서 일어난 이동욱이 밖으로 나왔을 때 복도를 지나던 박철의 부하를 만났다.

"일 끝났나?"

이동욱이 묻자 사내가 건성으로 대답했다.

"예, 사장님."

이동욱은 사장으로 통한다.

"잘 끝났어?"

스쳐가는 사내의 등에 대고 물었지만 대답은 들리지 않았다.

서둘고 있다.

불안해진 이동욱이 응접실로 들어섰더니 소파에 앉아 있던 박철이 막 전화기를 내려놓은 참이었다. 굳은 얼굴이다.

"형님, 무슨 일 있어?"

다가선 이동욱이 묻자 박철이 이맛살을 찌푸리고 말했다.

"기습을 받았어. 놈들이 눈치채고 기다리고 있었다."

박철이 번들거리는 눈으로 이동욱을 보았다.

"우리가 둘 죽고 셋이 다쳤어."

"총격전이야?"

"골목에 잠복하고 있어서 식당에는 접근도 못 했어."

"그만해도 다행이야."

이동욱이 고개를 저었다.

"거긴 기습하기에 아주 불안한 장소야. 놈들이 알고 있었다면 전멸당할 수도 있었어."

"그게 위로냐?"

"아까 낮에 손님으로 가장하고 들어갔을 때가 가장 좋은 기회였어."

"일반인이 20명 가깝게 있었다구."

한숨을 쉰 박철이 이동욱을 보았다.

"일단 그년 처치하는 것을 보류하고 너하고 평양에 가야겠다."

"형님, 이 일부터 처리하고 가지."

이동욱이 정색하고 말했다.

"나 휴가는 급하지 않아. 조한태 여단장 만나는 걸 보류하면 돼."

"그럼 오늘 오후에 그놈들이 내 가게에 왔다는 거야?"

조애선이 묻자 변재석이 고개를 끄덕였다.

"네, 사장님. 오후에 왔답니다."

고개를 기울인 조애선의 눈이 흐려졌다.

생각에 잠긴 표정이다.

오전 2시. 이곳은 옌지 북쪽 교외의 단층 주택 안이다.

마당이 넓고 건물이 3동이나 된 고가(古家)여서 조애선의 가족과 부하들까지 이곳으로 옮겨와 있다. 조애선은 오늘 밤에 북한의 마약조가 가게를 기습한다는 정보를 받았던 것이다.

그래서 시장 안에 감시만 남겨놓고 이곳으로 피신했는데 정보가 맞았다.

기습하려고 시장 안으로 들어왔던 사내들은 총격을 받자 사상자를 끌고 도망쳤다.

변재석의 말이 이어졌다.

"오후에 대장까지 가게에 들어와서 둘러보고 갔다는 겁니다."

"……."

"마약조원이 내 정보원의 여동생하고 동거하는 사이입니다. 그놈도 오후에 개장국집에서 장국을 먹고 갔다는데요. 대장도 한국 손님하고 둘이 와서 둘러봤답니다."

"이제야 드러난 것 같군."

조애선이 혼잣소리처럼 말하고는 변재석을 보았다.

"당신 덕분에 살았어."

조애선이 탁자 밑에서 봉투를 꺼내 내밀었다.

두툼한 봉투다.

"3만 불이야. 내가 1만 불 더 넣었어."

"아이구, 감사합니다."

봉투를 받은 변재석이 입을 활짝 벌리고 웃는다.

변재석은 조선족으로 공안 출신이다.

45세, 10여 년간 길림성에서 공안을 지낸 터라 정보수집에는 전문가다.

그래서 조애선이 3년 전부터 정보담당으로 고용하고 있는 것이다.

"역시 사장님은 통이 크십니다."

변재석이 봉투 안을 들여다보고 나서 말을 이었다.

"이제 북한 마약조가 어떻게 나오는가를 알아보고 오지요."

"조심해."

"지금 마약조는 남조선하고 손을 잡고 상하이에 마약을 먹이는 중입니다. 그 양이 엄청나다는군요."

"그래서 대장이 상하이에 갔다 왔다는 거야?"

"예. 상하이의 조직 회장 하나가 암살을 당해서 문상을 갔다가 왔답니다."

"누군데?"

"그건, 모르겠습니다. 내 정보원은 따라가지 않았다는군요."

"상하이에 삼합회가 마약을 독점하고 있을 텐데 자세히 알아봐."

"알겠습니다."

역시 옌지는 대륙의 구석이라 상하이나 삼합회 같은 큰 도시 조직의 사정에는 어둡다.

변재석이 응접실을 나갔을 때 바로 최영건이 들어섰다.

"이번 주 토요일에 박태수를 오성여관에서 만나기로 했습니다."

조애선이 고개를 끄덕였다.

박태수는 태국에서 마약을 들여오는 공급책이다.

다른 때 같았으면 개장국집 이층에서 만났을 텐데 연락을 해서 장소를 바꾼 것이다.

박태수는 이번 달 물량 10킬로를 가져온다.

"형님, 내부에서 정보가 샌 거야."

아침을 먹으면서 이동욱이 말했다.

박철도 새벽에 숙소를 옮겼는데 시내의 단층 주택이다. 방이 10개나 되는 구식 저택이어서 둘은 주방 옆 식당에서 중국식 국수로 식사를 한다.

주위를 둘러본 이동욱이 목소리를 낮췄다.

"형님, 조직에 감시반이나 감사 역할을 하는 부하가 있어?"

"그런 거 없어."

젓가락을 내려놓은 박철이 이맛살을 찌푸렸다.

"이곳에 온 대원은 모두 28명이야. 한 놈, 한 놈을 내 동생처럼 대하고 있는데 어떤 놈이 나와 조국을 배신한단 말이냐? 말도 안 되는 소리 마."

"지금 제 정신이야?"

이동욱도 젓가락을 내려놓았다.

"당장 대원들 뒷조사를 시켜. 우선 믿을 만한 부하 서너 명을 골라서 은밀하게 다른 대원의 사생활을 조사시키란 말야, 그리고."

식당 안에는 둘뿐이었지만 이동욱이 주위를 둘러보았다.

"그 서너 명도 각기 다른 사람의 사생활과 행동을 조사시키도록 해."

"……."

"그건, 당연한 일이야. 조직을 위해서는 그 조사를 받아들여야 돼. 거부 반응을 일으키는 놈이 수상한 놈이야."

"알았다."

박철이 금방 마음을 바꾼 것은 사안이 위급했기 때문이다.

정보가 샜다면 이젠 역습을 당할 수도 있는 것이다.

이제는 남의 일이 아니었기 때문에 오전 10시가 되었을 때 이동욱이 김기철을 만났다.

김기철은 CIA 주재 요원으로 조선족이다.

42세. 옌지 토박이로 시장에서 건어물 가게를 차린 정보원이다.

이동욱의 이야기를 들은 김기철이 고개를 끄덕였다.

"남부시장에서 어젯밤 총격전이 있었다는 소문을 들었는데 그런 내막이 있었네요. 바로 알아보지요."

김기철이 말을 이었다.

"조선족의 마약사업은 알고 있었습니다. 북한의 마약조가 중국에 와 있지만 조선족한테 밀리고 있었지요."

쓴웃음을 띤 김기철이 말을 이었다.

"북한 측은 처음에 조선족과 합작 사업을 계획했던 것 같습니다. 같은 동포이고 조선말도 통하니까 절반쯤 믿고 들어간 것이죠."

"……."

"그게 잘못된 겁니다. 조선족은 중국인입니다. 같은 말 쓴다고 믿고 들어가는 건 세상 물정을 모르는 순진한 짓입니다."

"북한 측도 그렇다고 하더군요."

"배신을 당해서 한동안 사업을 못 했다가 다시 돌아왔지요."

"들었어요."

"어젯밤 사건도 내부에서 정보가 새나간 겁니다. 아마 조선족 애인이나 친구한테 정보가 나갔겠지요."

김기철이 자리에서 일어섰다.

손에는 이동욱이 박철한테서 받은 북한군 마약조 파견단 명단과 주소, 거래처 등이 적힌 서류가 쥐어져 있다.

김기철을 만나고 돌아온 이동욱이 박철에게 말했다.

"형님, 오늘 밤에 함정을 파지."

"어떻게?"

당장 알아들은 박철의 눈빛이 강해졌다.

숙소의 응접실 안, 안에는 둘뿐이다.

이동욱이 목소리를 낮췄다.

"어젯밤, 개장국집은 건드리지 못하고 돌아왔잖아? 오늘 밤에 개장국집을 아예 폭파하러 가는 거야."

"오늘 밤에? 또?"

"그래. 특공대를 모집해."

"그게 함정이란 말이지?"

"그래. 그놈들이 특공대를 막으려고 할 것 아닌가? 내가 이라크에서 몇 번 써먹었어."

"이라크에서?"

"형님이 여기서 저 계집애한테 뒤통수를 맞고 다닐 시기였던 것 같아."

"이런."

"드라구노프 있어? 스코프까지."

"스코프라니? 조준경 말인가?"

"야간용 적외선 조준경 말야."

"당연히 있지."

"내가 맡을게, 조수 한 명만 붙여줘. 형님하고 개장국집 갔을 때 적당한 위치를 보았어."

"어딘데?"

"시장 뒤쪽."

"어디?"

"시장 서북쪽 뒤쪽으로 3백 미터쯤 거리에 5층쯤 되는 여관이 있더구만. 앞에 2, 3층짜리 건물이 가로막혀서 시장에서는 여관 5, 6층만 보이던데."

이동욱의 얼굴에 쓴웃음이 번졌다.

"난 저격병 출신이라 항상 저격하기 좋은 위치를 찾지. 그곳 옥상에서는 개장 국집 주변이 다 보일 거야."

"같이 가보자."

박철이 대번에 말했다.

"역시 실전 경험이 있는 놈은 다르군."

오후 1시 반이다.

오후 3시.

이동욱과 박철은 화원여관의 옥상에 올라와 있다.

옥상은 부서진 가구와 간판, 폐품이 된 기계 종류까지 이곳저곳에 쌓여 있어서 은신하기에 적당했다.

옥상 끝 쪽 난간에 엎드린 박철이 망원경으로 앞쪽을 보더니 대번에 탄성을 뱉었다.

"됐다."

2층과 3층 건물 사이로 개장국집과 그 뒤쪽 단층 주택이 완전히 드러난 것이다. 이곳에서는 시장 건물이 가게 안까지 다 보인다.

이동욱이 드라구노프의 조준경으로 개장국집을 보았다.

물론 식당 안은 보이지 않았지만 들락거리는 손님이 많다. 영업을 하고 있는 것이다.

뒤쪽 주택은 인기척이 없다.

"이것들이 영업을 하고 있는데."

박철이 잇새로 말했다.

"저걸 폭파시켜 버리면 난리가 나겠지."

"형님, 난 여기 있을 테니까 돌아가서 지시를 해."

조준경에서 눈을 뗀 이동욱이 말을 이었다.

"조수를 여기로 보내고."

"그럼 내가 안만기하고 조장호를 보낼게. 아래층 방에도 황병도를 놔둬야 돼."

"그럼 나한테 셋이 붙었군. 그 셋도 믿을 만해?"

"어떡하나? 지금은 믿어야지."

"이놈들한테서 정보가 새면 나도 죽을 목숨이야."

"급한데 어쩔 수 없어."

그러더니 박철이 상반신을 세우고는 이동욱을 보았다.

"네 덕분이야."

"일 끝나고 인사하자고."

"네 저녁밥, 마실 것도 보낼게."

몸을 구부린 채 뒤로 물러난 박철이 말을 이었다.

"너 고생시켜서 미안하다."

오후 7시 반.

이곳은 상하이의 신금강호텔.

42층의 엘리베이터에서 내린 황비자오가 붉은색 양탄자가 깔린 복도를 걷는다. 복도 끝 쪽의 중식당 '야성'에서 상하이시 공안부장 하상옥과 저녁 약속이 있는 것이다.

황비자오 옆에는 보좌관 배하중이 따르고 뒤쪽에 경호원 김대식이 붙어 서 있다.

이동욱 저격 사건 이후로 황비자오의 경호는 철저해졌다. 지하 주차장에도 황비자오를 경호해 온 경호팀이 5명이나 대기하고 있다.

고개를 든 황비자오가 식당 앞에 서 있는 사내를 보았다.

황비자오의 경호원이다. 모두 고대형이 보낸 전문가들이다.

그때 황비자오가 어깨를 늘어뜨리면서 말했다.

"내가 언제 이 위협에서 벗어나려나?"

"무슨 말씀입니까?"

배하중이 물었다.

배하중은 보좌관으로 35세, 황비자오에게 붙여진 연락책이다.

수사국장은 고위직이라 보좌관이 배정되는 것이다.

황비자오가 목소리를 낮췄다.

"암살 말이다."

배하중은 대답 대신 주위를 둘러보는 시늉을 했고 황비자오가 말을 이었다.

"이 사장을 노렸던 놈들이 지금은 나를 타깃으로 삼을 것 같다."

"쉽지 않을 겁니다."

배하중이 목소리를 낮췄다.

그때 식당 앞에 도착한 황비자오에게 기다리고 있던 경호원이 말했다.

"부장님께서 기다리고 계십니다."

하상옥이 먼저 와 기다리고 있는 것이다.

밀실에서 기다리던 하상옥이 황비자오를 보더니 고개만 끄덕였다.

"일찍 오셨습니다."

약속 시간이 7시 반이다.

2분쯤 늦었기 때문에 황비자오가 미안한 듯 말했을 때 하상옥이 건성으로 대답했다.

"나도 방금 왔어."

"요즘은 분위기가 뒤숭숭합니다."

황비자오가 물수건으로 손을 닦으면서 말했다.

하상옥과는 여전히 서먹한 관계지만 이미 힘 빠진 곰이다.

이쪽은 젊은 호랑이 아닌가?

오늘은 황비자오가 하상옥에게 밥 먹자고 초대를 한 것이다. 그동안 한 번도 같이 식사를 하지 않았기 때문에 하상옥도 바로 승낙했다. 정상적인 관계라면 벌써 10번은 더 같이 밥을 먹었어야 했다.

그때 종업원이 들어와 주문을 받고 갔다.

그때 하상옥이 입을 열었다.

"나도 기다리고 있었어. 도대체 어쩌려는 거야?"

"무슨 말씀입니까?"

"목표가 뭐냐고 묻는 거야."

"글쎄요."

황비자오의 얼굴에 쓴웃음이 번졌다.

"저한테 물으시는 것이라면 그저 맡은 일이나 열심히 하겠다는 것이라고 말씀드립니다."

"내가 어린애인 줄 아나?"

하상옥이 눈을 가늘게 떴다.

그의 얼굴에도 쓴웃음이 떠올랐다.

"이제 곧 전인대(전국인민대회)가 열릴 거야. 상하이에서도 수백 명이 베이징으로 가겠지."

"그렇군요."

"중앙상임위원을 추가하려고 그런다는 건, 이제 초등학생도 알아."

"4명이라고 하더군요."

"주석 동지와 후진명 동지의 전쟁이라는 건 고급 간부들은 다 알지."

"지금쯤 당원들도 대부분 알고 있을 것입니다."

"지금 우리는 후진명 동지의 줄을 잡고 있는 건가?"

"부장 동지께서 지금 '우리'라고 말씀하셨습니까?"

"어쨌든 내가 끌려간 상황이니까. 이 시점에서 주석 동지한테 달려갈 수는 없는 것 아냐?"

"그렇게 되었나요?"

"자, 말해. 오늘 보자고 한 이유를."

"우선 이것 드리려고."

그러면서 황비자오가 주머니에서 쪽지를 꺼내 하상옥에게 내밀었다.

"요즘 한동안 수입이 끊기신 것 같아서요. 이 계좌에 5백만 불이 들어 있습니다."

하상옥이 숨을 들이켜더니 한동안 황비자오가 내민 쪽지를 응시했다.

4초쯤 지났을까?

하상옥이 손을 뻗어 쪽지를 받더니 주머니에 넣었다.

"고맙네. 잘 쓰겠어."

"제가 드리는 거 아닙니다."

"알고 있어."

"부장님도 중앙상임위원 한 번 해보셔야 될 것 아닙니까?"

"무슨 소리야?"

하상옥이 눈을 크게 떴다.

"야, 제 명에 살고 싶으니까 그런 소리 하지 마."

"만일 베이징 공안총부장 국성환 동지가 제 명에 못 살게 된다면 부장께선 그 자리에 가실 용의가 있습니까?"

그 순간 하상옥이 숨을 들이켰다.

얼굴이 노랗게 굳어 있다.

"지금 농담하는 거야?"

"오늘 뵙자고 한 이유죠. 이게 본건입니다."

황비자오가 똑바로 하상옥을 보았다.

"부장님의 적극적인 도움이 필요하다고 합니다. 공안총부장에 이어서 당중앙 상임위원도 해보셔야 할 것 아닙니까?"

"누구의 전언인가?"

하상옥의 목소리는 갈라져 있다.

그때 황비자오가 말했다.

"이젠 털어놓고 말씀드리지요. 후진명 위원이십니다. 부장님이 승낙하신다면 기회를 봐서 연락하신다고 했습니다. 지금은 저쪽에 촉각을 곤두세우고 있어서요."

그때 하상옥이 어깨를 치켜 올렸다가 내렸다.

"이왕 이렇게 된 것, 나도 승부를 걸겠다고 말씀드려."

"좋아. 오늘 밤이야."

호서준이 마침내 결정을 했다.

"1조가 나와 함께 진입하고 2조는 뒤를 맡아라."

앞에 앉은 광성과 배호공은 잠자코 탁자 위에 놓인 약도만 보았다.

황비자오가 숙소로 사용하는 저택 약도다.

오송강 북쪽 주택가 중심에 위치한 저택.

시중심지였지만 정원으로 둘러싸여 대저택이다.

일자형 본채 좌우에 세로로 부속채가 세워진 구조로 저택에는 10명 가까운 경호원이 거주하고 있다. 공안 경비대에다 사설 경비원도 포함되었는데 황비자오의 곁에서 떠나지 않는다.

고개를 든 호서준이 두 조장을 보았다.

황비자오를 타깃으로 삼고 추적한 지 오늘이 8일 째.

마침내 이틀 전에 숙소를 알아내었고 어제와 오늘은 현장 답사, 예행연습까지 마친 것이다.

"질문사항 있나?"

그때 광성이 기다린 것처럼 물었다.

"수류탄을 사용하면 안 되겠습니까?"

"그건 안 돼."

호서준이 고개를 저었다.

"수류탄 폭음까지 울리면 비상상태가 된다. 공안이 신고를 받고 바로 베이징에 보고를 할 건데, 감당하기 어려워."

더구나 공안의 수사국장이 피살된 상황인 것이다.

가능한 한 폭음과 총격전을 줄이고 끝내야 한다. 그래서 이번에 침투하는 2개 조는 모두 총기에 소음기를 끼운 상태인 것이다.

그때 손목시계를 본 호서준이 말했다.

"준비해."

오후 8시 반이다.

10시 50분이 되었을 때 시장 가게는 모두 문을 닫았고 안쪽의 식당 서너 개만 불을 밝히고 있다. 개장국집도 그중 하나다.

개장국집인 진미식당은 아직도 손님들이 들락거렸는데 뒤쪽의 단층 주택도 불을 환하게 밝혀 놓았다.

이동욱이 스코프의 초점을 맞추면서 옆에 엎드린 안만기에게 물었다.

"다섯 명, 맞지?"

"예, 사장님."

적외선 망원경을 눈에 붙인 안만기가 대답했다.

안만기는 저격병 출신으로 오늘은 이동욱의 관측병 역할이다.

이동욱이 스코프에 눈을 붙이면서 말했다.

"저기 오른쪽에서 두 번째. 두 놈이 붙어 있는 오른쪽. 그놈이 지휘자다."

"맞습니다."

"손에 쥔 건 AK-47 맞지?"

"예, 사장님."

"내가 그놈부터 쏘겠다."

"예, 사장님."

옥상에서 350미터 거리다.

북한 특공대의 기습 정보를 듣고 이번에도 반격을 하려고 '백수산파'는 역습 조를 배치했다.

가게에 접근하기도 전에 공격하려고 시장 안에 5명을 배치한 것이다.

가게 안에는 들어가지 못하고 가게 옆 샛골목과 지붕 위, 박스더미 사이에 숨어 있는데 옥상에서는 적외선 스코프에 붉은색으로 드러났다.

이동욱이 혼잣소리를 했다.

"이번에도 정보가 샜어."

"예, 기습했다가 또 당할 뻔했습니다."

혼잣소리를 들은 안만기가 대답했다.

특공대의 공격 시간이 11시라고 말했으니 놈들은 곧 들이닥칠 줄 알고 있을 것이다.

다섯 명이 시장 안에 들어온 것은 2시간 반쯤 전이다.

박철이 오후 6시에 대원을 모아놓고 진미식당과 뒤쪽 숙소의 폭파를 결정하고 특공대를 편성했으니 바로 정보가 샜다고 봐야 한다.

우연히 노출된 것이 아니다. 배신자가 있다.

"11시입니다, 사장님."

안만기가 말했을 때 이동욱이 방아쇠에 손가락을 걸었다.

먼저 오른쪽 두 번째 사내의 머리통을 가늠자 위에 올려놓았다.

거리는 354미터.

드라구노프 저격 총의 유효사거리는 800미터지만 이동욱은 이 총으로 1,275미터 거리의 타깃을 맞춘 적도 있다.

옆에 엎드린 안만기가 망원경을 눈에 붙인 채 숨을 죽이고 있다.

그때 이동욱이 방아쇠를 부드럽게 당겼다.

"철컥, 퍽!"

주위가 너무 조용해서 격발 장치의 공이가 실탄을 때리는 소리와 발사음이 거의 동시에 울렸다.

다음 순간, 초속 830미터의 속도로 날아간 총탄이 1초의 절반도 안 되는 시간에 두 번째 사내의 머리통을 날려버렸다.

왼쪽 머리에 총탄이 맞는 순간, 머리가 폭발해버린 것이다. 산산조각이 났다.

이동욱은 쏘자마자 바로 옆쪽 사내를 겨눴다.

"철컥, 퍽!"

이번 타깃도 마찬가지.

머리를 번쩍 쳐들고 있었기 때문에 수박덩이가 부서지는 것 같이 선명하게 드러났다.

그때 이동욱이 심호흡을 한 번 하고 나서 총구를 그 오른쪽으로 겨눴다.

시장 진입로를 향해 AK-47을 겨누고 지붕 위에 엎드린 사내다.

"철컥, 퍽!"

엎드린 사내의 몸이 펄쩍 뛰어오르는 것 같더니 그대로 늘어졌다.

"등판에 맞았습니다."

옆에서 안만기가 낮게 말했다. 흥분해서 말끝이 떨리고 있다.

이동욱이 총구를 왼쪽으로 겨눴다.

진미식당을 중심으로 좌우로 매복하고 있던 사내들 중 우측은 다 죽였다.

박스 사이에 쪼그리고 앉은 사내다. 이쪽을 정면으로 보고 있었지만 거리는 314미터. 두 눈이 번들거리고 있다.

"철컥, 퍽!"

총탄이 얼굴 복판에 맞는 순간 산산조각이 났다.

"명중입니다!"

안만기의 목소리가 조금 커졌다.

드라구노프 저격총 탄창에는 10발이 장전되어 있다.

이동욱이 다시 한 번 심호흡을 하고는 왼쪽 끝의 사내에게로 총구를 겨눴다.

11시 반.

숙소에서 기다리던 조애선에게 최영건이 서둘러 다가왔다.

응접실 안이다.

"사장님! 연락이 안 됩니다!"

최영건이 말하자 조애선이 자리에서 일어섰다.

두 눈이 번들거리고 있다.

"당했다."

사태를 짐작한 것이다.

담장을 마지막으로 넘은 요원이 몸을 세웠을 때 호서준이 말없이 앞장을 섰다. 뒤를 일렬로 광성의 조원 3명이 따른다.

오후 11시 45분, 저택은 조용하다.

이곳은 저택 왼쪽의 부속동 끝 쪽.

H자형 구조의 건물이어서 본채 건물은 부속동 옆쪽에 가로로 펼쳐져 있다.

폭이 30미터 정도의 본관이다. 양쪽에 세로로 붙여진 2동의 부속채도 같은 길이다.

호서준은 왼쪽 부속채의 끝부분을 돌아 본채를 향해 다가갔다.

본채에는 문이 2개가 있다.

이쪽은 본채 뒷부분이어서 양쪽 끝에 문이 붙어 있다. 부속채와 맞닿은 부분이다.

호서준이 뒤쪽 정원으로 5미터쯤 전진했을 때다.

숨을 들이켠 호서준이 우뚝 발을 멈췄다.

그 순간, 밤공기를 산산조각을 내는 짖는 소리.

"컹컹컹컹컹컹."

울음소리와 함께 검은 물체 2개가 호서준과 뒤쪽의 광성을 향해 덮쳤다.

개, 덮친 두 마리는 송아지만 한 도베르만 그리고 우렁차게 짖는 셰퍼드다.

한 마리는 짓고 두 마리는 덤빈다.

"아앗!"

놀란 외침은 뒤쪽에서 일어났다.

"퍽. 퍽."

발사음이 울렸을 때 셰퍼드가 이제는 날카로운 비명을 질렀다.

"깨캥. 캐앵! 와우웅! 캥!"

그때다.

저택 밖의 조명등이 일제히 켜졌기 때문에 침입자 7명이 다 드러났다.

뒤쪽 지원조는 뒷마당에 진입하지 않았는데도 다 드러난 것이다.

"철수!"

개머리판으로 도베르만을 밀치면서 뒷걸음을 치던 호서준이 마침내 소리쳤다.

"도망쳐라!"

다급하니까 이렇게 악을 썼다.

그 순간이다.

"타타타탕. 타타탕."

양쪽 부속동에서 총탄이 쏟아졌다.

"타타타탕."

본채의 창문도 열리더니 대낮같이 밝아진 뒷마당을 향해 총탄이 쏟아졌다.

"캐캥!"

총탄에 도베르만 한 마리가 맞았다.

호서준의 다리를 물고 있던 도베르만이다.

그 빗발 같은 총탄을 함께 맞았지만 호서준은 어금니만 물었다.

이쪽은 함정으로 끌어들였다.

278

호서준이 심사숙고한 후에 정찰과 예행연습까지 하고 나서 침투했지만 경호팀은 몇 수 위였다. 측근 경호와는 별도로 고대형이 파견한 CIA 경호팀은 위성 정보까지 사용하고 있었던 것이다.

호서준이 침입할 때부터 실시간으로 행동을 체크하고 있었다.

잘 훈련된 개를 이용했던 것도 그중 하나다. 개들이 짖지 않고 있었기 때문에 집 안에 개가 없는 줄로 알았던 것이다.

치명적 실수다.

그러나 암살팀장 호서준 상위는 특공대장 원부 대교로부터 처벌받지 않았다.

현장에서 사살되었기 때문이다.

특공대 암살팀 2개 조가 팀장과 함께 전멸했다.

오전 8시 반.

숙소 응접실로 들어선 장일성 상위가 박철에게 경례했다.

박철은 이동욱과 소파에 나란히 앉아 있다가 고개만 끄덕였다.

"부르셨습니까?"

장일성은 옌지 파견대의 정치장교다.

정치장교는 공산당원으로 각 부대의 정치를 맡는다. 부대장이 작전을 맡지만 부대원의 사상은 정치장교가 맡는 것이다.

정치장교는 부대장의 작전을 감시하는 역할도 한다. 정치보위부 소속이어서 정치장교가 본대에 보고해서 부대장을 해임, 송환시킬 수도 있다.

그때 응접실 안으로 대원 셋이 들어섰다.

이동욱과 작전을 하고 돌아온 안만기도 끼어 있다.

그들을 본 장일성의 눈동자가 흔들렸다.

박철이 장일성에게 물었다.

"장 상위, 조금 전에 김인숙이 자백을 했다."

"예?"

되물었던 장일성의 얼굴이 누렇게 굳어졌다.

그때 뒤쪽에 서 있던 대원 둘이 장일성의 양쪽 팔을 끼었다. 그리고 하나가 장일성의 양쪽 팔을 뒤로 돌려 수갑을 채웠다.

박철이 지그시 장일성을 보았다.

"난 네가 김인숙하고 자면서 정보를 흘릴 줄 알았더니 팔았더군. 3년 전, 우리가 당했을 때도 네가 정보를 줬기 때문이더군."

"오해하신 겁니다!"

장일성이 안간힘을 쓰듯이 말했다. 어느새 이마에 땀방울이 솟아나 있다.

"본부 정치국장한테 연결을 시켜주시죠."

"정치국장 백 대좌도 끌고 들어가려고?"

"백 대좌 동지가 제 결백을 보장해 주실 겁니다. 그리고……."

장일성이 어깨를 부풀렸다. 이제는 두 눈이 번들거리고 있다.

"당신은 나를 처벌할 권한이 없습니다. 우리 정치부 요원은……."

그때 박철이 말했다.

"저놈, 팔 하나를 조각내버려."

박철이 말을 이었다.

"입만 빼놓고 하나씩 다 자르고 부러뜨리도록 해. 저놈이 머릿속에 든 것을 다 토해낼 때까지."

"으악!"

그때 장일성의 비명이 응접실에 울렸다.

안만기가 팔 하나를 잡아 위로 치켜 올렸기 때문이다.

수갑이 채워져 있어서 뒤쪽의 팔이 기괴하게 올라갔다.

그 순간이다.

"뚜둑! 뚝!"

꽤 굵은 나무가 부러지는 소리가 났다.

"으아악!"

이동욱의 얼굴에 쓴웃음이 번졌다.

팔 부러진 사람을 수없이 보았지만 이런 모습은 처음이다.

장일성이 입을 딱 벌리고 목청껏 신음을 뱉는다.

팔 한쪽이 반대 방향으로 그것도 두 번이나 꺾어져 있다. 어깨 쪽은 절반쯤 뽑힌 것 같다.

뒤에서 둘이 수갑을 채운 상태로 비틀고 당겼기 때문이다.

갑자기 변 냄새가 덮였다.

장일성이 쏟아낸 것이겠지.

황비자오와 고대형의 통화.

오전 9시 반.

"이번 기습팀은 베이징관구 사령관 손시창 상장의 직속 부대인 특공대장 원부 대교의 암살팀이야."

고대형이 거침없이 말을 잇는다.

"손시창의 지시를 받은 원부가 암살팀을 내려 보낸 것이지."

"타깃이 나란 말이지?"

황비자오가 잇새로 묻는다.

이곳은 상하이 황푸강변의 안가.

황비자오는 또 안가를 옮겼다.

황비자오와 고대형은 나이 차이가 좀 있지만 언제부터인가 서로 말을 텄다.

자연스럽게 팀웍이 만들어진 것이겠지.

고대형, 황비자오, 오훈삼, 곽청 등이 1세대 팀웍이고 이동욱, 박철 등은 2세대쯤 된다.

황비자오가 말을 이었다.

"좋다. 해보자구. 이렇게 되면 막 가자는 건데, 나도 당하고 있을 수만은 없잖아?"

"내가 주소 불러줄 테니까 공안의 테러진압부대를 출동시켜. 베이징관구 사령관은 당황할 거야."

"불러줘."

"하 부장도 도와줄 테니까."

"우리도 한 배를 타고 있는 거야."

"베이징에서도 손을 쓸 테니까 걱정하지 말고."

"알았어. 주소 불러줘."

수수께끼 같은 대화였지만 둘은 다 이해했다.

전화기를 바꿔 쥔 황비자오가 곧 고대형이 불러주는 주소를 받아 적는다.

6장 희망의 땅

오전 11시.

원부 대교가 손시창 상장 앞에 섰다.

손시창은 63세, 반백의 머리에 붉은 얼굴. 곧 군사위 후보 위원에서 군사위원으로 승진할 예정이다.

중국군은 군사위 주석인 장평국 주석, 부주석인 왕홍만과 이청산, 그리고 8명의 군사위원이 지배하고 있는 것이다.

원부가 똑바로 손시창을 보았다.

"사령관 동지, 실패했습니다."

손시창은 시선만 주었지만 원부가 어깨를 늘어뜨렸다.

"팀장 이하 6명이 전사한 것으로 추정됩니다."

"추정?"

손시창이 건조한 목소리로 물었다.

"무슨 말이냐?"

"기습을 했는데 귀환하지 않았습니다."

"……"

"적이 처리한 것 같습니다."

"……"

"다시 암살팀을 보내야 할 것 같습니다."

"가만."

말을 막은 손시창이 원부를 보았다.

"네 책임은 어떻게 할 작정이냐?"

"예. 제 책임은……."

원부의 얼굴이 붉어졌다.

"일단 타깃을 정리하고……."

그때 손시창이 탁자 위의 벨을 눌렀다.

베이징관구 사령부 3층 집무실 안이다.

곧 부관이 들어와 원부의 옆에 부동자세로 섰다.

"부르셨습니까?"

"특공대장 원부를 오늘 자로 직위 해제하고 상교로 1계급 강등한다. 내 지시가 있을 때까지 영내 숙사에 감금하고 외부 연락을 금한다. 죄명은 명령 불복종, 국가관 미약이다. 알았나?"

"예, 사령관 동지."

긴장한 부관이 대답했을 때 손시창이 회전의자를 돌려 앉았다.

"무능한 죄는 총살감이지만 봐준 거다."

돌아앉아서 하는 말이지만 다 들렸다.

둘이 방을 나갔을 때 손시창이 전화기를 들고 버튼을 눌렀다.

전화기를 귀에 붙인 손시창이 곧 응답소리를 듣는다.

"예, 천중수요."

국가보안국 부국장이며 당중앙위 상임위원 천중수다.

"예, 손시창입니다."

"예, 사령관. 무슨 일입니까?"

둘은 주석 장평국 라인이니 우군(友軍)이다.

각각 당과 군에서 정상에 오르는 동안 장평국의 배경을 업고 출세가도를 타고 온 동지다.

그때 손시창이 말했다.

"상하이 작전이 실패했습니다. 저쪽의 반격이 예상됩니다."

"만납시다."

대뜸 천중수가 말했다.

"우리가 당하고 있을 수만은 없어요."

"탕!"

총성이 울린 순간 구영춘이 벌떡 일어섰다.

오후 1시 반.

숙소에서 방금 점심을 먹은 구영춘이 응접실에서 TV를 보던 중이다.

그때 다시 총성이 울렸다.

"탕! 타타타타탕!"

연발 사격, 한두 정이 아니다.

조금 전의 총성은 사격 개시의 신호다.

구영춘이 정신없이 벽 쪽 옷장을 열고 소총을 꺼냈을 때 응접실로 아환이 뛰어 들어왔다.

"기습입니다!"

아환이 악을 쓰듯 말했지만 곧 총성에 뒷말이 묻혔다.

"타타탕! 탕! 탕! 탕!"

총성만 울릴 뿐 외침이나 소란이 일어나지 않는다.

이쪽은 그렇게 훈련이 되었지만 상대도 전문가들이다.

"중위 동지, 당했습니다!"

아환이 헐떡이며 말했는데 옆구리에 피가 번져가고 있다.

손에 권총을 쥔 아환이 다시 입을 열었을 때다.

"쾅쾅!"

응접실 안에서 폭음이 울리면서 가스가 확 퍼졌다.

독가스다.

테러 진압용으로 공안에서 개발한 독가스.

한 번만 흡입해도 의식을 잃는다.

엉겁결에 소매로 입을 막았지만 구영춘은 머리가 부서지는 것 같은 고통을 느끼고는 신음했다.

그 순간 독가스가 사정없이 흡입되었고 구영춘은 의식을 잃었다.

1시간 후, 오후 2시 반.

상하이 공안부장 하상옥이 베이징에서 걸려온 전화를 받는다.

전화기를 건네준 보좌관의 얼굴이 굳어 있다.

상대가 국가보안국 부국장 천중수였기 때문이다.

하상옥이 심호흡을 크게 하고 나서 송화구에 대고 말했다.

"예, 하상옥입니다."

"하 부장, 납니다. 천중수요."

"아니, 갑자기 웬일이십니까?"

연륜도 서열도 한참 위인 천중수다.

얼굴을 알지만 일 년에 한두 번 베이징에서 정보기관장 회의할 때 만난 사이일 뿐이다.

서먹하게 물었더니 천중수가 짧게 웃었다.

"방금 공안총부장한테 올린 보고서를 보고 전화드린 거요."

"아, 예."

하상옥이 다시 소리 죽여 심호흡을 했다.

상하이 중산남로 아래쪽 주택가에 거점을 둔 테러단 12명을 소탕한 보고서다. 아직 신분 파악은 안 했지만 숙소에서 19정의 기관총, 14정의 권총, 수류탄 25발, 실탄 3천여 발을 압류한 대전과다. 12명 중 7명을 사살, 5명을 중경상 상태로 체포했으니 곧 신분 확인이 될 것이었다.

아직 언론에는 발표되지 않았지만 공안의 대성과로 선전이 될 터였다.

그때 천중수가 말했다.

"하 부장, 그들은 군사위 소속의 작전반이오. 테러분자들이 아니오."

"예? 군사위 소속이라구요?"

하상옥이 버럭 소리쳤다.

"말도 안 됩니다. 군사위 소속이라고 해도 지역 공안에는 통보를 하는 것이 당규에도 나와 있습니다. 극비인 경우에도 지역 공안 책임자에게 서류 통보를 해야 되는 것 아닙니까?"

"아, 그렇지만, 하 부장."

"이건 더 큰 문제입니다. 난 당 기율위원회에 보고하겠습니다."

"하 부장, 잠깐 진정하시고 내 말을 들어보시오."

천중수가 달래듯이 말했다.

"그들이 급해서 그랬던 모양이오. 군사위 부주석의 체면을 봐주셔야겠소."

군사위 부주석까지 내놓는 걸 보면 그만큼 절박했기 때문일 것이다.

이때 군사위 부주석 왕훙만까지 무시할 수는 없는 노릇이다. 그때는 죽으려고 작정을 해야 된다.

그러나 하상옥은 '카드'를 내밀었다.

"믿을 수 없습니다. 군사위 부주석이 직접 해명하신다면 모를까, 이해가 안 됩니다."

"알았소. 곧 전화를 드리도록 하지요."

천하의 국가보안국 부국장 천중수도 두 손을 들었다.

베이징관구 사령관 손시창 상장이 군사위 부주석 왕홍만과 독대를 하고 있다. 천안문 안쪽의 당무위원용 12층 건물 안.

겉은 평범한 대리석 건물이지만 안은 육중한 분위기의 사무실이다.

모퉁이마다 제복 차림의 군 경비대가 서 있어서 일반인들은 들어오지도 못한다.

3층의 왕홍만 집무실 안.

오후 3시가 되어가고 있다.

손시창의 보고를 들은 왕홍만이 쓴웃음을 지었다.

"상하이의 공안 하나 처리하지 못하고 군특공대 1개 팀과 지원팀까지 몰살을 했구만."

손시창은 63세로 왕홍만보다 연상이다.

그러나 얼굴이 더 붉어지면서 입을 다물었다.

왕홍만의 목소리가 굵어졌다.

"조금 전에 천중수한테서 연락이 왔어. 하상옥이 내 전화를 받아야 믿어 주겠다는 거야. 그것은 어젯밤 황비자오를 공격했던 놈들이 특공대라는 것을 시인하는 셈이 되겠지."

"……."

"그것으로 하상옥은 국가보안국과 군의 약점까지 쥐었다고 생각할 거야."

왕홍만이 번들거리는 눈으로 손시창을 보았다.

"천중수도 팀을 내려 보내 한국 놈을 처리하려다가 토요회장인 계집애만 죽여 놓았어. 하는 일들이 그냥……."

"……."

"그놈들 배후에 막강한 정보력이 있어. 그걸 가만두면 안 돼. 그 배후 세력들이 후진명이나 목정대를 도와주는 것 같단 말야. 삼합회가 허무하게 무너지는 것도 수상하고."

왕홍만이 고개를 절레절레 흔들었다.

"그놈들은 총사령부의 지휘하에 체계적으로 움직이는 느낌이 와. 그런데 우리는 공안, 아니 이제 공안은 흐트러져서 제 전력 발휘가 힘들고 국가보안국, 군(軍)도 제각기 조직만 방대했지 따로따로 놀아서 각개 격파를 당하고 있어. 아무래도 우리도 전력을 한 곳으로 모아야겠어."

"그렇습니다."

손시창이 겨우 그렇게 말했을 때 왕홍만이 눈동자의 초점을 잡았다.

"내가 주석 동지를 만나 특별사령부를 만들어 올 테니까 동무는 그사이에 군(軍)의 대테러반을 편성해, 최정예로. 말만 앞세우는 놈들은 쫓아내고."

"예, 부주석 동지."

"오늘 밤까지 편성해라."

그러고는 왕홍만이 자리에서 일어섰다.

"자기야?"

열쇠 돌리는 소리가 나면서 문이 열렸을 때 김인숙이 고개를 돌리면서 물었다.

"아!"

놀란 김인숙의 입에서 낮은 외침이 터졌지만 이미 늦었다.

눈앞으로 사내 둘이 다가왔다. 그 뒤에도 하나가 더 있다.

"누, 누구……."

미처 말을 마치기도 전에 사내가 휘두른 주먹에 관자놀이를 맞은 김인숙이 쓰러지면서 탁자에 머리를 부딪치고 기절했다.

"당분간 여기 계시죠."

최영건이 주위를 둘러보면서 말했다.

이곳은 장백산이 바로 보이는 시골 마을.

중국에서는 백두산을 장백산이라고 부른다.

최영건이 말을 이었다.

"제가 박태수를 만나겠습니다."

이틀 후에 박태수가 헤로인을 갖고 옌지에 오는 것이다.

지금 전쟁 중이지만 헤로인은 받아야 한다.

이곳은 산골 마을이라 국도로 나가려면 1차선 도로를 10킬로나 가야만 한다.

조애선은 시장에 매복시켰던 부하 5명이 모두 사살되었다는 보고를 듣자마자 어머니와 함께 이곳으로 피신한 것이다.

이곳도 용의주도한 성격의 조애선이 마련한 안가 중의 하나다.

민가 2채를 연결해 만든 안가에는 부하 10명, 차량 3대가 숨겨져 있어도 흔적이 보이지 않는다.

오후 6시 반.

겨울의 산골짜기에는 이미 어둠이 덮여 있다.

그때 조애선이 말했다.

"내가 지금까지 공안에 공을 들여 놓았는데 이번 기회에 써먹어야 될 것 같아."

"저도 그 생각을 했습니다."

최영건이 바로 맞장구를 쳤다.

"공안만 협조해준다면 그놈들을 몰살시킬 수가 있죠."

"내가 기 부장을 직접 만나야 할 테니까 부장실에 연락해서 약속 시간하고 장소 받아놔."

"내일 아침에 전화하겠습니다. 내일 저녁 시간으로 할까요?"

"그렇게 해."

정색한 조애선이 말을 이었다.

"시장 사건을 알고 있을 테니까 그 범인 놈들에 대해서 상의할 것이 있다고 해."

그리고 돈 가방을 가져가는 것이다.

만날 때마다 달러가 든 돈 가방을 주는 터라 전화만 하면 바로 만난다.

철저하게 주고받는 사이가 되었기 때문에 전혀 부담도 없다.

전화기를 귀에 붙인 이동욱이 물었다.

"형님, 하 부장이 왕 부국장의 전화를 받았단 말야?"

"그렇다니까."

황비자오의 목소리에 웃음기가 섞여 있다.

"어제 중상을 입고 체포된 놈들이 베이징관구 소속 특공대 지원팀이라는 거야. 공안에 신고를 안 한 건 작전 연습이었기 때문이라는군."

"변명도 옹색하네."

"널 죽이러 왔다가 네가 없으니까 날 타깃으로 삼은 거지."

"날 처음에 죽이려고 한 건 국가보안국 소속 암살팀이었어."

"알아. 국가보안국, 군사위까지 다 덤벼들고 있는 거야."

"어쨌든 다급하니까 왕홍만까지 내세웠구만."

"천중수가 먼저 하 부장한테 연락했다가 안 먹히니까 왕홍만까지 내세운 거지."

"이젠 공개적인 전쟁이 되었군."

"그래. 이제 숨길 것도 없으니까 대놓고 나설 것 같다. 하 부장도 그래."

"하 부장도?"

"하 부장도 이젠 적극적이야. 이미 다 오픈되었으니까 죽기 살기로 해보겠다는 것이지."

"잘되었네."

"여긴 팀이 굳어졌다. 너나 잘 쉬어라."

황비자오가 이제는 이동욱 걱정까지 한다.

고대형은 지금 베이징에 있다.

고대형 역시 전장의 중심, 베이징으로 와 있는 것이다.

이곳에서 중국 천하가 관리된다.

장기집권을 꾀하는 장평국과 후진명, 목정대의 전쟁이 일어나고 있는 곳이다.

"예상 후보 중 하나가 연자성입니다."

성윤이 서류를 펼쳐놓고 말했다.

"현재 35명 후보위원 중 하나로 경제전문가입니다. 장평국 주석의 보좌관으로 중칭에서 함께 근무한 후부터 20년 가깝게 심복이 되어 있지요. 지금은 경제부부장입니다."

서류에는 연자성의 사진과 이력, 주소와 가족관계, 재산까지 기록되어 있다.

고개를 든 고대형이 성윤에게 물었다.

"오탁은 지금 어디에 있지?"

"오늘 런던에 도착할 것입니다."

오탁은 중앙위상임위원이다.

당 서열 7위, 외교부장을 겸하고 있는 당 원로, 등소평의 신임을 받고 등용되었지만 장평국 시대가 오자 장평국의 심복이 되었다.

지금 오탁은 파리를 거쳐 런던에 오늘 도착한다.

고대형이 서류를 덮고 성윤에게 말했다.

"전국 회의는 20일 남았어. 전국회의에서 당상무위원 충원 결의는 당연히 통과될 것이고 한 달 후에 당중앙위 회의까지 50일이야."

50일 후에 4명이 충원이 결의되면 그 자리에서 후보가 결정되는 것이다.

예비 후보 40명이 선정되겠지만 그중에서 중앙위상임위원 예비후보 35명이 다 포함될 가능성이 많다.

그때 성윤이 말했다.

"지금 우리가 작업하고 있는 대상은 17명입니다. 그중에 4명이 포함되어야 할 텐데요."

성윤은 CIA 요원이다.

철저한 미국 시민으로 중국에 자원해서 온 것이다.

증조부 때 미국으로 왔기 때문에 고향이 남경 근처였다고만 들었지 전혀 연고도 추억도 없는 미국인이다. 그러나 중국을 미국식 민주화 국가로 바꿔야 한다는 사명감에 부풀어 있다.

지금 성윤도 고대형의 보좌관으로 수족이 되어 있다.

그때 고대형이 말했다.

"좋아. 할 수 있는 데까지는 해봐야지."

오후 7시 반.

옌지시 서북쪽의 중식당 '장백산'의 밀실에 두 남녀가 앉아 있다.

여자는 조애선이고 남자는 옌지 공안부장 기건호다.

기건호는 48세. 조애선과는 여러 번 만난 사이다.

종업원에게 주문을 마쳤을 때 조애선이 입을 열었다.

"그젯밤에 동부시장에서 일어난 사건은 북한 놈들의 소행입니다."

"응? 그게 정말야?"

놀란 기건호가 눈을 크게 떴다.

"증거가 있어?"

"네. 정보원 보고를 받았습니다."

"그것 갖고는 힘든데."

"그자들 은신처를 알아요."

조애선이 기건호 앞에 서류를 내밀었다.

"은신처로 추정되는 3곳의 주소입니다."

"오!"

"그리고."

탁자 밑에서 가방을 든 조애선이 기건호 앞에 내려놓았다.

"여기 10만 불 들었어요."

"오!"

기건호가 바로 손을 뻗어 가방을 잡더니 의자 밑에 내려놓았다.

"소탕해주세요."

"알겠어. 어차피 그놈들 내가 손보려고 했어."

"5명이나 죽인 놈들 아녜요? 이번에 부장님이 실적을 올리셔야죠."

"헤로인 때문인가?"

목소리를 낮춘 기건호가 물었다.

294

"그래요."

고개를 끄덕인 조애선이 말을 이었다.

"그놈들 처리해주시면 제가 사례를 단단히 하죠."

"알았어."

주소가 적힌 서류를 접어 주머니에 넣은 기건호가 입맛을 다셨다.

"애들을 둘이나 미국 유학을 보냈더니 돈이 엄청나게 드는군."

"많이 버셔야죠."

조애선이 눈웃음을 쳤다.

"이번 일만 끝내주시면 애들 걱정은 안 하셔도 될 겁니다."

중국 외교부장 오탁은 14년째 외교부장을 맡고 있는 터라 서방 외교가에서 중재자로 존중을 받는다.

이번 런던 방문도 테러에 대한 각국의 공동대처 방안을 합의하기 위해서였는데 중국은 서방 27개국 모임의 부회장국에 선임되었다.

회장국이 미국, 부회장국이 러시아와 중국, 독일, 프랑스였고 간사국이 영국이다. 외무장관들의 투표에 의해 선임되었기 때문에 오탁에게는 개인적인 명예이기도 했다.

오후 2시 반.

점심 식사를 마친 오탁이 호텔방으로 돌아와 응접실에서 TV를 켰을 때다.

전화벨이 울렸기 때문에 오탁이 탁자 위에 놓인 전화기를 들었다.

"여보세요."

응답했을 때 보좌관 왕준의 목소리가 울렸다.

"부장 동지, TV를 켜보십시오."

"켰는데."

아직 손에 리모컨을 들고 있었기 때문에 오탁이 대답했다.

TV에는 드라마가 방영 중이다.

그때 왕준이 말했다.

"조금 전에 뉴욕에서 테러가 발생했습니다!"

"뭐? 테러?"

"채널 돌려 보십시오."

오탁이 버튼을 눌러 채널을 바꿨다.

그 순간, 거대한 빌딩에서 화염이 뿜어 오르고 있다.

비슷한 빌딩 2개다.

그다음 순간, 빌딩이 무너져 내렸다.

놀란 오탁이 벌떡 일어섰을 때 아나운서가 소리치듯 말했다.

"테러입니다! 여객기 2대가 뉴욕 세계무역센터빌딩에 부딪쳐서 폭발했습니다!"

"아, 나, 지금 보고 있어!"

덩달아서 오탁이 소리쳤다.

2001년 9월 11일이다. 뉴욕 시간으로 오전 8시 46분과 9시 3분.

뉴욕의 세계무역센터 쌍둥이 빌딩을 여객기를 납치한 테러범이 차례로 충돌시켜 폭발했다.

또한 다른 1대는 워싱턴의 미 국방성 펜타곤 건물에 충돌했으며 또 다른 1대는 테러범이 납치했으나 승객들과 싸우다 지상에 추락, 탑승객 전원이 사망했다. 이 비행기는 승객들의 사투로 충돌을 면한 것 같다.

중국 외교부장 오탁은 '테러 회의'에 참석했다가 9·11 테러를 맞게 되었다.

오전 회의를 마치고 다음 일정은 내일 오전이었지만 회장국 미국이 비상회의를 소집했기 때문에 각국 외무장관은 회의장에 다시 모였다.

미국 대표로 참석한 국무장관 베이컨은 부시 대통령으로부터 훈령을 받은 것이다

"우리는 이번 테러를 일으킨 단체, 그 단체를 지원한 국가에 대해서 선전포고를 할 것입니다. 이에 대해 27개국이 결의해 주시기를 요청합니다."

베이컨이 한마디씩 차분하게 말했지만 눈에 눈물이 고여 있었다.

"옳습니다! 서명합니다!"

부회장국 독일, 프랑스 외무장관이 바로 동의했고 러시아도 소리쳤다.

오탁이 2초쯤 망설이다가 손을 들면서 말했다.

"중국도 동의합니다."

"영국도 동의합니다."

이어서 간사국인 영국 외무장관이 소리쳤기 때문에 회장, 부회장, 간사국까지 모두 동의했다.

일반 회원국은 박수로서 따른다는 표시를 했다.

이로써 오전에 테러를 일으킨 조직과 그 국가에 대해서는 미국을 중심으로 한 27개국이 선전포고를 하기로 합의가 되었다.

테러국에 대해서 27개국이 선전포고를 한 셈이다.

"오 동지, 거기 몇 시입니까?"

동이양이 물었을 때 오탁이 입맛부터 다셨다.

언짢을 때의 버릇이다. 알면서도 물어보는 것에 비위가 틀어졌다.

런던 시간은 오전 1시다. 베이징은 오전 9시가 되었을 것이다.

오탁은 자지 않고 본국의 훈령을 기다리던 중이다. 국가주석 장평국의 훈령이다.

오후에 27개국의 '테러와의 전쟁' 선포는 9·11 테러의 후속 조치로 전세계에 퍼졌다.

부회장국인 중국도 테러와의 전쟁에 참여하게 된 것이다.

오탁은 회의가 끝나자마자 주석실에 경과를 보고했다.

주석의 허락을 받지 않았지만 그럴 상황이 아니었다.

9·11이란 엄청난 사상 초유의 테러가 발생했고 미국이 일본의 진주만 기습보다 더 큰 피해를 입었다.

진주만 기습 때는 2,600명의 사상자가 났지만, 9·11에는 3천이 넘는 인명이 폭사한 것이다.

회의장에 모인 27개국이 일시에 테러국에 선전포고를 결의한 상황이다.

부회장국인 중국만 주석실의 승인을 기다린다면 세상의 웃음거리가 된다. 이 경우는 사후 승인이 당연하다.

그때 동이양이 말을 이었다.

"오 동지, 주석께서 중국은 일단 테러에 대한 규탄을 하되 '선전포고 동맹'에서는 빠지는 것이 낫다고 하셨습니다."

"……"

"우리는 중동 각국과의 교류 관계도 있으니 오 동지께서 짤막한 성명이나 따로 발표했으면 좋겠다고 하십니다."

"짤막한 성명이라니?"

"테러는 반대하지만 전쟁이 되면 인명 피해가 늘어날 테니 전쟁은 피해야 된다는 정도면 되겠지요."

"무슨 말인지 알 텐데, 그런 성명을 내서 득보다 실이 클 거요."

"왜 그렇습니까?"

"이번 테러로 미국은 역사상 가장 큰 기습 피해를 당했어요. 일본의 진주만 기습보다 더 큰 피해이고 미국인에게 준 모욕감은 그때보다 더 큽니다. 이런 상황에서 미국과 어긋나는 성명을 발표하면 당장에 보복을 할 겁니다."

"어떻게 말입니까?"

"지금 미국으로 수출하는 서너 개 제품만 관세를 올리면서 수입 규제를 하면 중국 경제는 당장에 곤두박질칠 거요."

"설마 그럴 리가요."

"이봐요, 동 의원."

"예, 오 동지."

"아랍권 두어 개 나라 비위 맞추려다 우리가 큰일 날 수가 있다구."

"오 동지."

이제는 동이양의 목소리가 굳어졌다.

"주석 동지의 지시대로 하시지요."

"……"

"다음 주에 시리아 아사드 대통령이 오는 거, 알고 계시지요?"

그러더니 맺듯이 말했다.

"기다리겠습니다."

"어, 저거, 왜 저래?"

놀란 이광이 TV를 응시하며 물었다.

리스타랜드의 별장 안, 이곳은 오후 4시다.

미국 CNN의 뉴스를 보고 있는 중에 갑자기 기자가 런던의 소식을 전해주고 있는 것이다.

런던의 회의장 건물이 나오더니 중국 외교부 대변인이 나와 성명을 발표하고 있다.

유창한 영어로 말하고 있다.

"중국 정부는 테러에는 강력하게 반대하고 재발 방지에 협력하겠지만 '전쟁'에 동참하지는 못합니다. 그것은 전쟁으로 무고한 주민들이 피해를 입을 것이기 때문입니다. 그러나."

숨을 돌린 대변인이 말을 잇는다.

"중국은 미국이 당한 테러에 우리의 모든 인적, 물적 지원을 다하겠습니다. 테러 방지에 대한 모든 협조를 다할 것을 약속합니다."

그때 옆에서 보던 안학태가 이광에게 말했다.

"시리아 아사드 대통령이 곧 장평국 주석을 만나 정상회담을 할 예정입니다."

"그렇군."

"알·카에다가 시리아, 이라크, 아프간을 무대로 활동했거든요."

이번 9·11 테러는 알·카에다가 저지른 것으로 밝혀지고 있다.

알·카에다는 오사마 빈 라덴이 아프간에서 세력을 굳힌 후에 가장 강력한 테러 조직으로 부상했다.

이광이 쓴웃음을 지었다.

"그래서 오탁이 직접 성명을 발표하지 않고, 외교부 대변인을 시켰군."

"미국이 분노할 것입니다."

"장평국 주석이 너무 빨리 대립각을 세우는군. 등소평 군사위 주석님 같았으면 고개를 숙이고 실리를 더 찾았을 텐데."

이광이 길게 숨을 뱉고 나서 안학태를 보았다.

"해밀턴한테 연락해."

"예, 회장님."

눈빛만 봐도 머릿속을 읽을 만큼 되어 있는 안학태다.

자리에서 일어선 안학태가 베란다를 나갔다.

"제3안가가 공안에게 기습을 당했습니다."

응접실로 들어선 부하가 정신없는 얼굴로 말했다.

오후 6시 반.

옌지시 서북쪽의 안가, 이곳은 제2안가다.

이동욱과 박철은 이곳에서도 TV에 나오는 세계무역센터 폭발과 붕괴 장면을 보는 중이었다.

놀란 박철이 리모컨으로 TV를 껐을 때 부하가 가쁜 숨을 몰아쉬며 말을 이었다.

"안가에 6명이 있었는데 한상호가 저항하다가 사살되었고, 넷이 체포되었습니다. 박영수가 도망쳐 나와서 방금 연락을 했습니다."

"이런."

자리에서 일어선 박철이 일그러진 얼굴로 이동욱을 보았다.

"제3안가가 습격을 받았다면 이곳도 위험해. 우선 피하자."

"정보가 샜어."

밤길을 달리는 차 안에서 박철이 잇새로 말했다.

"공안까지 덤비는 걸 보면 조애선이 공안한테 정보를 준 것 같다."

"조애선이 공안하고 통하나?"

고개를 돌린 이동욱이 박철을 보았다.

"그런 소문이 났어. 지금까지 조애선의 '백두산파'가 공안 단속을 받은 적이 없다는 게 그 증거다."

그때 이동욱이 차창 밖을 내다보면서 말했다.

"형님, 근처에 공중전화 있는 데서 차 세워봐. 내가 연락할 데가 있어."

오후 8시.

옌지 공안서의 강력과장 지영춘은 지린(吉林)성 공안본부의 감찰국장 호성단의 전화를 받는다.

지영춘은 출동 준비 중이었다가 성(省) 공안본부 감찰국장의 전화라고 부하가 말해서 어리둥절했다. 호성단은 말만 들었지 직접 통화는 처음이기 때문이다.

성 공안의 감찰국장은 옌지 공안부장 기건호보다 상급자다. 더구나 감찰부장은 말 그대로 감찰 업무만 집행하는 저승사자다.

방으로 들어온 지영춘은 전화기를 귀에 붙였다.

"예, 강력과장 지영춘입니다."

"여기 지린성 공안본부인데."

"예."

"나, 감찰국장 호성단이야."

"예, 국장님."

과장실에는 혼자뿐이었지만 지영춘은 상반신을 세웠다.

차츰 몸이 굳어지고 있다.

감찰국장이 일개 지서의 과장한테 직접 전화를 하는 것은 보통 일이 아니다. 불길한 일일 가능성이 95퍼센트다.

그때 호성단이 물었다.

"지금 작전 중인가?"

"예? 예, 국장 동지."

놀란 지영춘이 숨을 들이켰다.

이번 작전은 자체 비밀작전이다. 어떻게 성 본부에 알려졌단 말인가?

그때 호성단이 다시 물었다.

"거기, 공안부장이 있나?"

"예. 사무실에 계십니다, 국장 동지."

"지영춘 과장이라고 했지?"

"예, 국장 동지."

"잘 들어."

"예, 국장 동지."

"내가 동무한테만 말해주는 거야."

"알겠습니다, 국장 동지."

"옌지 공안부장 기건호가 마약 사업자 조애선과 밀착하여 뇌물을 받고 조애선의 경쟁자를 제거한다는 제보가 들어왔다. 지금 그 작전 중이지?"

"예?"

놀란 지영춘이 숨을 들이켰다.

그렇다. 그런데 기건호한테는 그저 '마약조직 소탕'이라고만 들었다.

기건호는 마약 조직의 은신처를 3곳이나 확보해놓고 있었던 것이다.

그때 호성단이 말을 이었다.

"기건호와 조애선이 접촉하고 있다는 정보를 받았다. 동무는 기건호를 미행, 또는 행동을 감시해서 조애선의 거처를 알아내도록. 알겠나?"

"예, 국장 동지."

온몸에서 소름이 돋아난 지영춘은 심호흡을 했다.

과연 이것은 장래에 어떤 영향이 올 것인가?

예측할 수가 없다.

이곳은 런던.

호텔방에서 이번 런던 방문 일정을 정리하던 오탁이 방으로 걸려온 전화를 받는다.

오후 4시 반.

전화기를 귀에 붙인 오탁이 응답했을 때 곧 존슨의 목소리가 울렸다.

"오 형, 내가 6시까지 로비 라운지로 가지요. 거기서 봅시다."

"그러지요."

오탁이 바로 승낙했다.

존슨은 오탁과 오랜 친분 관계가 있는 영국의회 의원이다. 현재 외교분과위원장.

그동안 존슨은 중국에 대해 호의적이어서 많이 도와주고 있다.

오탁이 라운지의 밀실로 들어섰을 때 기다리고 있던 존슨이 자리에서 일어섰다.

백발의 장신, 70세로 오탁과 비슷한 연배로 인연을 맺은 지 20년이 넘는다.

등소평을 존경하던 존슨이 중국을 방문했을 때 외교부 관리였던 오탁을 소개받은 것이다.

그때 오탁의 시선이 존슨 옆에 앉은 사내에게로 옮겨졌다.

처음 보는 서양인이다.

시선이 마주쳤을 때 사내가 웃음 띤 얼굴로 말했다.

"해밀턴입니다. 존슨 씨하고는 저도 20년지기입니다. 평소에 존경하고 있던 오탁 부장님을 뵙게 해달라고 졸랐지요."

"아, 그래요?"

오탁이 손을 내밀었다.

"반갑습니다."

해밀턴이 오탁이 내민 손을 잡았다.

이번 '대중국작전'의 사령탑인 해밀턴이 처음 등장한 순간이다.

"다른 곳 없나?"

기건호가 묻자 조애선이 다시 접힌 종이를 내밀었다.

"이곳은 북한 마약조가 영업장으로 이용하는 가게예요. 이곳을 습격하면 운반책이나 행동대를 잡을 수 있을 겁니다. 가게 주인도 다 연루되어 있을 테니까요."

"조사를 다 해놓았군."

종이를 받아든 기건호가 이를 드러내고 웃었다.

조애선이 적어준 북한 마약조 안가3은 모두 비었다.

정보가 새었는지 안가를 바꿨는지는 아직 알 수 없지만 안가였던 것은 분명했다.

"좋아."

기건호가 자리에서 일어섰다.

서둘러 성과를 내야만 한다.

그래야 얻는 것이 있다.

'북경장' 후문으로 나온 조애선이 주차시킨 차로 서둘러 다가갔다.

이곳은 일방통행로여서 승용차는 길가에 바짝 붙여져 있다.

오후 7시 반.

저녁 시간이었지만 기건호하고 식사도 하지 않고 헤어졌다.

급한 상황인 것이다.

지금은 북한 마약조와 전쟁 상태라고 해도 과언이 아니다. 지금까지 휴전 상태였지만 이번에는 휴화산이 터진 것처럼 되었다.

차로 다가가던 조애선이 퍼뜩 눈을 치켜떴다.

안에서 기다리고 있을 오수근이 나왔어야 한다. 차광막을 붙여서 밖에서는 안이 보이지 않지만 안에서는 뒤를 보고 있다가 나왔어야 하지 않는가?

차 안에는 운전사 하광호와 경호원 오수근이 있다.

조애선이 차에서 2미터쯤 거리에서 주춤 멈췄을 때다.

"퍽!"

발사음이 울리더니 왼쪽에서 걷던 백강철이 두 손을 앞으로 뻗으면서 쓰러졌다.

"아!"

놀란 조애선이 저도 모르게 외침을 뱉었을 때다.

차 뒷문이 열리더니 두 사내가 나왔다.

오수근과 하광호가 아니다. 어두웠지만 다른 놈들이다.

그때 뒤쪽에서 사내 목소리가 울렸다.

"조애선, 손 번쩍 들어, 이년아!"

조선말.

조애선은 어깨를 늘어뜨렸다.

어깨에 멘 가방 안에 리볼버가 들어 있기는 하다.

그때 앞에서 다가온 사내 둘이 조애선의 양쪽 팔을 움켜쥐었다.

두 시간 후.

응접실로 들어온 박철이 이동욱에게 말했다.

"방에다 처박아 놓았는데, 가볼래?"

"내가 왜?"

이동욱이 눈썹을 모으고 박철을 보았다.

"묶은 걸 풀어 놓았는데, 애가 괜찮아."

"그럼 형님이 데리고 살아."

"평양에 있는 처자식을 버리란 말야?"

"세컨드로 데리고 살면 되지."

"너나……."

입을 닫은 박철이 외면하더니 한숨을 쉬었다.

"저거 고문을 해서라도 탈탈 털어내야 되겠는데."

"털어내고 어떻게 할 거야?"

조애선의 처리 방법까지는 생각하지 않은 것이다.

박철이 고개를 들고 말했다.

"없애야지."

그 방법밖에 없다. 살려둔다면 옆에 두고 감시를 해야만 한다. 그래서 데리고 살라는 말을 한 것이다.

조애선이 기건호와 만난다는 정보는 황비자오한테서 받았다. 황비자오가 호성단을 시켜 옌지 공안부장 기건호를 감시하도록 한 것이다.

기건호를 미행한 강력과장 지영춘이 호성단에게 직보를 했다. 호성단은 황비자오에게, 그리고 이동욱에게 전달된 시간은 10분도 안 걸렸다.

박철은 후문에서 대기하고 있던 조애선의 부하 둘을 중상 상태로 데려왔고 측근 경호원은 사살해서 차에 싣고 왔다.

박철이 다시 응접실을 나가면서 말했다.

"잡아온 놈들한테도 짜낼 정보가 있지."

박철의 몸에서 활력이 느껴졌다.

밤 11시 반.

의자에 앉아 깜박 잠이 들었던 조애선이 문이 열리는 기척에 눈을 떴다.

사내 하나가 들어서고 있다.

지금까지 서너 명이 들락거렸지만 처음 보는 사내다.

시선이 마주치자 사내의 눈빛이 약해졌다.

조애선이 외면했을 때 사내는 앞쪽 의자에 앉았다.

이곳 안가에 잡혀온 지 2시간이 지났다. 그동안 북한 마약조장과 부하들이 이것저것 묻고 갔지만 건성이다.

그때 사내가 입을 열었다.

"난 한국인이야."

이동욱이다.

이동욱이 지그시 조애선을 보았다.

"어쩌다 보니까 이곳까지 와서 너하고 이렇게 마주 보고 앉게 되었구나."

조애선은 앞쪽 벽만 보았고 이동욱이 말을 이었다.

"내가 널 잡은 것이나 같아. 공안 고위층을 시켜서 기건호를 미행시켰거든. 기건호가 네 뒤를 봐주고 있다는 것을 알았기 때문이지."

"……."

"기건호를 불러다가 강아지로 만들 작정이야. 그놈은 죽지 않으려면 시킨 대로 해야겠지."

이동욱이 주머니에서 담배를 꺼내 입에 물었다.

"내가 요즘 담배를 피워. 끊은 지 10년쯤 되었는데 말야."

담배 연기를 길게 내뿜은 이동욱이 말을 이었다."넌 어차피 죽어. 내가 그랬어. 너한테서 뭘 받아낼 것 없다고. 네가 모아둔 돈이나 재산 같은 건 놔두라고 했어. 너만 없어지면 백두산파 조직은 와해될 것이니까."

"……."

"네가 만든 운송 조직, 판매 조직도 무너질 테니까 말야."

"……."

"그리고 잡혀 온 네 부하 하나가 네 안가를 불었어. 그래서 안가를 급습해서 여섯 명을 죽이고 네 어머니를 데려왔어."

그 순간, 고개를 든 조애선이 이동욱을 보았다.

눈이 치켜떠졌고 이를 악물었기 때문에 처음으로 얼굴에 표정이 드러났다.

이동욱이 다시 연기를 길게 뿜었다.

"왜 잡아 왔는지는 모르겠다. 하지만 살아서 나갈 확률은 없어."

"나가."

그때 처음으로 조애선이 입을 열었다.

"나가, 이 새끼야."

"그러지."

고개를 끄덕인 이동욱이 자리에서 일어섰다.

"용감하게 죽어라."

"어머니 이야기를 했더니 전기 충격을 받은 것 같더군."

응접실로 돌아온 이동욱이 박철에게 말했다.

"돈만 밝힌다고 소문이 난 독사가 꿈틀거리는 느낌을 받았어."

조애선의 별명이 독사다.

과연 조애선의 표정을 보면 싸늘하고 무표정한 분위기가 독사다. 혀를 날름거리면 더 그럴 것 같다.

그때 박철이 말했다.

"한 놈이 내일 태국에서 가져온 헤로인을 인수한다고 자백했어. 이제는 조애선의 백두산파가 끝난 거야."

박철이 얼굴을 펴고 웃었다.

"내일 태국에서 온 운반책을 잡고 백두산파 시장을 싹 먹는 거다. 조애선은 눈앞에 제 어머니의 머리에 총을 붙이면 어떤 꼴을 할지 궁금하다."

"형님이 알아서 해."

이동욱이 자리에서 일어서며 말했다.

다음 날 오전 10시가 되었을 때 옌지 공안부장 기건호가 손님 둘을 맞는다.

사복 차림의 둘은 거침없이 방으로 들어섰다.

"어서 오십시오."

자리에서 일어선 기건호가 고개를 숙여 인사를 했다.

그러나 들어선 둘은 본 척도 하지 않는다. 무안해진 기건호가 우물쭈물할 때 둘은 먼저 자리에 앉았다.

방 안에는 셋뿐이다.

그때 손님 중 하나가 기건호에게 말했다.

"부장, 자리에 앉아."

"예, 국장님."

기건호가 소파의 구석자리에 조심스럽게 앉았다.

사내는 지린(吉林)성 공안부 감찰국장 호성단이다. 기건호의 상관일 뿐만 아니라 감찰국장은 생사여탈을 쥐고 있는 직책이다.

그때 호성단이 똑바로 기건호를 보았다.

"부장, 어제 조애선을 만났지?"

"예?"

놀란 기건호가 외마디 소리만 뱉었다.

입맛을 다신 호성단이 말을 이었다.

"넌 조애선한테서 수없이 뇌물을 받았어. 인정하지 않나?"

"저는……."

숨을 들이켠 기건호의 얼굴이 누렇게 굳어졌다.

그때 호성단이 쓴웃음을 지었다.

"증거가 있어. 넌, 이걸 감찰 보고서로 올리면 총살이다."

기건호는 숨만 쉬었고 호성단의 목소리가 높아졌다.

"널 체포하려고 온 거야. 하지만."

호흡을 고른 호성단이 기건호를 보았다.

"너한테 살길을 주마."

"살려주십시오."

기건호가 두 손까지 모으면서 말했다.

"시키시는 대로 하겠습니다. 목숨만 살려주십시오."

그때 호성단이 말했다.

"강력과장을 불러."

기건호가 정신없이 손을 뻗어 인터폰을 눌렀다.

잠시 후에 강력과장 지영춘이 들어왔기 때문에 방 안에는 넷이 둘러앉았다.

호성단이 고개를 들고 기건호를 보았다.

"너는 앞으로 여기 앉아 있는 강력과장의 지시를 받아라. 알겠나?"

"예, 국장 동지."

"강력과장이 너한테 지시할 테니까 그 지시대로 행동하도록. 알겠나?"

"예, 국장 동지."

"여기서 그렇게 살다가 모은 재산을 갖고 퇴직하도록. 알았나?"

"예, 국장 동지."

"만일 한 번이라도 어길 때는 미국에 있는 네 두 아들이 며칠 내로 죽을 거다."

"……."

"너는 개 같은 놈이야. 알겠나?"

"예, 국장 동지."

그때 호성단이 고개를 돌려 지영춘을 보았다.

"너도 들었지?"

"예, 국장 동지."

"이 개 같은 놈, 재산을 다 빼앗고 총살시킬 수도 있지만 당분간 살려두는 것이니까 네가 알아서 관리해."

"예, 국장님."

"이 새끼 비서하고 운전사까지 네 부하들로 싹 바꿔라."

그러고는 호성단이 자리에서 일어섰다.

부장실을 나온 호성단이 옆을 따르는 지영춘에게 말했다.

"지금 당장 옌지 공안부장을 없앨 수는 없어. 너를 공안부부장으로 승진시킬 테니까 저놈을 관리하도록."

"예, 국장 동지."

"저놈이 자살도 못 할 거다. 그런다면 아들놈들이 죽을 테니까."

호성단의 얼굴에 쓴웃음이 번졌다.

"너는 앞으로 이분하고 수시로 연락하고 협조하도록."

"예, 국장 동지."

지영춘이 대답하고는 호성단 옆을 따르는 사내에게 목례를 했다.

시선을 받은 사내는 박철이다. 박철이 호성단을 따라 공안부까지 온 것이다.

박철은 기건호의 입장을 분명히 확인했고 부장 대리 역할이 된 지영춘하고도 얼굴을 익힌 셈이다.

옌지시 북서쪽 공단의 '제일상사'는 의류 제조 공장으로 직원이 5백여 명, 창고가 2동이나 있다.

제2창고의 사무실 안.

안쪽에는 원단이 산더미처럼 쌓여 있고 바깥쪽 문은 굳게 닫혀 있다.

사무실 안에는 사내 5명이 둘러앉아 있었는데 탁자 위에는 가방들이 놓여 있다.

"자, 그럼 확인해보시죠."

사내 하나가 말하고는 앞에 놓인 가방을 밀었다. 그러자 앞쪽 사내들도 가방을 앞으로 밀어서 서로 맞바꾼 셈이 되었다.

제각기 가방을 열었을 때 내용물이 드러났다.

헤로인과 현금이다.

조애선의 부하 최영건이 마약 운반책 박태수로부터 헤로인을 받는 중이다.

창고 문이 열렸을 때 사무실 안에서 그쪽에 신경을 쓰는 사람은 없었다.

그러나 5초쯤 지났을 때 고개를 들고 그쪽을 본 사람은 박태수였다. 같이 온 수행원이 돈을 세느라고 정신이 없었기 때문이다.

"어?"

놀란 박태수가 벌떡 일어섰을 때는 이미 늦었다.

사무실 문을 박차고 사내들이 뛰어 들어왔다.

"앗! 누구냐!"

뒤늦게 최영건이 소리쳤지만 곧 총성이 울렸다.

"퍽! 퍽! 퍽!"

사내들이 쥔 총에서 발사음이 울렸다.

뛰어든 사내들은 5명, 모두 손에 총을 쥐고 있다.

방 안의 사내들은 미처 일어나기도 전에 쓰러졌고 사무실 안에는 화약 냄새가 덮였다.

"가지고 가자."

사내 하나가 말하자 사내들이 탁자 위에 놓인 가방을 챙겼다.

돈 가방과 헤로인이 든 가방이다.

"그놈을 불러줘."

조애선이 그렇게 말했을 때는 오후 6시경.

부하 하나가 탁자에다 빵과 우유, 국수 그릇이 놓인 식판을 놓았을 때다.

고개를 든 부하가 물었다.

"누구 말야?"

"한국에서 왔다는 놈."

"아."

사내가 눈동자의 초점을 잡았다.

"왜?"

"그냥."

"그 선생님이 네 개냐?"

사내가 어깨를 부풀렸다.

"네가 부르면 오는 사람이냐고?"

그때 조애선이 심호흡을 했다.

어젯밤에 어머니가 잡혀오는 장면을 방에서 본 것이다.

의도한 장면이겠지만 사내들에게 둘러싸인 어머니가 마당을 가로질러 건너편 건물로 가고 있었다. 어머니는 차분한 모습이었는데 집에서 입는 바지에 스웨터 차림이다.

숨을 죽이고 어머니를 보던 조애선은 결국 눈물을 쏟았다. 소리쳐 어머니를 부를 수도 없었기 때문이다.

그때 조애선이 말했다.

"내가 할 말이 있다고 해."

"우리 대장이 오시면 말하지."

"네 대장 말고, 한국 놈 말야."

"대장 허락이 있어야 돼."

"한국 놈이 네 대장 지시를 받아야 나를 만날 수 있는 거냐?"

"아니. 그건 아니지만."

사내가 당황한 듯 짜증을 냈다.

"네 뜻대로 금방 안 돼."

"너 때문에 중요한 일이 늦춰진다면 네놈이 책임져야 될 거다."

"나한테 말해."

"너한테 못 할 이야기야, 이 개새끼야."

조애선이 눈을 부릅떴다.

"좋아. 네 대장이 왔을 때 기회를 놓쳤다면 네가 책임을 져야겠지. 꺼져."

조애선이 외면했다.

이동욱이 들어선 것은 10분쯤 후다.

방을 나간 사내가 바로 이동욱에게 이야기를 했기 때문이다.

저녁을 먹으면서 백주를 마신 터라 얼굴이 상기되었고 술 냄새가 펄펄 났다.

"나 찾았나?"

털썩 앞쪽 자리에 앉은 이동욱이 탁자에 놓인 식판을 보더니 혀를 찼다.

조애선은 식판의 빵과 국수, 우유까지 건드리지 않았다.

"하긴, 입맛이 있을 리가 없지."

이동욱이 흐린 눈으로 조애선을 보았다.

"어머니도 잡혀왔지, 곧 같이 땅에 묻힐지도 모르는 상황이니까."

"……"

"널 지금까지 살려둔 건 뭘 기대한 게 아냐. 오늘 태국에서 오는 마약 받는 것까지 끝내고 처리하려는 거야."

이동욱이 트림을 했다.

"네 부하 놈이 보스가 실종되었는데도 마약 받으러 나갔더구만. 돈 가방을 들고 말이지."

"……"

"그놈들 다 죽이고 돈하고 헤로인을 빼앗았다는 연락이 왔다. 공단의 제일상사에서 말야."

그때 조애선이 똑바로 이동욱을 보았다.

"넌 남조선 군인이야?"

이동욱이 눈을 크게 떴다. 술기운이 달아난 이동욱의 눈동자가 또렷해졌다.

"무슨 말이냐?"

"이놈들하고 손을 잡은 것을 보면 남조선 군인 아냐?"

"그래, 그렇다고 치자."

쓴웃음을 지은 이동욱이 어깨를 늘어뜨렸다.

"그게 너하고 무슨 상관인데?"

"나 남조선 정보원이야."

"뭐?"

"남조선한테 중국 정보를 보내주는 정보원이라고. 확인해봐도 돼."

"어디에다?"

"국정원."

숨을 들이켠 이동욱을 향해 조애선이 말을 이었다.

"국정원 제4차장 임형수한테. 내가 전화번호를 알려줄 수 있어."

"……."

"네가 한국 군인이라면 한국을 위해서 일해 온 나한테 이러면 안 되겠지?"

이동욱이 의자에 등을 붙였다.

조애선을 향한 시선이 흐려졌다가 초점이 잡혀졌다.

"네가 날 잘못 본 것 같다."

한숨을 쉰 이동욱이 말을 이었다.

"난 그런 거 상관없으니까 딴 데 가서 알아봐."

"……."

"나한테는 이 사람들이 더 중요하니까."

자리에서 일어선 이동욱이 몸을 돌리면서 말했다.

"그것이 네 살 궁리였다면 물 건너갔어."

"그렇다면 생각해봐야겠는데."

이동욱한테서 이야기를 들은 박철이 정색하고 말했다.

박철은 마약과 돈을 빼앗아 왔기 때문에 사기가 충전된 상태였다.

이동욱이 눈썹을 모으고 박철을 보았다.

"뭘 생각해보겠다는 거야?"

"조애선이 한국의 정보원이었다면 굳이 죽일 것까지는 없지 않을까?"

"죽여."

이동욱이 고개를 저었다.

"나한테 한국 군인이냐고 물으면서 말하는 것이 은근히 협박하는 분위기였다니까. 죽여."

"이젠 저거 죽이나 살리나 나한테 계륵도 안 돼. 그냥 뼈다귀야."

"마음 약해진 거야?"

이동욱이 눈을 찌푸렸다.

"뭐, 이래?"

"괜히 어머니까지 잡아 왔지?"

"이런, 젠장."

"네가 인심이나 써라. 내가 도살장에서 일하는 것도 아니고……."

"뭐야? 북한군 엘리트가."

"북한군은 다 도살자냐? 우리가 너희들한테 너무 과대평가되었어."

"얼씨구. 이거 정말 왜 이래?"

"내가 돈하고 마약까지 5백만 불 가까운 횡재를 하다보니까 좀 이상해졌다."

그러더니 박철이 이를 드러내고 웃었다.

오전 8시 반.

다시 이동욱이 들어섰을 때 조애선은 시선을 들었을 뿐 입을 열지 않았다.

놀란 것 같지도 않다.

오늘 아침밥은 빵을 절반쯤 먹고 우유는 마셨다고 했다. 사흘째지만 밥맛이 있을 리가 없지.

앞쪽 자리에 앉은 이동욱이 조애선을 보았다.

"너 어떻게 하고 싶으냐?"

불쑥 이동욱이 묻자 조애선이 바로 대답했다.

318

"한국으로 보내줘."

"한국?"

되물은 이동욱이 쓴웃음을 지었다.

"비행기 태워서?"

"그래."

"한국 가서 뭐하게."

"거기서 살려고."

"네 어머니하고?"

"그래."

"내가 왜 보내줘야 하는데?"

"한국을 위해서 일해왔으니까, 7년이나."

"7년?"

"아버지가 살아계셨을 때부터 둘이 함께 일했어."

"무슨 일?"

"중국 정보 수집."

"북한 정보도 보냈겠군."

조애선이 대답하지 않았고 이동욱이 다시 물었다.

"그런데도 여기서 널 살려 보낼 것이라고 믿어?"

"네가 있으니까."

"너라니? 이년이, 그냥."

"너는 왜 반말하는데?"

"아니, 이년이 분수도 모르고."

화가 난 이동욱이 어깨를 부풀렸다.

"존댓말 안 해? 이년아, 내가 헷갈리잖아? 내가 지금 친구하고 말하는 거야?"

"……."

"지금 네 목숨이 안전하다고 생각해?"

"……."

"네가 왜 한국을 위해서 일했는데?"

"할아버지 고향이 한국이야. 대전."

"그렇다고 정보원 노릇을 해?"

"할아버지, 아버지는 한국으로 돌아가고 싶어 했어. 그것이 나한테도 전염되었고."

"……."

"백두산파라고 이름을 붙인 것도 그 때문이야. 여기서는 장백산이라고 부르잖아?"

"……."

"한국으로 보내줘."

"내가 너하고 무슨 인연이 있는데?"

이동욱의 시선을 받은 조애선이 입을 다물었다.

"네가 한국에 가서 나하고 북한 측하고의 관계를 털어놓을 수도 있는데 말야."

"……."

"머리를 굴려봐. 어떻게 대답할지."

그때 이동욱이 자리에서 일어섰다.

"1시간 준다. 내가 바빠."

다시 응접실로 돌아와 조애선과 나눈 이야기를 했을 때 박철이 쓴웃음을 짓고 말했다.

"조애선이 재산이 많다고 했지?"

눈만 껌벅이는 이동욱을 향해 박철이 말을 이었다.

"이곳저곳에 부동산을 사놓고 가게가 여러 곳이야. 예금도 있을 것이고."

"……."

"소문으로는 수백만 불이야. 내가 이번에 한 번 거래한 돈과 헤로인을 가로챘는데 그것만 해도 5백만 불이야."

"……."

"조애선한테 이왕 한국으로 떠날 거, 그거 다 내놓으라고 해. 그럼 절반은 떼어 주겠다고."

그때 이동욱의 얼굴이 일그러졌다.

"형님이 그걸 노리고 한국으로 보내준다고 했군."

"맞아."

정색한 박철이 고개를 끄덕였다.

"그걸 생각 못 한 너도 참 순진한 놈이다."

"조애선한테서 빼앗은 돈은 다 국가에 반납할 거야?"

"내가 미쳤냐?"

어깨를 치켰다가 내린 박철이 목소리를 낮췄다.

"다 반납해도 얼마쯤 떼지 않았나 하고 의심받을 거다. 그럴 바에는 내가 싹 먹는 것이 낫지."

"맞아. 그럴 거야."

"너한테 절반을 떼어줄 테니까 은행에다 내 몫까지 맡겨줘."

"옳지. 나를 이용해서 흔적을 지우려는군. 머리가 잘 돌아가네."

"너한테 약점이 딱 잡히는 거지. 이젠 공생공사고."

"내 몫은 조애선한테 줘. 난 필요 없으니까."

"이런, 젠장. 그럼 삼등분하지."

"절반 떼어서 조애선 줘. 난 안 먹을 테니까."

"아, 됐어. 그럼 그렇게 해."

박철이 손을 내저으며 말을 이었다.

"조애선한테는 네가 먹는다고 해. 만일 조애선이 한국에 돌아가서 내가 먹었다고 하면 한국 국정원이 내 약점을 잡고 장난을 칠 테니까."

이동욱이 감탄했다.

"역시 돈 먹는 머리가 좋군."

"좋아. 그렇게 하지."

이동욱의 말을 들은 조애선이 바로 동의했다.

"절반이나 잘라서 준다니 감동했어."

"내가 그렇게 인정이 없는 분이 아니다."

"오늘부터 부동산 정리를 시작해야겠는데. 애들이 손을 대기 전에 말야."

"애들이 덤빈단 말이지?"

"내가 죽었는 줄 알 테니까."

"그럼 얼른 전화를 해야겠다."

이동욱이 서둘렀다.

"우선 전화부터 해야겠지? 전화기를 이 방에 갖다 놓을게."

그로부터 한 시간 동안 조애선은 13곳의 부동산을 매물로 내놓았는데 그중 6곳에 벌써 구입자가 나타났다. 나머지 7곳도 곧 팔릴 것 같았다.

조애선이 한숨 돌리는 것처럼 길게 숨을 뱉었을 때 옆에서 지켜보고 있던 이동욱이 물었다.

"너 안전장치 있어?"

"안전장치?"

"네 부동산 다 팔렸을 때 내가 몽땅 먹고 널 없애 버릴 수도 있는 것 아냐?"

"그런가?"

"그 생각은 안 했어?"

"했지."

조애선이 흐려진 눈으로 이동욱을 보았다.

"하지만 안전장치 생각해봤자 속이려고 마음먹었다면 끝이야."

"그렇지."

"네가 개새끼가 아니기를 바랄 뿐이지."

"사업해 온 인간 같지가 않군."

"너도 그래."

"무슨 말이냐?"

"너도 마약 사업하는 인간 같지 않아."

"마약 사업?"

"그럼 밀가루 장사냐?"

조애선이 되묻는 바람에 이동욱이 쓴웃음을 지었다.

오늘 하루에 세 번이나 조애선을 만나는 셈이어서 이젠 익숙해졌다.

박철의 호의로 조애선과 어머니는 '합방'을 했다.

그래서 그날 저녁을 조애선의 요청으로 국수에 삶은 돼지고기, 밥, 김치, 장국까지 곁들인 진수성찬이 둘에게 제공되었다.

둘이 무슨 이야기를 나눴는지는 방에 녹음장치를 안 해놓아서 못 들었다. 그러나 밥상은 싹 비워져 있었다. 돼지고기 몇 점만 남아 있을 뿐이었다.

박철의 말대로 '가장 바쁜' 하루가 지나갔다. '기쁜' 하루일 것이다.

귀국한 오탁은 주석실 비서 동이양에게 경위서를 제출해야만 했다. 동이양이 주석께서 요구했다고 했기 때문이다.

주석 장평국에게 확인할 수도 없었기 때문에 오탁은 경위서를 제출했다.

정부의 허락 없이 동맹에 가입한 이유와 동맹에 가입 못 한다는 해명을 직접 하지 않고 수행했던 외교부 대변인에게 시켰다는 사유까지 함께 적어야 했다.

치욕이다. 동이양은 주석실 비서로 후보위원에도 들지 못한 당 서열 72위의 52세 병아리다.

호가호위의 대명사로 불릴 만한 위인인데 장평국의 혀 역할을 하면서 출세가 도를 달리고 있다.

귀국한 다음 날 오후 6시 반.

오탁이 베이징 남동쪽 개발단지 옆쪽에 있는 오수원 복도를 걷고 있다.

오수원은 납골당으로 오탁의 죽은 아내와 딸이 쉬고 있는 곳이다.

이곳은 3천여 구의 유골이 3층 건물에 놓여 있어서 참배객이 많지만 늦은 시간이다.

7시가 폐관 시간이라 복도는 텅 비었다.

오탁이 2층 끝 쪽의 방으로 들어섰을 때 안에서 유골이 놓인 선반을 보던 사내가 고개를 돌렸다. 둘의 시선이 마주치자 눈인사만 했다.

60대쯤의 사내는 말쑥한 양복 차림에 안경을 썼다.

이청산, 64세, 군사위원회 부주석 중 하나이며 주석 장평국의 후계자로 알려진 인물.

현재 인민군 총정치국장이며 총사령관을 겸하고 있으며 역시 인민군 상장이다.

둘은 앞쪽 유골함 쪽을 보면서 나란히 섰다. 방 안에는 둘뿐이다.

"저 사진, 형수님이 몇 살 때 찍은 거요?"

이청산이 눈으로 앞을 가리키며 물었다.

유골함은 세로로 10칸, 가로로 50칸쯤 놓였는데 바로 앞은 오탁의 부인 홍윤의 사진이 놓여 있다. 웃음 띤 얼굴.

오탁이 홍윤을 보면서 대답했다.

"40살 때쯤 사진인가? 그러니까 지금부터 25년 전쯤 되네."

"그럼 형수님이 살아 있다면 65세인가?"

"그렇지. 5년 되었어, 죽은 지가."

"60살 때 돌아간 거요?"

"한 달 앓다가 갔어."

"한 달이면 다행이네, 오래 앓지 않아서."

"오래 앓더라도 살아 있으면 좋겠어."

"형님, 왜 보자고 한 거요?"

"삼두 정치를 해."

"무슨 말이오?"

그때 오탁이 목소리를 낮췄다.

"후진명, 목정대, 그리고 자네."

이청산이 숨을 들이켰을 때 오탁이 말을 이었다.

"이대로 가면 장평국이 20년, 30년을 끌고 갈 거야. 그 뒤를 동이양 같은 간신이 이을 것이고."

"……"

"자네는 장평국이 후계자라고 내세우지만 이번 전당대회 끝나면 토사구팽 돼."

목소리가 낮았지만 선명하다.

"형님, 어쩌시려고 이럽니까?"

이청산이 굳은 얼굴로 오탁을 보았다.

"이번에 영국 다녀와서 사유서 쓴 것 같고 그럽니까?"

"지금 미국이 9·11을 맞고 나서 가만있을 리가 없어, 아우님."

"압니다. 그래서 주석이 전군(全軍)에 비상을 걸었지 않습니까?"

"세계가 급변할 거네."

"어떻게 말입니까?"

"부시가 지금 타깃을 찾고 있어. 걸리면 바로 망해."

"그래서요?"

"지금 주석은 시리아의 아사드 방문으로 중동에 영향력을 넓힐 작정인데, 그 것이 악수야. 세상을 모르는 꼼수지."

이청산은 시선만 주었고 오탁이 목소리를 낮췄다.

"우리가 런던 결의를 하루 만에 번복하고 다음 날 동맹 탈퇴 성명서를 발표했 는데 그것을 부시가 모르고 지날 것 같은가?"

"우리한테 어쩔 건데요?"

"어쨌든 아우님, 이번 당대회에서 승부가 나야 돼."

오탁이 똑바로 이청산을 보았다.

"이번에 4명을 보태서 주석은 10명을 만들려고 하는데, 우리가 그것을 역습 하는 거야."

"어떻게 말입니까?"

"기존 6명에서 그리고 신입 4명에서 우리 측으로 포섭하는 것이지."

"그럴 수가……."

이청산의 눈동자가 흐려졌다.

당중앙상임위원은 현재 10명이다.

그 10명 중 6명이 주석 장평국 라인이고 4명이 후진명, 목정대, 양강수, 조천으로 비(非) 장평국 라인이다.

물론 이청산은 장평국 라인의 후계자지만 오탁과는 비밀리에 통하는 사이인 것이다.

그때 오탁이 말했다.

"국병우를 포섭해. 국병우한테 장 주석이 장기 집권을 하면 기회가 없어진다고 말하라고."

"……"

"국병우는 아우님과 같은 배를 탄 사람 아닌가? 아우님이 넘어지면 국병우는 당장 동이양 같은 놈의 밥이 될 거라고."

"그거야……"

"그리고."

"뭐요? 형님."

"그것만으로는 부족해. 국병우가 정보국장으로 외국을 돌아다니면서 뇌물을 받았어."

놀란 이청산이 숨을 들이켰을 때 오탁이 목소리를 낮췄다.

"베트남 사업가 한 놈하고 프랑스 무기거래상 한 놈이야. 아주 질이 나쁜 놈들이지."

"아니, 이런."

눈을 치켜뜬 이청산의 팔을 잡은 오탁이 말을 이었다.

"어쩔 수 없어. 외국에 자식을 내보낸 고위직 공무원치고 뇌물 안 받은 놈이 없어. 물론 아우님은 빼고 말이지."

"내 아들이 불쌍하군요. 지금도 영국에서 세차장 일을 하고 있을 텐데."

"동생, 앞으로 한 달 반 남았어. 요훈이도 어깨를 펴고 살게 하라고."

이요훈은 이청산의 아들이다.

수재 소리를 듣는 이요훈은 옥스퍼드에서 장학금을 받지만 용돈이 부족해서 세차장에서 아르바이트를 한다. 이청산이 한 달에 750불씩만 보내주기 때문이다.

"그 개새끼가 뇌물을 받았다면 고발을 해야겠는데. 난 그럴 줄은 몰랐는데……."

고개를 든 이청산이 번들거리는 눈으로 오탁을 보았다.

"형님, 그걸 어떻게 알았소?"

"CIA."

숨을 들이켠 이청산에게 오탁이 말을 이었다.

"내가 어떻게 알았겠나? CIA가 정보를 주었어. 장 주석은 이미 미국의 눈 밖에 났어."

"……."

"이이제이야. 오랑캐를 없애려면 오랑캐를 이용해야 돼."

"……."

"장평국의 장기 독재, 황제가 되는 것을 막으려면 오랑캐의 정보를 이용하는 수밖에 없어."

"……."

"국병우에게 말해. 첩보가 들어왔는데 동생이 쥐고 있겠다고. 대신 이번 당중앙위 선거 때 우리와 동참하라고 해."

"그 증거가 있습니까?"

"여기."

오탁이 주머니에서 꺼낸 서류를 이청산 주머니에 찔러 넣었다.

"그걸 말해주면 국병우는 혼이 나갈 거네."

그때 이청산이 길게 숨을 뱉었다.

"나도 이번 당중앙위원회 임시 개최가 마땅치 않았어요. 잘되었습니다."

"이봐, 우리는 지금 조국을 위해서 목숨을 걸고 있는 거네."

오탁이 흐려진 눈으로 이청산을 보았다.

"나는 자네들이 삼두체제로 중국을 이끌어 가는 것을 보고 은퇴할 거야."

"다 팔렸어."

매물로 내놓은 지 나흘째.

조애선의 가게가 다 팔렸다.

가격을 20퍼센트쯤 깎아 주었기 때문이기도 할 것이다. 제 가격을 불렀어도 다 팔렸을 가게들이었다. 조애선은 박철의 부하들과 함께 다롄과 창춘, 톈진까지 다녀온 것이다.

조애선이 앞에 앉은 박철과 이동욱을 번갈아 보았다.

오후 6시 반, 저택 안은 활기에 차 있다.

"모두 18억 위엔쯤 돼."

1천만 불이 넘는 금액이다.

조애선이 말을 이었다.

"이제 다 끝났어. 내 재산은 다 정리된 셈이야."

둘은 듣기만 했고 조애선이 말을 이었다.

"난 다 버리고 떠날 거야. 당신들이 약속대로 보내줄지 모르지만."

"……"

"그리고 여기."

조애선이 주머니에서 접힌 서류를 꺼내 탁자 위에 놓았다.

"여기 명단이 있어. 전화번호까지 적어 놓았으니까 이 사람들한테 내 몫으로 준다는 돈을 나눠줘."

이동욱이 손을 뻗어 서류를 펴 보았다.

서류에는 조애선이 또박또박 쓴 이름과 전화번호, 그리고 옆에는 금액이 적혀 있다.

이름은 30여 명, 이름 옆에 적힌 금액은 다르다.

고개를 든 이동욱과 조애선의 시선이 마주쳤다.

조애선이 말을 이었다.

"거기에 죽은 사람들도 있어. 당신들이 죽인 사람들이야. 그 가족들에게 보내는 거야. 산 사람들은 내가 없어지면 생계가 어려워져."

"……."

"난 안 줘도 돼, 내가 예금한 돈도 있으니까."

조애선의 얼굴에 쓴웃음이 번졌다.

"자, 맡기겠어."

조애선이 제 방으로 돌아가고 둘이 남았을 때 박철이 한숨을 쉬었다.

"저것이 통이 크구나."

박철이 이번에는 고개를 저었다.

"제 몫의 돈을 죽은 조직원 가족과 남은 조직원한테 싹 나눠주다니. 내 기를 죽이는군."

"형님, 어떻게 할 거야?"

이동욱이 서류를 들고 물었다.

"이번 부동산 대금의 딱 절반이야."

"줘야지."

어깨를 편 박철이 말을 이었다.

"나도 그 돈을 부하들에게 나눠줄 거다."

"살판났군."

이동욱의 얼굴에 웃음이 떠올랐다.

"조애선 덕분이야."

그때 방으로 사내 하나가 들어서더니 이동욱에게 말했다.

"전화 왔습니다. 베이징의 사장님입니다."

이동욱이 서둘러 자리에서 일어섰다.

"나다."

이동욱의 응답을 들은 고대형이 말했다.

베이징의 사장님은 고대형이다.

고대형이 말을 이었다.

"너 박 중좌하고 평양에 간다고 했지?"

"예, 거기서 여단장도 만날 예정인데요."

"그것도 중요하지. 그런데 거기 조애선이가 한국으로 간다고 했지?"

"예, 이곳에서 정리도 다 끝났습니다."

"중국 정보를 한국에 넘겨 왔다면서?"

"예, 사실인 것 같습니다."

"한국에 가면 그쪽도 만나겠군."

"그렇겠지요."

전화 통화여서 그쪽이란 국정원을 말한다.

고대형이 말을 이었다.

"네가 한국으로 데려가."

"제가요?"

"그래. 한국으로 데려가서 네가 안내해."

"뭘 안내하란 말입니까?"

"우리가 한국 쪽에 말해 놓았으니까 가서 같이 만나 봐."

"저 혼자 가라고 하면 안 됩니까?"

"글쎄, 서울 사무실에서 설명해줄 테니까 만나서 이야기 들어."

고대형이 이렇게 말하는데 어쩔 수 없다.

"알겠습니다. 출발 전에 연락드리겠습니다."

이렇게 대답할 수밖에.

"뭐, 할 수 없지."

이동욱의 말을 들은 박철이 선선히 말했다.

"혹시 너하고 조애선이를 묶어두려는 작전인지도 모르겠다."

"왜?"

"그야 이용 가치가 있으니까. 조애선이는 마약 사업을 했지만 시장 전문가야. 네가 기반을 굳히는 데 필요한 인재가 될 수도 있지."

"도대체 왜들 이러는지 모르겠군."

"어쨌든 여단장께는 네가 이번에 같이 못 간다고 연락할게."

"형님하고 같이 가고 싶었는데."

"일이 먼저지."

"난데없이……."

"일이 다 계획대로 움직이는 게 아니더라. 변수가 생기면 그 길로도 가야 돼."

박철이 아는 체를 했다.

"그래서 인간의 융통성, 임기응변, 순발력이 필요한 거다. 규정대로만 하면 기

계로도 충분하지."

국정원 4차장 임형수는 2차장 소속의 '국제간 무역과 산업정보부'를 떼 낸 업무를 맡고 있다.

48세, 22년간 국정원에서만 근무해온 엘리트. 10년쯤 미국, 예멘, 쿠웨이트, 파키스탄의 한국 대사관에서 근무한 경력도 있다.

오후 7시 반.

임형수는 지미 우들턴과 마주 보고 앉아 있다.

장소는 조선호텔 로비 라운지의 밀실 안. 평소에는 브리핑 대기실로 사용되던 방이다.

지미가 웃음 띤 얼굴로 임형수를 보았다.

"임, 내가 다시 만날 일이 있을 거라고 했지? 어때?"

"그거야 같은 서울에 있으니까. 이번에 두 번째 만나는 건가?"

첫 번째는 지미가 서울 지부장으로 오고 나서 한 번 만난 것이다. 그때도 지미가 연락을 했다.

둘은 파키스탄에서 만나 친해진 사이다.

이번에도 지미가 만나자고 했기 때문에 임형수가 지그시 시선을 주면서 물었다.

"무슨 일이야?"

"중요한 이야기야."

"9·11 사건인가?"

"그게 이곳까지 넘어오지는 않았어."

"여긴, 중동 테러단이 올 데가 아니지."

"중국 옌지에 있는 조애선 알지?"

순간 임형수의 이맛살이 찌푸려졌다.

단정한 용모지만 찌푸리면 날카로운 인상이 된다. 자주 찌푸렸다는 증거다.

눈의 초점을 잡은 임형수가 물었다.

"왜 묻는데?"

"안다고 긍정한 것으로 치겠어."

지미가 말을 이었다.

"요즘 조애선이 어떻게 되었는가도 알고 있지?"

"계속해."

"안다고 말해. 그래야 대화가 확실하게 이어지니까."

"알고 있어."

"조애선이 그렇게 되어서 타격이 큰가?"

"대단해."

다시 이맛살을 찌푸린 임형수가 지미를 노려보았다.

"북한 마약조한테 당했어. 그 개새끼들이 조애선이 조직을 완전히 분해시켰다고. 조애선은 포로가 되어서 가게까지 다 빼앗긴 상황이야. 놈들이 끌고 다니면서 가게를 다 매각시켰다구."

이제는 지미가 가만있는데도 임형수가 말을 이었다.

"처음에는 치고받고 했는데 나중에 기습을 받아서 조애선까지 잡히고 조직이 분리된 거야."

"……."

"조애선이 동북 3성의 정보를 제공한 중요한 세포였는데 그 북한 놈들 때문에……."

"내가 손을 썼어."

지미가 끼어들자 임형수는 고개를 들었다.

"끼어들다니?"

"조애선이 곧 서울에 올 거야."

"죽어서 영혼이?"

"아니. 비행기로."

"글쎄, 유골 박스로?"

"아니."

한숨을 쉰 지미가 임형수를 보았다.

"우리가 조애선을 같이 이용해 보기로 하지."

그러더니 그때서야 앞에 놓인 커피 잔을 들었다.

"임, 내 말 잘 들어."

"공안이 허가해줄까요?"

조애선이 묻자 이동욱이 정색했다.

"손을 썼으니까 잘 될 거요."

저택 안.

이제 둘은 존댓말을 주고받는다.

서로 존중해서 이러는 건 아니다. 반말을 하기가 더 어색했기 때문일 것이다.

둘은 지금 조애선 여권의 출국 비자가 나올지 어쩔지에 대해서 말하고 있다.

조애선이 여권은 있지만 당시의 한국 비자는 하늘의 별 따기였기 때문이다. 한국 대사관에서도 온갖 트집을 잡고 중국의 공안도 까탈스러워서 100명 중 1명이 비자를 받을 둥 말 둥 했다.

조애선은 비자를 이동욱에게 맡긴 지 이틀째다. 보통 1주일이 걸려야 비자가 나올지 안 나올지를 알 수 있다.

오후 3시 반.

그때 방 안으로 사내 하나가 들어섰다. 손에 조애선의 여권을 들고 있다.

"여기, 한국 비자 나왔습니다."

놀란 조애선이 숨을 들이켰을 때 사내가 조애선에게 내밀었다.

"나도 한국 비자 구경 처음 했습니다."

그런 때다.

한국행 비자는 조선족에게 금광으로 가는 티켓이나 마찬가지였으니까.

희망의 땅이었다.

물론 조애선은 조금 다르지.

<2권에 계속>